怪《かい》盗《とう》クイーン

ケニアの大地《だいち》に立《た》つ

はやみね かおる／作《さく》　K2商会《ケーツーしょうかい》／絵《え》

JN179198

講談社 青い鳥文庫

もくじ

Joker
RD
Queen

巨大飛行船《きょだいひこうせん》トルバドゥールに乗《の》って
世界中《せかいじゅう》をめぐる怪盗《かいとう》クイーン。
パートナーのジョーカーと
人工知能《じんこうちのう》RD《アールディー》とともに、
「怪盗《かいとう》の美学《びがく》」を満足《まんぞく》させる獲物《えもの》をねらう！

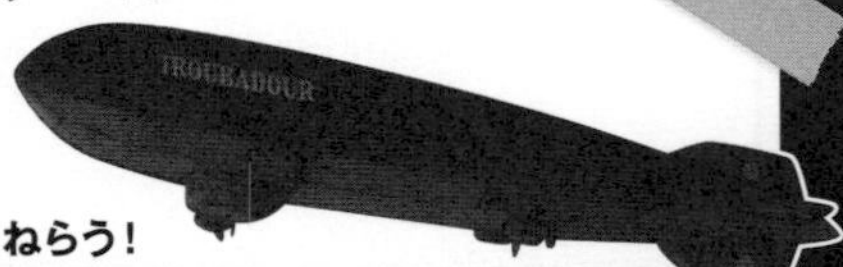

おもな登場人物《とうじょうじんぶつ》

クイーン

どんな不可能《ふかのう》な犯行《はんこう》も
なしとげる、
神出鬼没《しんしゅつきぼつ》の大怪盗《だいかいとう》。

RD《アールディー》

巨大飛行船《きょだいひこうせん》トルバドゥールを
あやつる世界最高《せかいさいこう》の
人工知能《じんこうちのう》。

ジョーカー

無表情《むひょうじょう》で沈着冷静《ちんちゃくれいせい》な、
クイーンの仕事上《しごとじょう》の
パートナー。

国際刑事警察機構《ICPO》

治安《ちあん》を守《まも》るために活動《かつどう》する、世界最大《せかいさいだい》の警察組織《けいさつそしき》。
各国《かっこく》の政府《せいふ》からの要請《ようせい》を受《う》けて、刑事《けいじ》や探偵卿《たんていきょう》を派遣《はけん》している。
探偵卿《たんていきょう》は全部《ぜんぶ》で13人《にん》いる。

M《エム》

ルイーゼの上司《じょうし》。
正体《しょうたい》は謎《なぞ》に包《つつ》まれている。

ルイーゼ

13人《にん》の探偵卿《たんていきょう》を
まとめる元《もと》・探偵卿《たんていきょう》。

初《はつ》登《とう》場《じょう》!!

マライカ

祖父《そふ》はマサイ族《ぞく》の戦士《せんし》と
いう、ケニア人《じん》の探偵卿《たんていきょう》。
ふだんは小学校《しょうがっこう》の
教師《きょうし》をしている。

花菱仙太郎《はなびしせんたろう》

コンビニ店員《てんいん》の
日本人探偵卿《にほんじんたんていきょう》。

ヴォルフ

武闘派《ぶとうは》の
ドイツ人探偵卿《じんたんていきょう》。

パイカル

ウァドエバーの
助手《じょしゅ》。

ウァドエバー

国籍不明《こくせきふめい》の
探偵卿《たんていきょう》。

ホテルベルリン

第二次世界大戦中《だいにじせかいたいせんちゅう》に、ナチス勢力《せいりょく》に抵抗《ていこう》するために
組織《そしき》された武装集団《ぶそうしゅうだん》。
ドイツに仇《あだ》なすものは容赦《ようしゃ》なく排除《はいじょ》する。

シュテラ

エレオノーレにつきそう最高幹部《さいこうかんぶ》。

エレオノーレ

ホテルベルリン4代目《だいめ》総帥《そうすい》の少女《しょうじょ》。

シュヴァルツ

鉄《てつ》の掟《おきて》を重《おも》んじる筋金入《すじがねい》りの戦士《せんし》。

ゲルブ

ヨーロッパ一《いち》の狙撃《そげき》の名手《めいしゅ》。

ローテ

火炎使《かえんつか》いの女性《じょせい》。

ヤウズ

ジョーカーの後輩《こうはい》。
皇帝《アンプルール》の弟子《でし》。

皇帝《アンプルール》

クイーンの師匠《ししょう》。
自称《じしょう》・宇宙一《うちゅういち》の怪盗《かいとう》。

「ゴンリー・ディンリー兄弟《きょうだい》

国籍不明《こくせきふめい》の狂科学者《マッドサイエンティスト》。
倫理《りんり》や人権《じんけん》を無視《むし》した
実験《じっけん》を繰《く》り返《かえ》している。」

「笠間文太《かさまぶんた》

ケニアに派遣《はけん》された
日宝《にっぽう》ジェイクの社員《しゃいん》。」

OPENING《オープニング》

「おやすみ。」

十歳《さい》の娘《むすめ》をベッドに入《い》れ、ドアのところへいく。

部屋《へや》の電気《でんき》を消《け》そうとしたとき、娘《むすめ》がいった。

「ねぇ、ママ――。」

「どうしたの？」

「わたし、今日《きょう》は悪《わる》い子《こ》だったの。」

「どうして？」

すこしドキッとして――でも、その顔《かお》を娘《むすめ》に見《み》せないようにして、きいた。

「世界《せかい》がこわれたらいいのにって思《おも》ったの。」

「………。」

どうして、そんなことを思《おも》ったのだろう?

今日一日《きょういちにち》の様子《ようす》、なにかおかしなことはなかっただろうか?

朝《あさ》ご飯《はん》は、いつもどおりの量《りょう》。なかなか「ごちそうさま」ができず、注意《ちゅうい》されるのも、いつもどおり。

その後《あと》は、近所《きんじょ》の友《とも》だちと元気《げんき》に学校《がっこう》へいった。勉強《べんきょう》がわからなかったとか、友《とも》だちとケンカしたとか、通学路《つうがくろ》の森《もり》でキノコを食《た》べたとか……。

いや、それはない。ケンカしたら、娘《むすめ》はすぐにいうし、勉強《べんきょう》がわからなかったら、わたしに教《おし》えてといってくる。それに、森《もり》のキノコはぜったいに食《た》べてはいけないと伝《つた》えてある。

学校《がっこう》から帰《かえ》ったら、夕方《ゆうがた》まで、友《とも》だちと図書館《としょかん》へいった。そこで、なにかかわった本《ほん》を読《よ》んだか?

いや、それも考《かんが》えにくい。娘《むすめ》が好《す》きなのは、図鑑《ずかん》。図鑑《ずかん》を読《よ》んで、世界《せかい》がこわれたらいいなんて思《おも》うだろうか……。

わからない。手《て》がかりがない。

かるく息《いき》を吸《す》い、娘《むすめ》にきく。

「どうして、世界《せかい》がこわれたらいいと思《おも》ったの?」

すると、娘《むすめ》は布団《ふとん》を引《ひ》きあげて顔《かお》をかくした。

「だって——。」

文《ぶん》太《た》の話《はなし》　その一

……なんで、こんなところにいるんだろう？

ぼくは、ため息《いき》とともに考《かんが》える。

声《こえ》に出《だ》してはいけない。そんなことを激《はげ》しくゆれる車《くるま》の中《なか》でやったら、確実《かくじつ》に舌《した》をかむ。

日本《にっぽん》なら、スクラップ工場《こうじょう》でプレスの順番《じゅんばん》を待《ま》ってるような小型《こがた》のワンボックスカー。それが、舗装《ほそう》されていないデコボコ道《みち》を、すごいスピードで走《はし》ってる。

信号《しんごう》も交差点《こうさてん》もない。

地平線《ちへいせん》のむこうまで、ほかに走《はし》ってる車《くるま》は見《み》えない。

だいたい道路《どうろ》といっても、ガードレールで区切《くぎ》られてるわけでもない。一面《いちめん》にひろがる草原《そうげん》の中《なか》、「このへんは草《くさ》がすくないから、道《みち》なんじゃないかな？」って場所《ばしょ》を走《はし》る。

助手席《じょしゅせき》のぼくは、ハンドルをにぎってる青年《せいねん》――ロムくんを見《み》る。かなりアレンジした歌《うた》い方《かた》で、日本《にっぽん》のアニソンを歌《うた》ってるロムくん。

どうして彼《かれ》が舌《した》をかまないのか、不思議《ふしぎ》に思《おも》って観察《かんさつ》する。

——なるほど。できるだけ口《くち》をパクパクさせず、声《こえ》を出《だ》すようにしてるんだ。

ぼくは、学《まな》んだことを利用《りよう》して、ロムくんに話《はな》しかける。

「すこしスピードを落《お》としたほうがいいんじゃないかな？」

ぼくの日本語《にほんご》を、どれほど正確《せいかく》に理解《りかい》したのかわからないが、ロムくんは、

「へっちゃらぁ〜！　へっちゃらぁ〜！」

と、歌《うた》に合《あ》わせてこたえた。

「…………」

窓《まど》からはいってくる風《かぜ》は、かわいていて熱《あつ》い。

エアコンがついていないから、車《くるま》の窓《まど》を閉《し》めるわけにはいかない。もっとも、こわれていて閉《し》められないいんだけど……。

ぼくは、首《くび》に下《お》ろしていたスカーフを、鼻《はな》の上《うえ》まであげる。

見《み》わたせば、三百六十度《ど》の大平原《だいへいげん》。信《しん》じられないくらい濃《こ》い青空《あおぞら》と、白《しろ》い雲《くも》。遠《とお》くに、地熱発《ちねつはつ》電所《でんしょ》からの煙《けむり》が見《み》える。

……なんで、こんなところにいるんだろう？

日本《にっぽん》からはなれること、一万《まん》キロ以上《いじょう》——。ケニアの大平原《だいへいげん》を走《はし》る車《くるま》の中《なか》で、もう何度目《なんどめ》にな

るかわからないため息《いき》をつく。

――これで、ニニが見《み》つからなかったら……。

嫌《いや》な汗《あせ》が、頰《ほお》を伝《つた》う。

――もう日本《にっぽん》に帰《かえ》れないな。

そこまで考《かんが》えて、ちがう疑問《ぎもん》がでてきた。

――どうして、日本《にっぽん》に帰《かえ》らなければいけないんだ？

ぼくのことを待《ま》ってる家族《かぞく》はない。一人暮《ひとりぐ》らしのワンルームマンションに、財産《ざいさん》とよべるようなものはない。仕事《しごと》は……どうでもいいか……。よく考《かんが》えたら、むりにつづけたい仕事《しごと》じゃないよな。

――だったら、べつに帰《かえ》らなくてもいいじゃないか。

答《こた》えがでると、ため息《いき》がとまった。気《き》が楽《らく》になった。

――うん、もう迷《まよ》わなくていいんだ。ニニが見《み》つかったら、ぼくは堂々《どうどう》と日本《にっぽん》に帰《かえ》る。見《み》つからなかったら、大平原《だいへいげん》の土《つち》に還《かえ》る。それだけの話《はなし》だ。

こういうのを、腹《はら》が据《す》わった状態《じょうたい》というのだろうか。

とたんに、いままで見《み》ていた景色《けしき》が、写真《しゃしん》の解像度《かいぞうど》をあげたかのようにはっきりしてきた。

ぼくは窓《まど》から首《くび》を出《だ》し、大地《だいち》をつつむようにひろがる青空《あおぞら》を見上《みあ》げる。

ようやく、アフリカにいるんだという実感《じっかん》がわいてきた。

ぼくの名前《なまえ》は笠間文太《かさまぶんた》。発音《はつおん》しにくいのか、現地《げんち》の人《ひと》たちからは「プンバ」とよばれている。

三十六歳《さい》で独身《どくしん》。株式会社日宝《かぶしきがいしゃにっぽう》ジェイクの社員《しゃいん》だ。……いや、元社員《もとしゃいん》になってるかもしれない。

ぼくが日本《にっぽん》をはなれたのは二か月《げつ》まえ。上司《じょうし》からの指示《しじ》だった。

「こんど、わが社《しゃ》は、売電事業《ばいでんじぎょう》に進出《しんしゅつ》することになった。」

そうおどろくことではなかった。

日宝《にっぽう》ジェイクは、商売《しょうばい》になることならなんでもあつかう会社《かいしゃ》だ。加工食品《かこうしょくひん》や生鮮食料品《せいせんしょくりょうひん》の仕入《しい》れに売買《ばいばい》、不動産《ふどうさん》の賃貸《ちんたい》に管理《かんり》、損害保険《そんがいほけん》と生命保険《せいめいほけん》の募集《ぼしゅう》に関《かん》する業務《ぎょうむ》、その他《た》もろもろ。い
まさら、売電事業《ばいでんじぎょう》をやるといわれても、「ああ、そうですか。」という感《かん》じだ。

「ついては、笠間《かさま》くんに担当《たんとう》してもらいたい。」

これも、そうおどろくことではなかった。

三十六歳《さい》で独身《どくしん》。恋人《こいびと》も趣味《しゅみ》もない、仕事《しごと》する以外《いがい》にやることのない人間《にんげん》は、たくさんいる社《しゃ》

員《いん》の中《なか》でも、ぼくぐらいだからだ。

ため息《いき》をつかないように注意《ちゅうい》して、ぼくはいう。

「わかりました。さっそく、手頃《てごろ》な土地《とち》を手配《てはい》します。不動産業務部《ふどうさんぎょうむぶ》に連絡《れんらく》して、土地《とち》のリストを——。」

すると、上司《じょうし》は指《ゆび》をふった。

「土地《とち》を見《み》つけて、太陽光《たいようこう》パネルをおくつもりかね？　太陽光発電《たいようこうはつでん》？　そんな古《ふる》い考《かんが》えじゃ、これからの売電事業《ばいでんじぎょう》では生《い》きのこれない——と、社長《しゃちょう》がおっしゃっていた。」

「はぁ……。」

「未来《みらい》は、地熱発電《ちねつはつでん》だよ。」

「わかりました。地熱発電《ちねつはつでん》に利用可能《りようかのう》な場所《ばしょ》を——。」

するとまた、上司《じょうし》が指《ゆび》をふる。

「そんな場所《ばしょ》が、この日本《にっぽん》にのこってると思《おも》うかね？」

「はぁ……。」

いわれてみたら、そのとおりだ。地熱発電《ちねつはつでん》できそうな場所《ばしょ》は、すでにほかの会社《かいしゃ》がおさえてるだろう。もしおさえてないところがのこってたら、地主《じぬし》や周辺住民《しゅうへんじゅうみん》から反対《はんたい》されてて利用《りよう》できない可能性《かのうせい》が高《たか》い。

「では、どうすれば?」

ぼくの質問《しつもん》に、上司《じょうし》がこたえる。

「アフリカだよ。」

「………」

どれだけさがしても、頭《あたま》の中《なか》の日本地図《にほんちず》にアフリカはなかった。

「アフリカというと……あのアフリカですか?」

「ほかに、アフリカがあるのかね?」

……ないな。

上司《じょうし》が、アフリカの地図《ちず》をひろげる。

「笠間《かさま》くんにいってほしいのは、このへん。」

指《ゆび》さすのではなく、東《ひがし》アフリカのあたりをぐるっとかこむ。『ケニア』という文字《もじ》が、視界《しかい》にはいる。

「アフリカ大地溝帯《だいちこうたい》があるらしい。そして、そこの地熱《ちねつ》を使《つか》って発電《はつでん》できるそうだ。」

〝らしい〟と〝そうだ〟の話《はなし》を、ぼくはだまってきく。

上司《じょうし》が、結論《けつろん》を口《くち》にする。

「というわけで、地熱発電《ちねつはつでん》にむいた土地《とち》を見《み》つけてきてほしい。」

ぼくは、指折《ゆびお》りかぞえる。

「先《さき》にいっておきますが、ぼくは、パスポートは持《も》ってますが外国《がいこく》にいったことがありません。アフリカについての知識《ちしき》もありません。外国語《がいこくご》は、一つも話《はな》せません。——というか、アフリカって、何語《なにご》なんですか？」

「その辺《へん》もふくめて、すべて笠間《かさま》くんにまかせる。というわけで、地熱発電《ちねつはつでん》にむいてる場所《ばしょ》を見《み》つけてくるまで、帰《かえ》ってこなくていいから。」

いや、まかせるといわれても……。

いい返《かえ》そうと思《おも》ったんだけど、話《はなし》はおわったというように書類《しょるい》で顔《かお》をかくす上司《じょうし》を見《み》たら、なにをいってもむだなんだとわかった。


ビザを取《と》り、予防接種《よぼうせっしゅ》を受《う》け、準備完了《じゅんびかんりょう》。

ケニアの公用語《こうようご》がスワヒリ語《ご》で、英語《えいご》も使《つか》われてるということを知《し》ったのは、飛行機《ひこうき》の中《なか》で『だれにでもわかる　やさしいケニア入門《にゅうもん》』をひらいたときだった。

丸一日《まるいちにち》ほどかかって、飛行機《ひこうき》はケニアの首都《しゅと》・ナイロビの国際空港《こくさいくうこう》に着《つ》いた。

それからのぼくは、がんばったほうだと思《おも》う。

仕事《しごと》にかかるまえに、まずは生《い》きることに力《ちから》を入《い》れなければならなかった。

ろくにわからない英語《えいご》と、まったくわからないスワヒリ語《ご》の飛《と》び交《か》う中《なか》、ぼくは食《た》べる物《もの》を手《て》に入《い》れ、安《やす》い宿《やど》を見《み》つけなければいけなかった。

つぎに、日本語《にほんご》と英語《えいご》とスワヒリ語《ご》を話《はな》せる人《ひと》を見《み》つけた。それが、ロムくんだ。ナイロビ大《だい》学《がく》の学生《がくせい》で、日本文化《にほんぶんか》に興味《きょうみ》があるそうだ。彼《かれ》の日本語《にほんご》は、かなり怪《あや》しいけど、なにも話《はな》せないよりマシだ。

小型《こがた》のワンボックスカーを借《か》り、二人《ふたり》でアフリカ大地溝帯《だいちこうたい》にむかう。

会社《かいしゃ》への報告《ほうこく》は、午前《ごぜん》六時《じ》ときめた。その時間《じかん》だと、日本《にっぽん》はちょうどお昼《ひる》だ。

初《はじ》めのうちは、毎日《まいにち》、上司《じょうし》へ連絡《れんらく》した。

しかし、「まだ見《み》つかりません。」「なかなかないです。」という報告《ほうこく》を繰《く》り返《かえ》してるうちに、「毎日《まいにち》、報告《ほうこく》しなくてもいい。」といわれた。

それが、「報告《ほうこく》するのは、見《み》つかってからでいい。」にかわるのに、一月《ひとつき》もかからなかった。

考《かんが》えてみたら、地熱発電《ちねつはつでん》を目当《めあ》てに、世界中《せかいじゅう》から大手《おおて》の会社《かいしゃ》がケニアにきている。いまさら、日本《にっぽん》の小《ちい》さな会社《かいしゃ》が手《て》に入《い》れられる場所《ばしょ》なんかのこってるはずがないんだ。

このことを、それとなくいうと、上司《じょうし》からのことばが「見《み》つかるまで報告《ほうこく》するな。」にかわった。


収穫《しゅうかく》のないまま夜《よる》をむかえ、ぼくたちはナクルという町《まち》で、安《やす》ホテルをさがした。ホテルについてるレストランで、サモサとビールをたのむ。

サモサは餃子《ギョーザ》に似《に》た料理《りょうり》で、ケニア独特《どくとく》の食《た》べ物《もの》だと思《おも》っていたら、ロムくんにインド料理《りょうり》だと教《おし》えられた。

どうでもいいという気持《きも》ちでサモサをつまみ、地図《ちず》をひろげる。

——アフリカ大地溝帯《だいちこうたい》は、エチオピアやウガンダもとおっている。いってみるか？

「…………」

ぼくは、地図《ちず》をたたむ。どこへいってもケニアとおなじだろう。いくだけむだだ。

だいたい、もうお金《かね》がのこりすくない。というか、あと何日《なんにち》かで、帰《かえ》りの旅費《りょひ》に手《て》をつけなくてはいけなくなるぐらいだ。

先日《せんじつ》、上司《じょうし》に軍資金《ぐんしきん》を送《おく》ってもらうように連絡《れんらく》したら、「地熱発電《ちねつはつでん》の土地《とち》が見《み》つかったら、送《おく》ってやる。」といわれた。つまり、途方《とほう》に暮《く》れるしかないというわけか……。

おちこんでる横《よこ》で、ロムくんが「へっちゃらぁ～！」と日本《にっぽん》のアニソンを歌《うた》ってる。よく、こんな冷《ひ》えてないビールでよえるものだ……。

現在《げんざい》の八方塞《はっぽうふさ》がりの状況《じょうきょう》を説明《せつめい》しようとしたら、肩《かた》をたたかれた。

「いっぱい奢《おご》ってくれないか。」

ふりむくと、小柄《こがら》な老人《ろうじん》が立《た》っていた。黒光《くろびか》りする肌《はだ》に、白《しろ》く長《なが》い髪《かみ》。ぼくは、オーブンで焼《や》きすぎた鳥《とり》のもも肉《にく》をイメージする。

そして、匂《にお》い。老人《ろうじん》から漂《ただよ》ってくる、埃《ほこり》っぽい草《くさ》の匂《にお》いが、ぼくの鼻《はな》をつく。

「奢《おご》ってくれたら、おもしろい話《はなし》をきかせてやるぞ。」

老人《ろうじん》の口《くち》からでてくるのは、ロムくんとは比《くら》べものにならないくらい、なめらかな日本語《にほんご》。

「プンバ、ダメ。アイテスルナ。ダマサレル。」

ロムくんが忠告《ちゅうこく》してくるが、不思議《ふしぎ》なことに、ぼくは老人《ろうじん》と話《はなし》がしてみたかった。ぬるいビールで、よっていたのかもしれない。

「いいですよ、奢《おご》らせてください。」

ぼくはいった。ひさしぶりに、ふつうに日本語《にほんご》を話《はな》したような気《き》になる。

「いくらまで、出《だ》す？」

「え？」

「いくらの酒《さけ》を奢《おご》ってくれるのかをきいている。出《だ》す金額《きんがく》によって、話《はなし》のおもしろさがちがってくるぞ。」

老人《ろうじん》が、ぼくを試《ため》すように見《み》る。

「いま持《も》ってる金《かね》の三分《ぶん》の一を出《だ》せば、わしの一族《いちぞく》が代々《だいだい》やってる仕事《しごと》を教《おし》えてやろう。もし、半分《はんぶん》を出《だ》せば、その仕事《しごと》の場所《ばしょ》を教《おし》えてやる。そして、もし——。」

つぎに彼《かれ》がいった金額《きんがく》は、帰《かえ》りの旅費《りょひ》に手《て》をつければ、出《だ》すことができるものだ。でも、そんなことをすれば、ぼくは日本《にっぽん》に帰《かえ》れなくなる。

なのに、ぼくはきいていた。

「それだけ出《だ》したら、なにを教《おし》えてくれるんです？」

「ニニだ。」

……ニニ？

きいたことのないことばだ。ロムくんに意味《いみ》をきくと、「ナニ。」という返事《へんじ》。

「だから、『ニニ』ということばの意味《いみ》をきいてるんだ。」

「ナニ。」

「いや、『ニニ』の意味《いみ》だよ。」

「ダカラ、『ニニ』ハ『ナニ』。」

ロムくんが、分《わ》からず屋《や》さんだなというように、肩《かた》をすくめた。ようやく、『ニニ』がスワヒリ語《ご》で『なに』を意味《いみ》してることに気《き》づいた。

ぼくは内《うち》ポケットから財布《さいふ》を出《だ》すと、札《さつ》を一枚《まい》だけぬき、のこりすべてを老人《ろうじん》にわたした。

ロムくんが、ぼくの手《て》をひっぱる。

「プンバ、ヨッテルノカ?」

よってないと自分《じぶん》では思《おも》っていた。でも、気《き》がつくと、正常《せいじょう》な判断《はんだん》ができないぐらいの量《りょう》は飲《の》んでいたようだ。

「ダメ、マジニ、ダメ。」

最初《さいしょ》、「真剣《しんけん》にダメ。」という意味《いみ》だと思《おも》った。でも、ロムくんが『マジニ』はスワヒリ語《ご》で『悪霊《あくりょう》』という意味《いみ》だと教《おし》えてくれた。

老人《ろうじん》は悪霊《あくりょう》の使《つか》いだから、耳《みみ》を貸《か》すと悪霊《あくりょう》につれていかれる——ロムくんは、そういっている。

だけど、そのときのぼくは、悪霊《あくりょう》と話《はなし》ができるなんて、とても貴重《きちょう》な経験《けいけん》だと思《おも》ってしまった。

ウガリを食《た》べていた老人《ろうじん》が、口《くち》をひらく。ちなみに、ウガリというのは穀物《こくもつ》の粉《こな》を練《ね》ったもので、味《あじ》のうすいオカラのような料理《りょうり》だ。

「わしの一族《いちぞく》は、ブロウとよぶ洞窟《どうくつ》の番人《ばんにん》をやってきた。それはもう、世界《せかい》ができたのとおなじころから、ずっとだ。ただ、番人《ばんにん》といっても、なにをするわけでもない。ブロウの近《ちか》くにすみ、たまにブロウにはいる。それだけだ。」

老人《ろうじん》は、ウガリをつまみビールで流《なが》しこむ。そして、持《も》っていた布製《ぬのせい》の袋《ふくろ》から、ボロボロの地図《ちず》を出《だ》す。

「ブロウは、このへんだ。」

老人《ろうじん》は、『MENGAI《メネンガイ》』と書《か》かれた場所《ばしょ》を指《ゆび》さす。

「質問《しつもん》してもいいですか？」

ぼくは、老人《ろうじん》のコップにビールをそそぐ。

「ブロウは、あなたたち一族《いちぞく》にとって、たいせつなものではないんですか？　それを、ぼくのような外国人《がいこくじん》に教《おし》えてもいいんですか？」

「かまわんよ。」

老人《ろうじん》は、すこし寂《さび》しそうにこたえる。

「わしら一族《いちぞく》は、ブロウの番《ばん》をするのが仕事《しごと》。守《まも》るようには、いわれていない。ブロウに興味《きょうみ》を持《も》ち、中《なか》にはいりたいのならはいればいい。どうなるかはしらないがな――。」

「生《い》きて帰《かえ》れないとでもいうんですか？」

ぼくは、かるい調子《ちょうし》でいった。でも、老人《ろうじん》の目《め》が笑《わら》ってないのを見《み》て、ブロウにはいったら死《し》ぬんだと思《おも》った。

「どうして、あなたたち一族《いちぞく》はブロウにはいってもだいじょうぶなんですか？」

「わしは、これを持《も》っている。」

老人《ろうじん》が、左手《ひだりて》の甲《こう》を見《み》せる。褐色《かっしょく》の肌《はだ》に、透明《とうめい》のフィルムのような物《もの》が貼《は》られてる。大《おお》きさは、縦《たて》二センチ、横《よこ》三センチぐらい。すこし大《おお》きめの切手《きって》のようだ。

老人《ろうじん》は、そのフィルムをはがすと、ぼくの左手《ひだりて》の甲《こう》にうつした。傷《きず》テープを貼《は》り直《なお》すとはがれてくるけど、このフィルムは、肌《はだ》に吸《す》い付《つ》くようだ。

「これで、ブロウにはいってもだいじょうぶだ。」

老人《ろうじん》が、ほほえむ。うす暗《ぐら》いレストランに、歯《は》の白《しろ》さが、とても目立《めだ》つ。

「ニニについて、話《はな》してやろう。」

老人《ろうじん》がつづける。

「ニニは、ブロウの中《なか》にいる。何匹《なんびき》いるかは、わしも知《し》らない。」

「何匹《なんびき》……？　ニニは、動物《どうぶつ》なんですか？」

「人間《にんげん》ではない。それだけは、はっきりしている。」

「いったい、ニニはなんなんですか？」

「ニニはニニだ。」

ぼくらの会話《かいわ》は、嚙《か》み合《あ》ってるのか嚙《か》み合《あ》ってないのか……。

老人《ろうじん》が、大《おお》きく息《いき》を吐《は》いた。

「この十年《ねん》ほどで、一族《いちぞく》の者《もの》はつぎつぎ死《し》んでいった。理由《りゆう》はわからないが、まるで、興味《きょうみ》のなくなったオモチャがかたづけられるように、死《し》んでいった。わし一人《ひとり》がのこされたが、そろそろわしも自由《じゆう》になりたい。」

感情《かんじょう》のこもってない声《こえ》。ただ事実《じじつ》だけをいっているように、ぼくには思《おも》えた。

老人《ろうじん》が、立《た》ちあがる。

「ニニについては、教《おし》えた。ブロウにはいり、ニニをどうするかは、自由《じゆう》だ。食《く》うか？　見世物《みせもの》にするか？　博物館《はくぶつかん》に売《う》るか？　——好《す》きにすればいい。」

レストランをでていく老人《ろうじん》。

思《おも》い返《かえ》すと、まるで夢《ゆめ》のような話《はなし》だ。でも、左手《ひだりて》の甲《こう》に貼《は》られたフィルムが、夢《ゆめ》じゃないんだよといっている。


メネンガイに着《つ》いたぼくとロムくんは、ブロウの場所《ばしょ》を知《し》ってる人《ひと》をさがす。

ロムくんは、そんな危険《きけん》な場所《ばしょ》にいきたくないと嫌《いや》がり、ナイロビに帰《かえ》るといった。こわいという気持《きも》ちもあるんだろうけど、それ以上《いじょう》に、バイト代《だい》をもらえないという心配《しんぱい》があるのだろう。

ぼくは、腕時計《うでどけい》を見《み》せていう。ケニアでは、お金《かね》を出《だ》してもなかなか手《て》にはいらない機種《きしゅ》だそうだ。

ロムくんが好《す》きなアニメの主人公《しゅじんこう》が持《も》ってるのとおなじもので、ずっとほしがっている。

「ニニを見《み》つけたら、これをあげよう。」

するとロムくんは、「こわいけどプンバのためにがんばる。」というような意味《いみ》のことをいった。

でも……。

ブロウの情報《じょうほう》はなかなかなく、ロムくんが、時計《とけい》はいらないから帰《かえ》ろうという顔《かお》になったころ、ようやく物売《ものう》りの老婆《ろうば》から情報《じょうほう》をきくことができた。

「ブロウは、メネンガイ・クレーターの近《ちか》くにあると、死《し》んだジイさんがいっていた。小高《こだか》い丘《おか》の麓《ふもと》にある洞窟《どうくつ》だ。ただ、蜃気楼《しんきろう》みたいに、見《み》えるときと見《み》えないときがあるそうだよ。」

老婆《ろうば》が、試《ため》すように、ぼくらを見《み》る。

「あんたら、ブロウにいくつもりなら、やめたほうがいい。ジイさんは、ブロウは生《い》きてるもののいくところではないともいっていた。」

それをきいて、ぼくはすこしためらう。

でも、時計《とけい》をほしいロムくんが、ぼくの背中《せなか》を押《お》す。

「ヨカッタ！　スグ、イコウ！」

ぼくを、こわれかけのワンボックスカーに押《お》しこんだ。

Scene《シーン》01 おやつとキャラ弁《べん》

超弩級巨大飛行船《ちょうどきゅうきょだいひこうせん》トルバドゥール——。

レーダー避《よ》けの雲《くも》をまとい、赤道沿《せきどうぞ》いをアフリカにむけて航行《こうこう》している。

その船内《せんない》では、ソファーに寝転《ねころ》び、『どうぶつずかん』を熟読《じゅくどく》しているクイーン。

「これが、キリン。首《くび》が長《なが》いねぇ。スワヒリ語《ご》では、『トゥウィガ』。こっちは象《ぞう》。鼻《はな》が長《なが》いねぇ。スワヒリ語《ご》では、『テンボ』——。」

白《しろ》い指先《ゆびさき》が、ページをめくる。

ふと顔《かお》をあげ、船室《せんしつ》の入《い》り口《ぐち》に立《た》っている青年《せいねん》に声《こえ》をかける。

「ねぇねぇ、ジョーカーくん。きみもこっちにきて、いっしょに見《み》ようよ。」

青年《せいねん》——ジョーカーは、盛大《せいだい》なため息《いき》をつく。そして、独《ひと》り言《ごと》のようにつぶやいた。

「今回《こんかい》、ぼくはとても安心《あんしん》し、期待《きたい》もしました。あなたが、早々《そうそう》に仕事《しごと》を始《はじ》めたからです。」

擬態《ぎたい》する新種《しんしゅ》の猫《ねこ》が見《み》つかったというニュースをきいたとき、クイーンはいった。

「つぎの獲物《えもの》がきまったよ。」

そして、すぐにトルバドゥールの針路《しんろ》をアフリカにむけさせた。

そのまま、獲物《えもの》をうばいにいくものだと思《おも》っていた。

なのに――。

「エンジンを切《き》り、風《かぜ》に乗《の》って航行《こうこう》してるのは納得《なっとく》できません。トルバドゥールなら、とっくにアフリカに着《つ》いてるはずです。」

「わかってないねぇ、ジョーカーくん。」

クイーンが身《み》を起《お》こす。

「新種《しんしゅ》の猫《ねこ》が、ナイロビ国立博物館《こくりつはくぶつかん》でお披露目《ひろめ》されるのは三日後《みっかご》。はやく現地《げんち》にいくより、準備《じゅんび》に時間《じかん》をかけたほうがいいと思《おも》わないかい？」

「その準備《じゅんび》というのは、ソファーに寝転《ねころ》んで『どうぶつずかん』を読《よ》み、クッキーをかじることですか？」

カッターナイフのように、切《き》れ味《あじ》するどいジョーカーの皮肉《ひにく》。

しかし、ワイヤーロープよりも強《つよ》いクイーンの神経《しんけい》は、皮肉《ひにく》をかるく吹《ふ》き飛《と》ばす。

「ジョーカーくんは、事前《じぜん》の準備《じゅんび》のたいせつさがわかってないようだね。東洋《とうよう》には『転《ころ》んだ先《さき》の杖《つえ》』ということわざがある。」

「どういう意味《いみ》です？」

「準備《じゅんび》をしておけば、転《ころ》んでも、その先《さき》にはラッキーにも杖《つえ》が落《お》ちている。つまり、ちゃんと準《じゅん》備《び》をしておけば、運《うん》が味方《みかた》してくれるって意味《いみ》だよ。」

しばらく考《かんが》えてから、ジョーカーが質問《しつもん》した。

「どうして、最初《さいしょ》から杖《つえ》を持《も》たないのでしょう？　杖《つえ》を持《も》っていれば、転《ころ》ばないような気《き》がするんですが——。」

「きっと、このことわざをつくった人《ひと》は、転《ころ》ぶのが好《す》きだったんだよ。」

——東洋《とうよう》には、転《ころ》ぶのが好《す》きな人《ひと》がいるのか……？

理解《りかい》できないジョーカーの頰《ほお》を、冷《つめ》たい汗《あせ》が流《なが》れる。

「東洋《とうよう》の神秘《しんぴ》ですね。」

「安心《あんしん》したまえ。むかってるのは、東洋《とうよう》ではなくアフリカのケニアだよ。」

クイーンはかるい調子《ちょうし》でいうと、ソファーに寝転《ねころ》び、ゴロンゴロンと音《おと》がきこえそうなほど、再《ふたた》びゴロゴロしはじめる。

「RD《アールディー》、動物《どうぶつ》クッキーのおかわりをたのむよ。」

クイーンは、トルバドゥールを司《つかさど》るRD《アールディー》に指示《しじ》をした。

ジョーカーは、またため息《いき》をつく。

「あなたは怪盗《かいとう》なんですよ。もっと、自覚《じかく》を持《も》って行動《こうどう》してください。」

そう、クイーンは怪盗《かいとう》である。

ヴァーチャルリアリティが発達《はったつ》し、家《いえ》からでることなく、あらゆる体験《たいけん》ができる現代《げんだい》。怪盗《かいとう》などという前世紀《ぜんせいき》の遺物《いぶつ》は絶滅《ぜつめつ》したのではないか？

いや、怪盗《かいとう》は生《い》きている。

赤《あか》い夢《ゆめ》に浪漫《ロマン》を感《かん》じ、想像《そうぞう》の海《うみ》をたゆたう子《こ》どもがいるかぎり、怪盗《かいとう》が死《し》ぬことはない。

フッとほほえむクイーン。

「今回《こんかい》の獲物《えもの》がいるのは、アフリカのケニア。ケニアといえば、サバンナとよばれる大平原《だいへいげん》と、そこにすむ多《おお》くの動物《どうぶつ》たち。というわけで、こうして『動物図鑑《どうぶつずかん》』を調《しら》べてるんだよ。」

「正確《せいかく》に話《はな》してください。あなたが読《よ》んでるのは『動物図鑑《どうぶつずかん》』ではなく、子《こ》どもむけの『どうぶつずかん』です。」

ジョーカーにいわれ、肩《かた》をすくめるクイーン。

天井《てんじょう》からマニピュレーターをのばし、ＲＤ《アールディー》が会話《かいわ》に参加《さんか》する。

【わたしも、動物図鑑《どうぶつずかん》をつくってみました。】

マニピュレーターが、クイーンに図鑑《ずかん》をわたす。

ひらかれたページには、ワインボトルを抱《かか》えた銀色《ぎんいろ》の髪《かみ》の獣《けもの》が、ソファーに寝転《ねころ》んでる様子《ようす》が描《えが》かれている。


【学名《がくめい》：クイーンナマケモノ】

トルバドゥールの船室《せんしつ》に生息《せいそく》する。たまに思《おも》いだしたように動《うご》くが、おおむねワインを飲《の》んでゴロゴロしている。趣味《しゅみ》はイタズラと長電話《ながでんわ》。きらいなものは、お小言《こごと》。

一頭《とう》しか生存《せいぞん》していないため絶滅危惧種《ぜつめつきぐしゅ》に指定《してい》されそうだが、なにがあっても絶滅《ぜつめつ》しそうにないので、指定《してい》されない。


ほかのページには、【クイーンアザラシ】や【クイーンヒダマリネコ】など、〝生産性《せいさんせい》〟や〝勤勉《きんべん》〟ということばから遠《とお》いところにある動物《どうぶつ》が何頭《なんとう》も載《の》っている。

「なかなかの力作《りきさく》じゃないか。」

図鑑《ずかん》をほうり投《な》げるクイーン。空中《くうちゅう》でキャッチするＲＤ《アールディー》。

[補訂増補版《ほていぞうほばん》にも、ご期待《きたい》ください。]

クイーンは、哀《かな》しそうに首《くび》を横《よこ》にふる。

「まったく……。ジョーカーくんもＲＤ《アールディー》も、わたしという人間《にんげん》がわかってないね。」

「わかりたくもありません。」

[そもそも人間《にんげん》なんですか?]

真剣《しんけん》に考《かんが》えると心《こころ》が折《お》れそうになるので、クイーンは無視《むし》してつづける。

「今回《こんかい》の仕事《しごと》に、わたしがどれだけ気合《きあい》がはいっているかを、見《み》せてあげよう。一時間後《じかんご》に、集合《しゅうごう》をかける。それまで、待機《たいき》していてくれたまえ。」

そのいい方《かた》は、誇《ほこ》り高《たか》き怪盗《かいとう》そのもの。雄々《おお》しく立《た》ちあがると、クイーンは船室《せんしつ》をでていった。

「信用《しんよう》してもいいのかな……。」

のこされたジョーカーが、つぶやく。

[裏《うら》に、なにかがあるのは確実《かくじつ》です。そうでなければ、『気合《きあい》がはいっている。』などと、あのクイーンがいうでしょうか? だいたい、〝気合《きあい》〟というものを持《も》ってるのかどうかも怪《あや》しいで

す。」

「………」

［わたしは、嫌《いや》な予感《よかん》がします。］

RD《アールディー》のことばに、ジョーカーは無言《むごん》でうなずいた。

そして一時間後《じかんご》――。

「厨房《ちゅうぼう》に集合《しゅうごう》！」

スピーカーから、クイーンの声《こえ》がした。

厨房《ちゅうぼう》では、白《しろ》い割烹着《かっぽうぎ》に姉《あね》さんかぶりをしたクイーンが、得意満面《とくいまんめん》な笑顔《えがお》でジョーカーをむかえた。

「さぁ、ジョーカーくんのぶんだよ。」

クイーンが手《て》で示《しめ》すテーブルには、いくつものランチボックスがならんでいる。どれもこれも、おにぎりに海苔《のり》を貼《は》り付《つ》けてパンダにしたり、ペンギンにしたりしてある。おかずも、ブロッコリーやゴボウで、森《もり》や草原《そうげん》を表現《ひょうげん》している。

「……なんですか、これは？」

ブリザードのような冷《つめ》たい声《こえ》で、ジョーカーがきいた。

「いわゆるキャラ弁《べん》というやつだよ。このライオンは苦労《くろう》したよ。黄色《きいろ》いチェダーチーズをたてがみにしてあるんだ。顔《かお》の部分《ぶぶん》は、プロセスチーズを使《つか》っている。」

「…………」

「きみのいいたいこともわかるよ。たしかに、サバンナにパンダやペンギンはいない。でも、動物《どうぶつ》キャラ弁《べん》をつくるとなると、パンダとペンギンははずせないだろ。」

――いや、そういうことをいいたいんじゃないんですが……。

ジョーカーは、心《こころ》をとざす。なにをいってもむだだという雰囲気《ふんいき》が、厨房《ちゅうぼう》に漂《ただよ》う。

かわりに口《くち》をはさんだのはRD《アールディー》だ。

[嫌《いや》な予感《よかん》が的中《てきちゅう》しました。こんなものをつくるのに、一時間《じかん》もかけてたんですね。]

「フッ……。わたしも、あまく見《み》られたものだ。」

目《め》を伏《ふ》せたクイーンが、首《くび》をふる。

「怪盗《かいとう》クイーンともあろうものが、キャラ弁《べん》をつくるのに、一時間《じかん》もかかるはずないだろ。」

胸《むね》を張《は》るクイーン。

「キャラ弁《べん》をつくりつつ、ちゃんと予告状《よこくじょう》も書《か》いていたんだよ。」

WILD

一枚《まい》の書類《しょるい》を取《と》りだすクイーン。
ジョーカーとＲＤ《アールディー》は、歓声《かんせい》をあげる。
「いつもはめんどうがって自分《じぶん》では書《か》かなかった予告状《よこくじょう》を、ついに書《か》いたんですね！」
［わたしには、わかってましたよ。クイーンは、やればできる子《こ》だって！］
クイーンは、それらの声《こえ》を「さわぐなさわぐな。」というように、手《て》で制《せい》する。
書類《しょるい》をのぞきこむジョーカーとＲＤ《アールディー》。

ナイロビ国立博物館《こくりつはくぶつかん》ならびに関係者各位《かんけいしゃかくい》

新種《しんしゅ》の猫盗難《ねことうなん》のお知《し》らせ

大雨季《だいうき》がおわり、ヌーの大群《たいぐん》がタンザニアからやってくる今日《きょう》この頃《ごろ》、みなさまにおかれましてはますますご清祥《せいしょう》のこととお慶《よろこ》び申《もう》しあげます。
さて、このたび、新種《しんしゅ》の猫《ねこ》に関《かん》する発表《はっぴょう》をナイロビ国立博物館《こくりつはくぶつかん》でおこなうとの情報《じょうほう》を入手《にゅうしゅ》しました。つきましては、怪盗《かいとう》クイーンが会場《かいじょう》にあらわれ、猫《ねこ》をうばうことを予告《よこく》させていただきます。草原《そうげん》が草食獣《そうしょくじゅう》でにぎやかになるこの時期《じき》に、みなさまと楽《たの》しいひとときを過《す》ごせればと思《おも》っております。

記《き》

1. 日時《にちじ》　新種《しんしゅ》の猫《ねこ》に関《かん》する発表記者会見時《はっぴょうきしゃかいけんじ》（小雨決行《こさめけっこう》）

2. 場所《ばしょ》　ナイロビ国立博物館大《こくりつはくぶつかんだい》ホール

3. その他《た》　中止《ちゅうし》の場合《ばあい》、朝《あさ》の六時《じ》までに連絡《れんらく》します。

以上《いじょう》、よろしくお願《ねが》いいたします。

怪盗《かいとう》クイーン

「…………」

ジョーカーとRD《アールディー》は、なにもいえない。

それにかまわず、クイーンがつぶやく。

「〝中止《ちゅうし》のときは花火《はなび》をあげる〟としたほうがよかったかな……。」

【あなたは、今回《こんかい》の仕事《しごと》を、動物園《どうぶつえん》への遠足《えんそく》のように思《おも》ってるんじゃないですか？】

RD《アールディー》の質問《しつもん》に、

「まさに、そのとおりだよ。」

ケロッとした顔《かお》で、クイーンがこたえた。

ジョーカーとRD《アールディー》は、深《ふか》いため息《いき》をつく。

それにかまわず、クイーンは前髪《まえがみ》を手《て》ではねる。

「たかが猫《ねこ》を盗《ぬす》むのに、このクイーンが全力《ぜんりょく》を出《だ》すまでもない。こんなの、遠足気分《えんそくきぶん》でちょうどいいんだよ。」

ジョーカーが、口《くち》をはさむ。

「以前《いぜん》、こういうときに使《つか》うことばを、あなたは教《おし》えてくれましたね。『獅子《しし》は、二兎《にと》を追《お》うと崖《がけ》から落《お》ちる』と——。」

そこまでいって、ジョーカーは首《くび》をひねる。

「あれ？　……どういう意味《いみ》でしたっけ？」

「どんなに優秀《ゆうしゅう》なライオンでも、一度《いちど》に二匹《ひき》のウサギを追《お》いかけると崖《がけ》から落《お》ちる。だから、どんなときでも油断《ゆだん》するなという意味《いみ》だよ。」

「追《お》われたウサギは、崖《がけ》から落《お》ちなかったんですか？」

「ウサギは、油断《ゆだん》しなかったんだろうね。」

「……東洋《とうよう》の神秘《しんぴ》ですね。」

「…………」

きいていたＲＤ《アールディー》は、二人《ふたり》の会話《かいわ》をメモリから消《け》す。システム障害《しょうがい》の原因《げんいん》になると判断《はんだん》したのだ。

ジョーカーがいう。

「油断《ゆだん》してると、あなたも崖《がけ》から落《お》ちるんじゃないですか？」

すると、クイーンは指《ゆび》をチッチッチとふった。

「崖《がけ》から落《お》ちるぐらい、たいしたことじゃない。それより、今回《こんかい》の仕事《しごと》はいい機会《きかい》だからね。」

「いい機会《きかい》？」

「ジョーカーくんは、遠足《えんそく》で動物園《どうぶつえん》にいったことがないだろ。というか、遠足《えんそく》にいったことがないじゃないか。だから、この機会《きかい》に遠足《えんそく》というものを味《あじ》わってもらおうと思《おも》ってるんだ。」

「…………」

だまりこむジョーカー。しばらくして、口《くち》をひらいた。

「ぼくは、べつに遠足《えんそく》なんかいきたくありませんが――。」

「いきたいとかいきたくないとか関係《かんけい》なく、遠足《えんそく》はいったほうがいいんだよ。」

「…………」

「動物園《どうぶつえん》にも、興味《きょうみ》ないのかい？」

「動物《どうぶつ》は、食《た》べられるか食《た》べられないか以上《いじょう》の興味《きょうみ》はありません。それに、トルバドゥールには、シロクマも猫《ねこ》もいるじゃないですか。わざわざ動物園《どうぶつえん》にいく必要《ひつよう》を感《かん》じません。」

ジョーカーの返事《へんじ》に、クイーンは肩《かた》をすくめる。

「浪漫《ロマン》がないねぇ。」

【今回《こんかい》の仕事《しごと》を、あなたがどれだけかるく見《み》ていても、油断《ゆだん》していない連中《れんちゅう》もいることを忘《わす》れないでくださいね。】

RD《アールディー》が、口《くち》をはさんだ。

【新種《しんしゅ》の猫《ねこ》をねらって、某国《ぼうこく》の軍部《ぐんぶ》が動《うご》きだしました。彼《かれ》らの元《もと》には、狂科学者《マッドサイエンティスト》ゴンリー・ディンリー兄弟《きょうだい》がいます。】

「物好《ものず》きだね。なぜ、そんな連中《れんちゅう》がねらうんだい？」

スピーカーからRD《アールディー》のため息《いき》がこぼれる。

【擬態《ぎたい》できる生物《せいぶつ》です。その秘密《ひみつ》を解明《かいめい》し、兵士《へいし》や兵器《へいき》に応用《おうよう》したいんですよ。】

それをきいて、クイーンはまた肩《かた》をすくめる。

「じつに、美《うつく》しくない動機《どうき》だね。」

「………。」

［あと、怪盗《かいとう》クイーンがケニアにむかっているという情報《じょうほう》をつかんで、国際刑事警察機構《ICPO》も警戒《けいかい》態勢《たいせい》にはいりました。］

ジョーカーが、首《くび》をひねる。

「どうして、ぼくらの動《うご》きが国際刑事警察機構《ICPO》にもれたんだろう？」

アンチレーダーの雲《くも》をまとうことにより、トルバドゥールは、どこの国《くに》の領空《りょうくう》でもはいることができる。また、RD《アールディー》が構築《こうちく》したセキュリティシステムにより、トルバドゥールから出入《でい》りする情報《じょうほう》をハッキングすることは不可能《ふかのう》である。

［調査中《ちょうさちゅう》です。しかし現在《げんざい》のところ、どこからもハッキングされた形跡《けいせき》もなく、詳細《しょうさい》は不明《ふめい》です。］

RD《アールディー》が重々《おもおも》しくこたえると同時《どうじ》に、クイーンがかるい調子《ちょうし》でいった。

「おそらく、わたしのツイッターを読《よ》んだんだろうね。」

つぎの瞬間《しゅんかん》、船室《せんしつ》の空気《くうき》が凍《こお》った。

動《うご》きをとめたジョーカーとRD《アールディー》にかまわず、取《と》りだしたスマホを、うれしそうに見《み》せるクイーン。

こんど、ジョーカーくんとケニアに遠足《えんそく》です。動物《どうぶつ》、いっぱい見《み》たいな。

動物《どうぶつ》キャラ弁《べん》です。味《あじ》は、どうかな?

満面《まんめん》の笑《え》みをうかべるクイーンの写真《しゃしん》。

「フォロワー数《すう》が八千万《まん》を超《こ》えてるからね。その中《なか》に、国際刑事警察機構《ICPO》の人間《にんげん》がいたとしても、不思議《ふしぎ》じゃないよ。」

満足《まんぞく》そうにフォロワー数《すう》を見《み》つめるクイーン。

「これからの怪盗《かいとう》は、予告状《よこくじょう》という古典的《こてんてき》な手法《しゅほう》だけじゃなく、SNS《エスエヌエス》も活用《かつよう》すべきだと思《おも》うんだ。」

「…………」

「心配《しんぱい》しなくてもいいよ。きみたちは、LINE《ライン》のほうに、おともだち登録《とうろく》してあるから。」

ため息《いき》をつくジョーカー。

「何度《なんど》もいいますが、ぼくは、あなたのおともだちじゃなく仕事上《しごとじょう》のパートナーですから。」

［ちなみに、わたしは一介《いっかい》の人工知能《じんこうちのう》です。］

ジョーカーとＲＤ《アールディー》のことばを無視《むし》し、スマホを操作《そうさ》するクイーン。

ＲＤ《アールディー》がいう。

［それにしても、よく投稿《とうこう》できましたね。わたしがつくったセキュリティシステムが、妙《みょう》な投稿《とうこう》はトルバドゥールの外《そと》に出《だ》さないようにしてるのに――。］

「あんな穴《あな》だらけのセキュリティシステムで、わたしの魂《たましい》のツイートは、とめられないよ。」

あっけらかんというクイーン。

ブチッという音《おと》がした。ＲＤ《アールディー》の堪忍袋《かんにんぶくろ》システムに障害《しょうがい》がおきた音《おと》だ。

ジョーカーも、スマホを出《だ》し画面《がめん》を見《み》る。

「クイーン……。あなたは、ＳＮＳ《エスエヌエス》にツイートを流《なが》すことをかるく考《かんが》えすぎてませんか？」

「どういうことだい？」

「ブロックをかけてないので、あなたのツイートは、だれでも見《み》ることができます。つまり、あなたが見《み》せたくない人《ひと》も、読《よ》むことができるという意味《いみ》です。」

「なにがいいたいのか、わからないな。」

首《くび》をひねるクイーンに、無言《むごん》でスマホを見《み》せるジョーカー。

おやつは二十人民元《じんみんげん》までかな？

ツイートの下《した》には、『リュックサック』というより『背嚢《はいのう》』という感《かん》じの袋《ふくろ》に、トランプや花札《はなふだ》をつめこんでいる皇帝《アンプルール》の写真《しゃしん》。

最近《さいきん》の遠足《えんそく》は、お弁当《べんとう》ではなく現地《げんち》でランチ。料理番《りょうりばん》をつれていくのが、トレンド。

その下《した》の写真《しゃしん》は、鍋《なべ》やフライパンなどの調理器具《ちょうりきぐ》を荷《に》づくりしているヤウズ。その表情《ひょうじょう》が、全然《ぜんぜん》楽《たの》しそうではない。

ジョーカーが、クイーンにきく。

「どうするんですか？　皇帝《アンプルール》は、ケニアにいく気満々《きまんまん》ですよ。」

「…………」

RD《アールディー》が報告《ほうこく》する。

[ほかにも、ツイッターを見《み》た、あなたに恨《うら》みを抱《いだ》く個人《こじん》や団体《だんたい》が続々《ぞくぞく》とケニア行《い》きの準備《じゅんび》を始《はじ》めてますよ。]

「……………」

[これからは、衝動的《しょうどうてき》な行動《こうどう》を慎《つつし》むように忠告《ちゅうこく》します。]

ジョーカーとRD《アールディー》に注意《ちゅうい》されても、クイーンはへこたれない。

「やっぱり、遠足《えんそく》はたくさんの人数《にんずう》でいくほうが楽《たの》しいよね。」

そして、壁面《へきめん》のモニタに、トルバドゥールの現在位置《げんざいいち》をうつす。

「RD《アールディー》、いちばん近《ちか》いコンビニ上空《じょうくう》に、トルバドゥールをとめてくれないか。遠足《えんそく》のおやつを買《か》いにいってくるよ。」

[怪盗《かいとう》なら、買《か》わずに盗《ぬす》むという選択肢《せんたくし》もあるように思《おも》うんですが——。]

「わかってないね……。」

ため息《いき》をつくクイーン。

「遠足《えんそく》のおやつはね、きめられた金額《きんがく》の中《なか》で、なにを買《か》うか考《かんが》えるのが楽《たの》しいんだよ。自分《じぶん》が食《た》べるメインのおやつ、友《とも》だちとの交換用《こうかんよう》のおやつ、のこしておいて家《いえ》でゆっくり食《た》べるためのおやつ——これらの選択《せんたく》を、後悔《こうかい》しないようにおこなうのは、高等数学《こうとうすうがく》の問題《もんだい》を解《と》くよりむずかしいよ。」

そして、挑発《ちょうはつ》するようにＲＤ《アールディー》にいう。

「じつは、もっとむずかしい問題《もんだい》があるんだが、きいてもいいかな？」

【わたしは、世界最高《せかいさいこう》の人工知能《じんこうちのう》です。わたしにこたえられない質問《しつもん》はありません。】

「バナナは、おやつにはいるのかい？」

【…………】

ＲＤ《アールディー》は、完全《かんぜん》に沈黙《ちんもく》した。

それは、クイーンの質問《しつもん》にあきれたからなのか、それとも、永遠《えいえん》の謎《なぞ》に触《ふ》れてしまったからなのか……。

「ぼくも質問《しつもん》があります。」

ジョーカーが、クイーンを見《み》る。

「あなたは、どうして新種《しんしゅ》の猫《ねこ》を盗《ぬす》もうとするんですか？」

一瞬《いっしゅん》、クイーンに動揺《どうよう》が走《はし》った。しかし、すぐにそれをかくすようにほほえむと、肩《かた》をすくめる。

「なにをいってるんだい、ジョーカーくん。怪盗《かいとう》が獲物《えもの》を盗《ぬす》む理由《りゆう》はただ一つ、〝浪漫《ロマン》〟だよ。」

「…………」

——ぜったいに、なにかかくしてる！

ジョーカーは確信《かくしん》した。

文太《ぶんた》の話《はなし》　その二

太陽《たいよう》が、溶《と》けるように地平線《ちへいせん》のむこうにしずんだころ、ワンボックスカーは小高《こだか》い丘《おか》の麓《ふもと》に着《つ》いた。

きゅうに気温《きおん》が下《さ》がる。

目《め》の前《まえ》には、岩《いわ》の壁《かべ》にあいた大《おお》きな洞窟《どうくつ》——ブロウだ。

「プンバ、キヲツケテ。」

笑顔《えがお》で、ロムくんがいった。彼《かれ》の手首《てくび》には、ぼくから受《う》け取《と》った腕時計《うでどけい》が巻《ま》かれている。

「一時間《じかん》してももどらなかったら、さがしにきてくれないかな。」

ぼくのことばに、ロムくんは怯《おび》えたように手《て》をふる。

「ムリムリ！　シール持《も》ッテナイ。」

そうだった。

ロムくんがぼくの肩《かた》をたたき、歌《うた》うようにいう。

「へっちゃらぁ〜！　へっちゃらぁ〜！」

「…………」

まだまだいいたいことはあったけど、どれだけいってもむだなような気《き》がして、ぼくは口《くち》をとじる。

そして、懐中電灯《かいちゅうでんとう》を出《だ》し、ブロウにむける。

入《い》り口《ぐち》は、思《おも》ったより大《おお》きい。横幅《よこはば》は五メートル、高《たか》さは十メートルぐらいの穴《あな》。懐中電灯《かいちゅうでんとう》をむけたのに、中《なか》はよく見《み》えない。ブロウが光《ひかり》を吸《す》いこんでるかのようだ。真《ま》っ黒《くろ》なゼリーに飛《と》びこむような気持《きも》ちで、ぼくはブロウの中《なか》に足《あし》を踏《ふ》み入《い》れる。

空気《くうき》は、淀《よど》んでいない。かすかに、風《かぜ》を感《かん》じる。地面《じめん》は、堅《かた》い岩《いわ》。すべることもない。

壁《かべ》を照《て》らすと、ゴツゴツした黒《くろ》い岩壁《がんぺき》。ほとんど、光《ひかり》を反射《はんしゃ》しない。

ゆっくり息《いき》をしながら、ぼくは先《さき》に進《すす》む。

しばらくしてからふりかえると、入《い》り口《ぐち》が——見《み》えない！

そんなバカな……。

まだ、ブロウにはいって二十メートルも進《すす》んでない。なのに……。

あわてて引《ひ》き返《かえ》そうとしたぼくは、

「おやおや、見《み》なれない顔《かお》だね。はやくでないと、命《いのち》を落《お》とすよ。」

とつぜんの声《こえ》に、足《あし》がとまった。

声《こえ》がきこえたほうに懐中電灯《かいちゅうでんとう》をむけると、光《ひかり》の輪《わ》の中《なか》にレストランで会《あ》った老人《ろうじん》が岩《いわ》の上《うえ》に腰《こし》掛《か》けていた。

「どうしてここにいるんですか？」

「わたしは、ずっとここにいるぞ。」

ぼくは、首《くび》を横《よこ》にふる。

いま、目《め》の前《まえ》にいるのは、ぼくが会《あ》った老人《ろうじん》じゃない。似《に》ているけど、ちがう。

なぜなら、老人《ろうじん》はぼくにフィルムをわたした。つまり、彼《かれ》はブロウにはいることはできないんだ。

そのとき、ぼくの頭《あたま》に、信《しん》じられないような考《かんが》えがうかんだ。

「あなたが……ニニ？」

すると、老人《ろうじん》は白《しろ》い歯《は》を見《み》せて笑《わら》った。

「なんだ、知《し》らずにはいってきたのか。」

ぼくは、ことばがでない。

いままでの話《はなし》で、ニニは不思議《ふしぎ》な動物《どうぶつ》だと思《おも》っていた。でも、目《め》の前《まえ》にいるのは、どう見《み》ても人間《にんげん》。それも、レストランで会《あ》った老人《ろうじん》にそっくりな人間《にんげん》だ。

老人《ろうじん》——いや、ニニが、ぼくの手《て》を取《と》る。

貼《は》られたフィルムを見《み》て、すこし残念《ざんねん》そうな顔《かお》になった。

「これを貼《は》ってるということは、きみに仕事《しごと》を引《ひ》き継《つ》ぎ、あの男《おとこ》は引退《いんたい》したわけか……。なかなか楽《たの》しい男《おとこ》だったが、年齢的《ねんれいてき》にも限界《げんかい》だったのかな。」

そして、立《た》ちあがるといった。

「詳《くわ》しく話《はなし》をしてあげないといけないね。場所《ばしょ》をかえようか。」

ぼくのうでをとり、洞窟《どうくつ》の奥《おく》に進《すす》みはじめる。

すると、真《ま》っ暗《くら》だったブロウが、だんだん明《あか》るくなっていく。地面《じめん》や壁《かべ》、天井自体《てんじょうじたい》が光《ひかり》を出《だ》してるようだ。

そして、ゴツゴツしていた岩肌《いわはだ》が、磨《みが》いたように滑《なめ》らかになっていく。

でも、もっと変化《へんか》がすごかったのは、ぼくの前《まえ》を歩《ある》くニニだ。

褐色《かっしょく》だった肌《はだ》から、色《いろ》がぬけていく。髪《かみ》の毛《け》が、肌《はだ》に吸《す》いこまれるように、短《みじか》くなる。そして、ぼくのうでをつかんでいる、ニニの手《て》の感触《かんしょく》。ゴツゴツしていたのが、プニプニしたやわらかい感《かん》じ……。

ニニの足下《あしもと》に、ふぁさりと服《ふく》が落《お》ちる。もう人間《にんげん》の姿《すがた》をしてないんだから、服《ふく》なんて必要《ひつよう》じゃないというように……。

「さぁ、ここならおちついて話《はなし》ができる。」

ニニが案内《あんない》してくれたのは、殺風景《さっぷうけい》な白《しろ》い部屋《へや》だった。教室《きょうしつ》ぐらいの広《ひろ》さで、中央《ちゅうおう》にテーブルと椅子《いす》が二つ。奥《おく》にベッド。その脇《わき》に、グラスや皿《さら》のはいった棚《たな》が一つ。テーブルの脇《わき》には、うすいスーツケースが横《よこ》たわっていた。

しかし、生活感《せいかつかん》のない部屋《へや》以上《いじょう》におどろいたのは、ニニの変化《へんか》。老人《ろうじん》の姿《すがた》から、白《しろ》い猫《ねこ》にかわっている。猫《ねこ》といっても、日本《にっぽん》で見《み》るような猫《ねこ》じゃない。

カラカル……。

ぼくは、『サバンナの動物《どうぶつ》』というパンフレットに載《の》っていた、カラカルというネコ科《か》の動物《どうぶつ》を思《おも》いだす。一メートル近《ちか》くの体長《たいちょう》で、尾《お》が短《みじか》く、大《おお》きくてとがった耳《みみ》をしている。

「さぁ、すわりたまえ。」

ニニにいわれて、ぼくは椅子《いす》にすわる。

むかい側《がわ》にすわり、ニニが組《く》んだ手《て》の上《うえ》に顎《あご》をのせた。

「さて、わたしから説明《せつめい》してもいいが……きみがききたいことにこたえるほうが、おもしろそうだ。なんでもきいてもらおうか。」

ニニが、目《め》を細《ほそ》める。その顔《かお》は、まさに猫《ねこ》みたいだ。

ぼくは、いちばん気《き》になってることを質問《しつもん》する。

「きみは……何者《なにもの》だ？」

敬語《けいご》を使《つか》うかどうか迷《まよ》ったけど、猫相手《ねこあいて》に「です、ます」で話《はな》すのも奇妙《きみょう》な気《き》がした。

「わたしは、きみたちが『ニニ』とよんでる生物《せいぶつ》だ。」

あっさりこたえる。

「だから、その『ニニ』ってのが、何者《なにもの》だってきいている。」

「ではきくが、きみは、自分《じぶん》が何者《なにもの》かきかれてこたえられるのかい？」

逆《ぎゃく》にききかえされた。

「ぼくは、笠間文太《かさまぶんた》。……人間《にんげん》だ。」

すると、ニニはニコッと笑《わら》った。

「ほら、わたしの答《こた》えとおなじレベルじゃないか。」

「………。」

ぼくは考《かんが》えこむ。たしかに、自分《じぶん》が何者《なにもの》か説明《せつめい》するのはむずかしい。

「じゃあ、ニニは、ブロウでなにをしてるんだ？」

「生《い》きてる……ってところかな。」

かっこいい答《こた》えだろ！　って感《かん》じで、ニニが、細《ほそ》い目《め》をさらに細《ほそ》める。

なんだか、質問《しつもん》するのがバカらしくなってきた。いったい、どうきけば、知《し》りたいことを知《し》ることができるんだろう……。

「どうして、ニニは人間《にんげん》に化《ば》けることができるんだ？」

「そういう能力《のうりょく》を持《も》ってるからだよ。きみが話《はな》したり見《み》たりできるのも、そういう能力《のうりょく》を持《も》ってるからだろ？」

たしかに、そのとおりだけど……。

「ニニは、なにがしたいんだ？」

ぼくは、殺風景《さっぷうけい》な部屋《へや》を見《み》まわす。

「こんなところに一人《ひとり》……いや、一匹《ぴき》……いや、一人《ひとり》でいて寂《さび》しいと思《おも》わないのか？」

ニニを〝一人《ひとり》〟といってもいいのか、ぼくは迷《まよ》う。

「寂《さび》しいという気持《きも》ちがよくわからないけど、なかなか快適《かいてき》だよ。それに彼《かれ》は、わたしがブロウに居《い》つづけることを願《ねが》ってたからね。」

「彼《かれ》？」

「きみにフィルムをわたした者《もの》だよ。」

あの老人《ろうじん》のことか……。

「彼《かれ》は、きみにフィルムをわたすとき、なにかいったかい？」

ガラス玉《だま》のようなニニの目《め》が、ぼくを見《み》る。

「……好《す》きにしろっていった。」

かなり省略《しょうりゃく》してこたえる。

老人《ろうじん》は、食《た》べるのも見世物《みせもの》にするのも博物館《はくぶつかん》に売《う》るのも自由《じゆう》だといった。でも、それはニニにいわないほうがいいように思《おも》えた。

ニニの目《め》が、一瞬《いっしゅん》だけ白《しろ》くなる。

「なるほど……。きみは、わたしを日本《にっぽん》へつれていきたいんだね。」

ぼくは、おどろいた。

どうして、わかったんだ？

楽《たの》しそうに、ぼくを見《み》るニニ。

「なにも不思議《ふしぎ》なことはないよ。だって、わたしはきみなんだから。」

いってる途中《とちゅう》から、すこしずつニニの姿《すがた》がかわりはじめた。

ネコにしか見《み》えなかったまるい顔《かお》が、すこしずつ人間《にんげん》の顔《かお》にかわっていく。見《み》えない手《て》が、粘《ねん》土《ど》をこねているように、眉毛《まゆげ》ができ、鼻《はな》がととのい、黒《くろ》い髪《かみ》がのびる。

体《からだ》がふくらみ、白《しろ》かった肌《はだ》に色《いろ》がついていく。肉球《にくきゅう》のついたまるい手《て》から指《ゆび》がのび、爪《つめ》がひっこむ。

そして、四足歩行《しそくほこう》の体《からだ》が、人間男性《にんげんだんせい》のものにかわった。

ぼくは、よく気《き》を失《うしな》わなかったものだと思《おも》う。あまりに信《しん》じられない光景《こうけい》に、目《め》をそらすことができない。

「やぁ。」

変身《へんしん》をおえたニニが、ぼくにむかって手《て》をふる。

ぼくは、鏡《かがみ》にうつった自分《じぶん》を見《み》てるような気持《きも》ちになった。目《め》の前《まえ》にすわってるのは、ぼくだ……。

いままで、自分《じぶん》と会《あ》うという経験《けいけん》をしたことないけど、なんだか恥《は》ずかしい。それは、ニニが服《ふく》を着《き》ていないからだろうか？

「なにか、服《ふく》はないのか？　自分《じぶん》の貧弱《ひんじゃく》な体《からだ》を見《み》ていたくない。」

「やれやれ、文太《ぶんた》は細《こま》かいことを気《き》にするんだな。」

ニニが、足下《あしもと》のスーツケースをあける。中《なか》には、きちんとたたまれたシャツとジーンズ。いま、ぼくが着《き》てるものとおなじだ。おどろくことに、シャツのよごれまで一致《いっち》している。

さらにおどろいたのは、スーツケースの中《なか》には、浮世絵柄《うきよえがら》の派手《はで》なトランクスまではいっていたことだ。

「きみは、あまり趣味《しゅみ》がよくないね。」

トランクスをはきながら、ニニがいった。ほうっておいてほしい。

「ほら、お望《のぞ》みどおり、服《ふく》を着《き》てやったよ。」

ニニが、ファッションモデルのように、くるりとターンした。

ぼくは、複雑《ふくざつ》な気分《きぶん》だ。自分《じぶん》とおなじ服《ふく》を着《き》て、おなじ姿《すがた》かっこうの者《もの》が前《まえ》にいるのもおちつかないんだけど、ここまで客観的《きゃっかんてき》に自分《じぶん》を見《み》ると、あまりに非《ひ》ビジュアル系《けい》なことにショックを受《う》ける。

――無事《ぶじ》に日本《にっぽん》に帰《かえ》ったら、スポーツジムにでもいこうかな……。

いや、いまは、そんなことを考《かんが》えてる時《とき》じゃない。

ぼくは、大《おお》きく息《いき》を吸《す》ってからきいた。

「いま……ニニは、ぼくの気持《きも》ちがわかるのか？」

すると、ニニは首《くび》を横《よこ》にふった。

「わたしは、文太《ぶんた》の情報《じょうほう》を吸収《きゅうしゅう》して、変身《へんしん》した。だから、そのときまでに、文太《ぶんた》がやってきたことや考《かんが》えたことはわかる。でも、いま現在《げんざい》、きみが考《かんが》えてることはわからない。」

ぼくは、すこしホッとする。

いや、ホッとしてる場合《ばあい》じゃない。

「記憶《きおく》っていったけど……ぼくがやってきたことも吸収《きゅうしゅう》したのか？」

「百年《ねん》も生《い》きてない人間《にんげん》の記憶《きおく》なんて、たいした情報量《じょうほうりょう》じゃない。」

「………」

なんだか、すごく馬鹿《ばか》にされたような気《き》がする。

「なんなら、文太《ぶんた》が忘《わす》れてる、初恋《はつこい》の人《ひと》の名前《なまえ》を教《おし》えてあげようか？」

つぎにニニがいったのは、たしかに初恋《はつこい》の人《ひと》の名前《なまえ》だった。そして、彼女《かのじょ》の名前《なまえ》を忘《わす》れていたことも、事実《じじつ》だった。

——思《おも》いだしたくないことや忘《わす》れてしまいたい記憶《きおく》を、ニニはすべて知《し》ってるのか……。

そう考《かんが》えると、目《め》の前《まえ》のニニを殺《ころ》したくなった。でも、いま、ニニを殺《ころ》したらどうなるんだろう？

「まさかと思《おも》ってきくけど、いま、ニニが怪我《けが》したら、その痛《いた》みは、ぼくに伝《つた》わるのか？」

ニニが首《くび》を横《よこ》にふるのを見《み》て、ぼくは安心《あんしん》した。

つづいて、ニニがいう。

「それから、ききたくないかもしれないが、かなり肝臓《かんぞう》が弱《よわ》ってる。酒《さけ》はすこしひかえたほうがいい。タバコは吸《す》ってないから、肺《はい》はきれいだ。しかも、ケニアにきて、さらにきれいになってる。あと、髪《かみ》の毛《け》はうすくなる。八年《ねん》三か月後《げつご》までに、手《て》を打《う》たないと後悔《こうかい》するだろうな。」

……ほんとうに、ききたくない情報《じょうほう》だった。いや、ありがたいと思《おも》わないといけないのかな……。

ぼくは、一つせきばらいしてから、話題《わだい》をかえる。

「さっきまで老人《ろうじん》に変身《へんしん》してたけど、彼《かれ》の記憶《きおく》はのこってるのか？」

「のこってることはのこってるけど、彼《かれ》の情報《じょうほう》をよびだすには、なかなか時間《じかん》がかかってたいへんなんだ。」

なるほど。

「姿《すがた》をかえるのに、どれぐらいの時間《じかん》がいるんだ？」

「いまは、かわっていく様子《ようす》を見《み》てもらうのに、ゆっくりやったけど……。その気《き》になったら、二秒《びょう》ぐらいかな。」

五十メートル走《そう》のタイムを自慢《じまん》するような口調《くちょう》で、ニニがいった。

そして、立《た》ちあがると、棚《たな》からグラスを二つ出《だ》してテーブルにおいた。ガラスのグラスに、水《みず》がはいってる。

「この水《みず》は？　ニニがつくったのか？」

だったら、あまり飲《の》みたくない。

「安心《あんしん》しろ、これは洞窟《どうくつ》に溜《た》まった水《みず》だ。」

「………」

ぼくは、なんだか苔《こけ》くさい水《みず》を口《くち》にふくむ。

「さて、これからのことを相談《そうだん》しようか。」

水《みず》を飲《の》み、ぼくとおなじように顔《かお》をしかめてから、ニニがいった。

「これからのこと？」

「そうだよ。わたしは、文太《ぶんた》がやりたいことを知《し》っている。わたしを日本《にっぽん》につれていきたいのも、その一つだ。それらを実現《じつげん》するにはどうしたらいいか、相談《そうだん》しようといってるんだ。」

ぼくがやりたいこと……。

冷《つめ》たい汗《あせ》が、ぼくの頰《ほお》を伝《つた》う。

「いま、ニニは〝知《し》ってる〟といったけど……ほんとうに、ぼくがやりたいことを知《し》ってるのか？」

ニニが、自信《じしん》たっぷりにうなずく。

「知《し》ってるよ。わたしは、文太《ぶんた》の深層心理《しんそうしんり》まで読《よ》み取《と》ったからね。」

「…………」

「きみにフィルムをわたした老人《ろうじん》は、わたしを監視《かんし》する一族《いちぞく》の仕事《しごと》に不満《ふまん》を持《も》っていた。でも、心《こころ》の奥底《おくそこ》では、その仕事《しごと》をつづけなければいけないと思《おも》っていた。わたしは、それがわかっていたから、洞窟《どうくつ》からでなかった。」

「…………」

「さぁ、こんどは文太《ぶんた》の希望《きぼう》を実現《じつげん》しようか。」

ほほえむニニ。いや、ほほえんでるのは、ぼくの顔《かお》だ……。

ぼくは、それがおそろしい……。

新種《しんしゅ》の猫《ねこ》が見《み》つかったというニュースが世界配信《せかいはいしん》されたのは、ぼくがブロウにはいってから一週間後《しゅうかんご》のことだった。

Scene《シーン》02 計画《けいかく》は入念《にゅうねん》に慎重《しんちょう》に、そして柔軟《じゅうなん》に

フランスのリヨン――。
その静《しず》かな住宅街《じゅうたくがい》の中《なか》に、国際刑事警察機構《ICPO》の本部《ほんぶ》はある。
国際刑事警察機構《ICPO》の役割《やくわり》は、各国《かっこく》の警察《けいさつ》と連携《れんけい》を図《はか》ることである。重要《じゅうよう》な任務《にんむ》は、逃亡《とうぼう》している犯罪人《はんざいにん》を国際指名手配《こくさいしめいてはい》することだが、逮捕《たいほ》するかどうかは、犯罪人《はんざいにん》を見《み》つけた国《くに》の判断《はんだん》にまかされている。

あくまでも各国《かっこく》の警察《けいさつ》と連携《れんけい》を図《はか》る組織《そしき》であるため、本格的《ほんかくてき》な捜査機関《そうさきかん》を持《も》たず、国際刑事警察機構《ICPO》の職員《しょくいん》にも逮捕権《たいほけん》はない――表むきは。

「世界平和《せかいへいわ》を守《まも》るためには、国際刑事警察機構《ICPO》が先頭《せんとう》に立《た》って、悪《あく》の根《ね》を絶《た》やさなければならない。そのためには、事件《じけん》の真相《しんそう》を見《み》ぬく目《め》を持《も》った人間《にんげん》を集《あつ》め、絶対的《ぜったいてき》な捜査権《そうさけん》を持《も》たせる必要《ひつよう》がある。」

その考《かんが》えの下《もと》、十三人《にん》の探偵卿《たんていきょう》が組織《そしき》された。

探偵卿《たんていきょう》の存在《そんざい》は極秘《ごくひ》あつかいで、彼《かれ》らのことを知《し》っているのは、各国《かっこく》の捜査機関《そうさきかん》の上層部《じょうそうぶ》に限《かぎ》られている——表むきは。

じっさい、探偵卿《たんていきょう》の組織《そしき》は、世間《せけん》に広《ひろ》く知《し》れわたっている。それも、「己《おのれ》の推理力《すいりりょく》だけを武器《ぶき》に、警察《けいさつ》のとおり一遍《いっぺん》の捜査《そうさ》では解決《かいけつ》できない難事件《なんじけん》を解決《かいけつ》する集団《しゅうだん》」ではなく、「奇人変人《きじんへんじん》でないと探偵卿《たんていきょう》になれない」とか「万国《ばんこく》びっくりショー」という認識《にんしき》で、知《し》れわたっている。

——推理力《すいりりょく》と常識《じょうしき》は、同時《どうじ》に存在《そんざい》しないのかしら？

十三人《にん》の探偵卿《たんていきょう》をまとめるルイーゼは、問題児《もんだいじ》ばかりの学級担任《がっきゅうたんにん》の気分《きぶん》を味《あじ》わっている。

——もっとも、常識的《じょうしきてき》な考《かんが》え方《かた》しかできなかったら、事件《じけん》の真相《しんそう》を見《み》ぬくことなんてできないかもね……。

彼女《かのじょ》はため息《いき》をつくと、デスクの引《ひ》き出《だ》しから出《だ》したキャンディ（ルイーゼは「アメちゃん」とよんでる）を口《くち》にほうりこむ。

そのとき、スマホに着信音《ちゃくしんおん》。ディスプレイには、『M《エム》』の文字《もじ》。

また、ため息《いき》をつくルイーゼ。

国際刑事警察機構《ICPO》の上層部《じょうそうぶ》に所属《しょぞく》するM《エム》からの電話《でんわ》に、でないわけにはいかない。

「はい、ルイーゼです。」

「きみの瞳《ひとみ》に乾杯《かんぱい》。」

スマホからこぼれる、ベタベタしたM《エム》の声《こえ》。

ルイーゼは、速攻《そっこう》で電話《でんわ》を切《き》る。いちおう、電話《でんわ》にでたから、責任《せきにん》は果《は》たしたことになる。

すかさず、電話機《でんわき》の下《した》からFAX用紙《ファックスようし》がでてきた。M《エム》からだ。


きみの声《こえ》をきいたら、どうしても感情《かんじょう》をおさえることができなかった。怒《いか》りを収《おさ》めて、電《でん》話《わ》にでてくれないか。仕事《しごと》の連絡《れんらく》だ。


「…………」

ルイーゼは考《かんが》える。

――電話《でんわ》を切《き》って、すぐにFAX《ファックス》が流《なが》れてきた。つまり、わたしがおこって電話《でんわ》を切《き》ることを予想《よそう》し、M《エム》はFAX《ファックス》を用意《ようい》していたことになる。

かつて、〝探偵卿《たんていきょう》の中《なか》の探偵卿《たんていきょう》〟とよばれていたM《エム》。ルイーゼが電話《でんわ》を切《き》ることなど、かんたんに推理《すいり》できる。

——そこまでの能力《のうりょく》を持《も》ってるのなら、わたしをおこらせるようなことをいわなきゃいいのに……。

何度目《なんどめ》かのため息《いき》をついたとき、電話《でんわ》が鳴《な》った。

「はい、ルイーゼです。」

「怪盗《かいとう》クイーン逮捕《たいほ》の指令《しれい》だ。」

電話《でんわ》を切《き》られないよう、真面目《まじめ》な声《こえ》でM《エム》がいった。

「なにか、動《うご》きがあったの？」

「きみも、アフリカで新種《しんしゅ》の猫《ねこ》が見《み》つかったというニュースは知《し》っているだろ。クイーンのねらいは、その猫《ねこ》だ。」

「猫《ねこ》……。」

ルイーゼは、考《かんが》える。

——どうしてまた、猫《ねこ》なんて……。世界《せかい》には猫《ねこ》の餌《えさ》入《い》れを盗《ぬす》む怪盗《かいとう》もいるけど、クイーンって猫好《ねこず》きだったかしら？

「きみのモバイルに、今回《こんかい》の資料《しりょう》を送《おく》る。それを読《よ》んで、任務《にんむ》の概要《がいよう》をつかんでくれ。」

「わかったわ。パスワードは——。」

「だいじょうぶだよ、知《し》ってるから。」

かるい調子《ちょうし》で、M《エム》がいった。

つぎの瞬間《しゅんかん》、デスクにおかれたモバイルに、つぎつぎと資料《しりょう》がうつしだされた。同時《どうじ》に、パスワードをかえるルイーゼ。

不快《ふかい》な害虫《がいちゅう》を退治《たいじ》したような気分《きぶん》で、資料《しりょう》を読《よ》む。

ニニとよばれる新種《しんしゅ》の猫《ねこ》。披露《ひろう》されるのは、三日後《みっかご》――ケニアのナイロビ国立博物館《こくりつはくぶつかん》。クイーン以外《いがい》に、複数《ふくすう》の組織《そしき》にも動《うご》きがある。

「きみは、ニニの意味《いみ》がわかるかい？」

「スワヒリ語《ご》で、『なに』。」

「さすがだ。では、桃《もも》の花言葉《はなことば》は知《し》ってるかな？」

「くだらないことをいうなら、電話《でんわ》を切《き》るわよ。」

「………………」

沈黙《ちんもく》するM《エム》。

ちなみに、探偵卿《たんていきょう》は数《すう》か国語《こくご》を話《はな》せなければならないが、その中《なか》にスワヒリ語《ご》ははいっていない。

資料《しりょう》を読《よ》みおえたルイーゼが、M《エム》にきく。

「一つ確認《かくにん》したいのだけど、いいかしら？」

「どうぞ。きみに隠《かく》し事《ごと》をしないと、わたしはきめてるんだ。」

「任務《にんむ》の内容《ないよう》は、ニニをねらう組織《そしき》や個人《こじん》の逮捕《たいほ》。——それだけ？」

「どういう意味《いみ》かな？」

「国際刑事警察機構《ICPO》としては、ニニがほしいんじゃないの？　ほんとうは、ほかよりもはやくニニを盗《ぬす》みだせっていいたいんじゃないのかしら？」

「なにをバカなことを——。」

ルイーゼは、M《エム》がこたえるまでに、かすかな間《ま》があったことを見《み》のがさない。

「わが国際刑事警察機構《ICPO》は、国際犯罪《こくさいはんざい》の防止《ぼうし》を目的《もくてき》としている。なのに、犯罪《はんざい》をおこなえなどという指令《しれい》を出《だ》すわけないじゃないか。」

ペラペラと話《はな》すM《エム》。

——この男《おとこ》は、ごまかしたいことがあると口数《くちかず》がふえる。

かつて、「探偵卿《たんていきょう》の中《なか》の探偵卿《たんていきょう》」とよばれたM《エム》。その観察力《かんさつりょく》と推理力《すいりりょく》は、どんな小《ちい》さな手《て》がかりも見《み》のがさない。彼《かれ》の前《まえ》では、どんな犯罪者《はんざいしゃ》もうそをつきとおすことはできない。

しかし、自分《じぶん》が追《お》いつめられるシーンになると、とても脆《もろ》い。そのことを、M《エム》自身《じしん》は気《き》づいてない。

「ニニを盗《ぬす》みだす——そんなことを考《かんが》えるのは、犯罪防止《はんざいぼうし》を目的《もくてき》としている国際刑事警察機構《ICPO》をバカにしていることになる。ルイーゼくん、口《くち》を慎《つつし》みたまえ。」

「Jawohl《ヤヴォール》, Herr《ヘル》 M《エム》.」

ルイーゼは、フランス語《ご》からドイツ語《ご》に切《き》りかえてこたえた。

M《エム》の声《こえ》が、おちついたものにもどる。

「指令《しれい》は以上《いじょう》だ。話《はなし》はかわるが、ラ・コリーヌ国立劇場《こくりつげきじょう》のチケットが二枚《まい》あるのだが——。」

「あら、充電《じゅうでん》が切《き》——。」

そういって、ルイーゼは通話終了《つうわしゅうりょう》ボタンを押《お》した。充電《じゅうでん》たっぷりのスマホをデスクにおき、頬《ほお》杖《づえ》をつく。

資料《しりょう》を読《よ》み返《かえ》しながら、考《かんが》える。

「ニニがいるのは、ケニア……。」

モニタに、探偵卿《たんていきょう》のリストをよびだす。その中《なか》から、ケニア人《じん》の女性《じょせい》——マライカ・ワ・キバキをリストアップ。

マライカは、二十八歳《さい》。ハーバード大学《だいがく》を卒業後《そつぎょうご》、国際刑事警察機構《ICPO》にはいり、すぐに探偵卿《たんていきょう》に昇格《しょうかく》した。

百八十センチを超《こ》える長身《ちょうしん》で、祖父《そふ》はマサイ族《ぞく》の戦士《せんし》。野生《やせい》の勘《かん》で犯人《はんにん》を見《み》つけ、後付《あとづ》けで推《すい》理《り》を考《かんが》えるという探偵法《たんていほう》を取《と》っている。現在《げんざい》まで、五十件《けん》を超《こ》える事件《じけん》に関《かか》わっているが、推理《すいり》をはずしたことはないし、犯人《はんにん》を取《と》りにがしたこともない。

探偵卿《たんていきょう》の仕事《しごと》がないときは、地元《じもと》で小学校《しょうがっこう》の教師《きょうし》をしている。

ルイーゼは、時計《とけい》を見《み》る。

——一時間《じかん》の時差《じさ》を考《かんが》えると、お昼《ひる》ご飯《はん》のころね。

スマホをかけると、ワンコールしないうちに相手《あいて》はでた。

「ご無沙汰《ぶさた》してます、ルイーゼさん。」

きれいで正確《せいかく》な英語《えいご》の発音《はつおん》。

マライカの声《こえ》をきくたび、ルイーゼは、BBC《ビービーシー》のニュース番組《ばんぐみ》を見《み》てるような気分《きぶん》になる。

「おひさしぶりね、マライカさん。いま、お話《はな》ししてもだいじょうぶ？」

「はい。」

マライカの声《こえ》のむこうからは、子《こ》どもたちのにぎやかな声《こえ》がきこえる。

「給食中《きゅうしょくちゅう》？　みんなといっしょに、食《た》べてるのね。献立《こんだて》は、ウガリとギゼリかしら？」

「ニニの警備《けいび》、ならびに怪盗《かいとう》クイーンの逮捕《たいほ》ですね。」

ルイーゼのことばをさえぎり、マライカがいった。

探偵卿《たんていきょう》との会話《かいわ》は、スムーズだ。細々《こまごま》いわなくても、探偵卿《たんていきょう》の推理力《すいりりょく》は、あらゆることを察《さっ》してくれる。

――細《こま》かいことをいっても、めんどうくさがってきかない探偵卿《たんていきょう》もいるけどね……。

ルイーゼは、頭《あたま》にうかんだ〝こまったちゃん〟たちを追《お》いだし、会話《かいわ》をつづける。

「そうなのよ。さっき資料《しりょう》を読《よ》んだんだけど、いろんな連中《れんちゅう》がニニをねらっててね……。そちらでも、話題《わだい》になってるんじゃないの？」

「そうでもありませんね。観光関係《かんこうかんけい》の仕事《しごと》をしてる者《もの》は期待《きたい》してるようですが、新種《しんしゅ》の猫《ねこ》にさわぐほど暇《ひま》じゃないというのが、多《おお》くの人《ひと》の考《かんが》えです。」

「なるほど。」

――ケニアの人《ひと》たちから見《み》たら、人間《にんげん》もふくめて〝動物《どうぶつ》は動物《どうぶつ》〟という一括《ひとくく》りのものなのかしらね。

「相手《あいて》は怪盗《かいとう》クイーンだけど、だいじょうぶ？」

「クイーンであろうがだれであろうが、犯罪者《はんざいしゃ》という点《てん》でかわりありません。わたしが警備《けいび》する領域《りょういき》にはいれば、逮捕《たいほ》するだけです。」

マライカの力強《ちからづよ》い返事《へんじ》に、ルイーゼは満足《まんぞく》そうにうなずいた。

「そちらの警察《けいさつ》には、わたしのほうから話《はなし》をとおしておくわ。いそがせて悪《わる》いんだけど、午後《ごご》から動《うご》けそうかしら？」

「はい。学校《がっこう》からは、国際刑事警察機構《ICPO》の仕事《しごと》を優先《ゆうせん》するようにいわれてます。」

その瞬間《しゅんかん》、「わーい！」という子《こ》どもたちの歓声《かんせい》がきこえた。

「やった！」

「シェタニがいなくなる！」

「自習《じしゅう》だ、自習《じしゅう》だ！」

子《こ》どもたちのはしゃぎ声《ごえ》は、バン！という音《おと》で静《しず》かになった。マライカが、机《つくえ》をたたいて子《こ》どもたちをだまらせたのだ。

ルイーゼがきく。

「シェタニって、なに？　あなたの、あだ名《な》？」

「その質問《しつもん》は、任務《にんむ》に関係《かんけい》することですか？」

「ううん、個人的興味《こじんてききょうみ》。」

「では、任務《にんむ》に関《かん》する資料《しりょう》は、わたしのモバイルに送《おく》ってください。」

質問《しつもん》にこたえることなく、マライカは通話《つうわ》を切《き》った。

「……………」

スマホをおいたルイーゼは、マライカの資料《しりょう》を思《おも》いだす。

「『マライカ』というのは、スワヒリ語《ご》で『天使《てんし》』……。親《おや》の願《ねが》いがストレートに表現《ひょうげん》された名《な》前《まえ》ね。」

——シェタニは、なんだったっけ？

ルイーゼは、スワヒリ語《ご》の辞書《じしょ》をひらいた。

「……『悪魔《あくま》』。」

ほほえみをうかべるルイーゼ。

——子《こ》どもたちから『悪魔《あくま》』とよばれている、『天使《てんし》』の名前《なまえ》を持《も》つ探偵卿《たんていきょう》。いいわ、じつにいい！

ルイーゼは、M《エム》から送《おく》られてきた資料《しりょう》をすべてマライカに転送《てんそう》し、そのあとで消去《しょうきょ》した。

——マライカが動《うご》いたら、にげられる犯罪者《はんざいしゃ》はいない。たとえ、それがクイーンでも……。

M

キャンディを出《だ》し、口《くち》にほうりこむ。

――問題《もんだい》は、上層部《じょうそうぶ》の動《うご》きね。M《エム》の話《はな》し方《かた》から、国際刑事警察機構《ICPO》がニニをねらってるのは確《かく》実《じつ》。理由《りゆう》はどうあれ、犯罪《はんざい》がおこなわれるのを見過《みす》ごすことはできない。

ルイーゼは考《かんが》える。

――上層部《じょうそうぶ》は、だれを使《つか》ってくるのか？

一人《ひとり》の顔《かお》が、頭《あたま》にうかぶ。ルイーゼはスマホをかける。

「はい、ウァドエバーです。ただいま、電話《でんわ》にでることができません。メッセージを録音《ろくおん》してください。」

「…………」

ルイーゼは、無言《むごん》で通話《つうわ》を切《き》った。つづけて、ウァドエバーの助手《じょしゅ》――パイカルに電話《でんわ》する。

「なにかあったんですか、ルイーゼさん？」

電話《でんわ》にでたパイカルに、ルイーゼはきく。

「パイカルちゃん、いまどこにいるの？」

「ケニアです。」

ビンゴ！　――ルイーゼは、心《こころ》の中《なか》でつぶやいた。

「ウァドエバーちゃんも、いっしょ？」

「ええ。ぼくはことわったんですけど、ウァドエバーさんが『キリンや象《ぞう》を見《み》ないまま、大人《おとな》になってはいけない。』っていって、むりやりつれてこられました。ぼくは、もう大学《だいがく》を卒業《そつぎょう》してるんですけどね――。」

パイカルは、『スキップ』という異名《いみょう》を持《も》つ。これは、大学《だいがく》を飛《スキッ》び級《プ》で卒業《そつぎょう》したからだ。

「そのウァドエバーちゃんは、いまどこにいるの？」

「サバンナにいくって、外出中《がいしゅつちゅう》です。なんだかんだいって、ウァドエバーさんのほうがキリンを見《み》たいようです。」

――サバンナじゃない。おそらく、ウァドエバーちゃんがむかったのは、ナイロビ国立博物《こくりつはくぶつ》館《かん》。ニニを盗《ぬす》むために、下調《したしら》べにいってるんだわ。

「仕事《しごと》のことなら、ウァドエバーさんに伝言《でんごん》しますけど。」

パイカルにきかれ、ルイーゼは冷静《れいせい》な声《こえ》でいう。

「たいしたことじゃないのよ。この間《あいだ》、ハーレクイン・ロマンスを貸《か》してあげたんだけど、いつになったら返《かえ》してもらえるのかなって――。」

適当《てきとう》なことをいって、ルイーゼは電話《でんわ》を切《き》った。

そして、大《おお》きく息《いき》を吸《す》う。

——上層部《じょうそうぶ》がウァドエバーちゃんを動《うご》かしたってことは、こちらも気《き》がぬけないわね。下手《へた》な人間《にんげん》をぶつけると、ケニアで局地戦《きょくちせん》がおきるわ。

ルイーゼは、頭《あたま》の中《なか》のリストから、〝下手《へた》な人間《にんげん》〟を消《け》していく。そして、のこった人間《にんげん》の中《なか》から、一人《ひとり》えらぶと電話《でんわ》をかける。

——フランスと日本《にっぽん》の時差《じさ》は七時間《じかん》。

「仙太郎《せんたろう》ちゃん、いま、話《はな》してもだいじょうぶ？」

電話《でんわ》の相手《あいて》——花菱仙太郎《はなびしせんたろう》は、日本人《にほんじん》の探偵卿《たんていきょう》である。推理《すいり》をするときに瞳《ひとみ》が銀色《ぎんいろ》にかわることから『ダブルフェイス』とよばれている。しかし、コンビニ業界内《ぎょうかいない》でささやかれている『伝説《でんせつ》のフリーター』という異名《いみょう》のほうが知《し》れわたっている。

「夕方《ゆうがた》のいそがしい時間《じかん》だけど、いいよ。でもさ、探偵卿《たんていきょう》の仕事《しごと》をやれっていうのなら、おことわりだぜ。いま、シフトの手《て》が足《た》りなくてさ、猫《ねこ》の手《て》もスカウトしたいぐらいなんだ。」

仙太郎《せんたろう》の夢《ゆめ》は、コンビニ王《おう》になること。自分《じぶん》の本業《ほんぎょう》はコンビニ店員《てんいん》で、探偵卿《たんていきょう》は趣味《しゅみ》や気晴《きば》らしだと思《おも》っている。

「コンビニの仕事《しごと》、順調《じゅんちょう》なの？」

「まぁね。そろそろ自分《じぶん》の店《みせ》を展開《てんかい》しようかなって——。これまで新《あたら》しいコンビニの形態《けいたい》を試《ため》してきて、ノウハウはためこんである。それをつぎこんで、おれのコンビニをつくるんだ。」

若者《わかもの》らしい力強《ちからづよ》いことばに、「探偵卿《たんていきょう》の自覚《じかく》を持《も》ちなさい。」ということばをグッと飲《の》みこみ、ルイーゼはいう。

「また一歩《いっぽ》、コンビニ王《おう》に近《ちか》づいたわね。」

「がんばるよ、おれ！」

仙太郎《せんたろう》の声《こえ》は気力《きりょく》に満《み》ちている。

「それで、お店《みせ》をひらく土地《とち》は見《み》つけてあるの？」

ルイーゼがきくと、すこし沈黙《ちんもく》があってから、仙太郎《せんたろう》がこたえた。

「いや……それがさ……。よさそうな場所《ばしょ》は、大手《おおて》のコンビニチェーンがおさえてるし、なかなかないんだよな。」

「フッ、仙太郎《せんたろう》ちゃんらしくないわね。」

鼻《はな》で笑《わら》うルイーゼ。

「あなたのいってる〝コンビニ王《おう》〟は、日本《にっぽん》という狭《せま》い世界《せかい》の王様《おうさま》なの？」

「えっ？」

「もっと、ぐろぅばるな感覚《かんかく》を持《も》たなきゃ。」

しばらく考《かんが》えて、ルイーゼのいったのが『グローバル』だと理解《りかい》する仙太郎《せんたろう》。

ルイーゼがつづける。

「ケニアにいきなさい、仙太郎《せんたろう》ちゃん。アフリカの広大《こうだい》な大地《だいち》こそが、あなたにふさわしいわ。」

「………。」

「どこまでもひろがる青《あお》い空《そら》。地平線《ちへいせん》にしずむ夕日《ゆうひ》。夜空《よぞら》は天然《てんねん》のプラネタリウム。そして、サバンナを駆《か》ける野生動物《やせいどうぶつ》。——ケニアには、コンビニをひらくための土地《とち》が、まだまだねむってるわ。どう、血《ち》がさわぐんじゃない？」

「……そうかなぁ？」

ためらう仙太郎《せんたろう》に、たたみかけるルイーゼ。

「お勧《すす》めは、ナイロビ国立博物館《こくりつはくぶつかん》の近《ちか》くね。あそこなら、観光客《かんこうきゃく》もたくさんくるから、とっても繁盛《はんじょう》するんじゃないかしら。」

「なるほど。博物館《はくぶつかん》の近《ちか》くか。」

「旅立《たびだ》ちなさい、仙太郎《せんたろう》ちゃん！　この地球《ちきゅう》を、あなたのコンビニチェーン店《てん》でおおいつくすのよ。まずは、ケニアに第《だい》一号店《ごうてん》を建《た》てるの！」

「情報《じょうほう》、ありがとう！　さっそく、いってみるよ。」

電話《でんわ》は、唐突《とうとつ》に切《き》れた。

――あの子《こ》の行動力《こうどうりょく》と探偵卿《たんていきょう》の立場《たちば》を使《つか》えば、二十四時間以内《じかんいない》にナイロビの空港《くうこう》に着《つ》いてるわね。

ルイーゼは、満足《まんぞく》げにほほえむ。

――花菱仙太郎《はなびしせんたろう》は配置《はいち》した。

頭《あたま》の中《なか》にひろげたチェスボード。仙太郎《せんたろう》という駒《こま》が、どのように動《うご》くのかはわからない。でも、勝《か》つチャンスをひろげるためには、必要《ひつよう》な一手《いって》だ。

――あと二つぐらい、駒《こま》をおきたいところね。

そのとき、ドアをたたきこわしそうなノックの音《おと》がした。

――どうやら、むこうのほうから、駒《こま》がきてくれたようだわ。

「邪魔《じゃま》するぞ。」

ルイーゼの返事《へんじ》を待《ま》たずに、ドアがあいた。白《しろ》いコートを着《き》た大男《おおおとこ》が、ふきげんな顔《かお》で立《た》っている。

「あら、ヴォルフちゃん。アメちゃんがほしくなったの？」

デスクの引《ひ》き出《だ》しから、キャンディを出《だ》すルイーゼ。

それにはかまわず、ヴォルフが持《も》っていた書類《しょるい》を見《み》せる。

「なんだ、これは？」

「見《み》てのとおり、上層部《じょうそうぶ》からの指令書《しれいしょ》よ。」

「二週間《しゅうかん》の有給休暇《ゆうきゅうきゅうか》を取《と》れと書《か》いてあるように読《よ》めるんだが——。」

「あなたの読解力《どっかいりょく》に安心《あんしん》したわ。」

「どうして、おれが有給休暇《ゆうきゅうきゅうか》を取《と》らなきゃいけないんだ？」

「総務課《そうむか》から苦情《くじょう》がきてるの。ヴォルフちゃん、探偵卿《たんていきょう》になってから、一度《いちど》も有給休暇《ゆうきゅうきゅうか》を取《と》ってないでしょ。」

「べつにいいじゃねぇか。おれが、はたらきたいといってるんだから。」

「世間《せけん》は、そう見《み》てくれないのよ。『国際刑事警察機構《ICPO》は、有給休暇《ゆうきゅうきゅうか》も取《と》らせない。まるでブラック企業《きぎょう》みたいね。』と思《おも》われたら、イメージが悪《わる》いでしょ。」

それでなくても、探偵卿《たんていきょう》は「奇人変人《きじんへんじん》の集団《しゅうだん》」と思《おも》われてるのよ——という台詞《せりふ》は、飲《の》みこむ。

「…………」

「これは命令《めいれい》なの。」

ルイーゼがビシッといった。

ヴォルフは、ことばに詰《つ》まる。

探偵卿《たんていきょう》の中《なか》で、最強《さいきょう》の武闘派《ぶとうは》であるヴォルフ・ミブ。推理力《すいりりょく》より暴力《ぼうりょく》で事件《じけん》を解決《かいけつ》する単細胞《たんさいぼう》のように思《おも》われるが、命令《めいれい》は絶対重視《ぜったいじゅうし》という、じつにめんどうな性格《せいかく》をしている。

「……わかった。二週間《しゅうかん》、アパートメントでおとなしくしてるよ。」

——さて、なにをやるか……。

ヴォルフは考《かんが》える。

——部屋《へや》の掃除《そうじ》は、定期的《ていきてき》にやっている。模様替《もようが》え……するほど、家具《かぐ》はない。筋《きん》トレは、これ以上《いじょう》やると過剰《かじょう》トレーニングになって、よくない。

ため息《いき》をつく。定年退職《ていねんたいしょく》したお父《とう》さんのように、やることがないのだ。

ヴォルフの様子《ようす》を見《み》て、ルイーゼは、指《ゆび》をふった。

「アパートでおとなしく？　そんな休暇《きゅうか》の過《す》ごし方《かた》は、若《わか》さがないわ。あなたも、おじいさんじゃないんだから、もっとアグレッシブに過《す》ごさなきゃ。」

アグレッシブの意味《いみ》がわからないヴォルフ。

ルイーゼが、ボソッとつぶやく。

「〝フランクフルト離婚《りこん》〟って、知《し》ってる？」

とつぜんの質問《しつもん》に、ヴォルフはとまどう。

「なんだ、それは？」

「結婚《けっこん》したての男女《だんじょ》がフランクフルト国際空港《こくさいくうこう》から新婚旅行《しんこんりょこう》に出発《しゅっぱつ》するの。で、旅行中《りょこうちゅう》のトラブルをきっかけに、帰《かえ》ってきたとき空港《くうこう》で離婚《りこん》することよ。」

「どうして……？」

「たいていは、男《おとこ》のほうに原因《げんいん》があるようね。休日《きゅうじつ》にゴロゴロしてて、旅行《りょこう》にでかけたことすらない。だから、新婚旅行中《しんこんりょこうちゅう》に、奥《おく》さんを愉《たの》しませることができないのよ。」

「…………」

「まぁ、ヴォルフちゃんが、そうなるとは限《かぎ》らないけどね。」

「…………」

きいているヴォルフの頬《ほお》を、冷《つめ》たい汗《あせ》が流《なが》れる。どれだけ強《つよ》い敵《てき》を前《まえ》にしても、平然《へいぜん》と刀《かたな》をふることができるヴォルフが、〝フランクフルト離婚《りこん》〟のことばに怯《おび》えている。

「旅《たび》にでなさい、ヴォルフちゃん。リハーサルをして、旅《たび》になれておくのよ。」

ルイーゼにいわれ、ヴォルフはおとなしくうなずく。

「しかし、旅《たび》といっても、どこへ……。」

これまで、いろんな国《くに》にでかけている。しかし、それらはすべて仕事《しごと》だ。プライベートの観光《かんこう》旅行《りょこう》などは、したことがない。

「ケニアね。」

ルイーゼは、ビシッといった。

「ケニアは、野生《やせい》の楽園《らくえん》。そこにいけば、ヴォルフちゃんの魅力《みりょく》が最大限《さいだいげん》に引《ひ》きだされるわ。」

「そうなのか？」

大《おお》きくうなずくルイーゼ。

「いつも〝獣《けもの》〟とか〝野蛮人《やばんじん》〟といわれてるヴォルフちゃんが、ケニアの大自然《だいしぜん》の中《なか》で、あえて紳士的《しんしてき》にふるまう。ふだん見《み》せたことのない一面《いちめん》を見《み》て、女性《じょせい》は、あなたに惚《ほ》れ直《なお》すってわけよ。」

「なるほど。」

大《おお》きくうなずくヴォルフ。

——探偵卿《たんていきょう》が、こんなにかんたんに説得《せっとく》されていいのかしら？

ルイーゼは、上司《じょうし》として心配《しんぱい》になってきたが、一つせきばらいしてつづけた。

「これからドイツに帰《かえ》るんでしょ？　帰《かえ》りに、旅行会社《りょこうがいしゃ》によって、ケニア行《い》きの手配《てはい》をしなさい。」

「了解《りょうかい》。」

ヴォルフは、踵《かかと》をそろえ敬礼《けいれい》する。

部屋《へや》をでようとするヴォルフに、ルイーゼがいった。

「ちょっと待《ま》って！　ヴォルフちゃん、ひょっとして、その白《しろ》コートでいくつもり？」

「マズイのか？」

「刃《は》を仕込《しこ》んだコートで新婚旅行《しんこんりょこう》にいく男《おとこ》は、フランクフルト離婚《りこん》ね。」

「わかった、着替《きが》える。」

「あと、日本刀《にほんとう》はおいていきなさい。」

「なぜだ？」

「日本刀《にほんとう》を持《も》って新婚旅行《しんこんりょこう》にいく男《おとこ》は――。」

「フランクフルト離婚《りこん》だな！　理解《りかい》した。」

足《た》し算《ざん》を解《と》いて大得意《だいとくい》の一年生《ねんせい》みたいな顔《かお》のヴォルフ。

「いろいろアドバイスをすまなかったな。」

「上司《じょうし》として、とうぜんよ。」

自信《じしん》にあふれた足取《あしど》りででていくヴォルフを、笑顔《えがお》で見送《みおく》るルイーゼ。

しかし、一人《ひとり》になると笑顔《えがお》は消《き》える。

——武力《ぶりょく》を封印《ふういん》したヴォルフちゃんを配置《はいち》。これで、パワーバランスはだいじょうぶ。でも、まだ某国《ぼうこく》の軍部《ぐんぶ》もニニをねらってると、資料《しりょう》には書《か》いてあった。これに対抗《たいこう》するための駒《こま》は……。

デスクを指《ゆび》でトントンとたたく。

——某国《ぼうこく》がからんでるとなると、ややこしいわね。あそこにいる研究者《けんきゅうしゃ》は、軍部《ぐんぶ》とつながってるし……。下手《へた》に探偵卿《たんていきょう》を動《うご》かすと、国際問題《こくさいもんだい》に発展《はってん》する可能性《かのうせい》があるわ。

考《かんが》えた結果《けっか》、ギリシャに電話《でんわ》をかける。

——フランスとギリシャの時差《じさ》は、一時間《じかん》。でも、アンゲルスちゃんは昼《ひる》も夜《よる》も関係《かんけい》ない人《ひと》だからかまわないわ。

だが、引《ひ》きこもりの探偵卿《たんていきょう》、アンゲルスは電話《でんわ》にでない。

ため息《いき》をついてから、コンピュータのキーボードをたたく。

――『M《エム》』『A《エー》』『G《ジー》』『A《エー》』を、ポチッとな。

つぎの瞬間《しゅんかん》、ディスプレイにマガがあらわれた。

［おっひさしぶりね、ルイーゼさん。］

ウィンクするマガ。

彼女《かのじょ》は、アンゲルスが開発《かいはつ》した人工知能《じんこうちのう》。引《ひ》きこもりのアンゲルスが生《い》きていけるのは、彼女《かのじょ》が生活全般《せいかつぜんぱん》のめんどうを見《み》ているからである。

「アンゲルスちゃん、どうしてるの？」

［三日《みっか》まえに、新《あたら》しいVR《ブイアール》のゲームがとどいたの。それから不眠不休《ふみんふきゅう》でやってるわ。］

「ゲーム……？」

［売《う》れっ子同人作家《こどうじんさっか》になって、一週間《しゅうかん》で同人誌《どうじんし》を三冊《さつ》つくる修羅場《しゅらば》を経験《けいけん》するってゲームよ。］

「………」

楽《たの》しみは、人《ひと》それぞれ――ルイーゼは、むりやり納得《なっとく》する。

「アンゲルスちゃんより、マガちゃんにお願《ねが》いしたほうがよさそうね。ネットに、情報《じょうほう》を流《なが》してほしいの。『某国《ぼうこく》の研究機関《けんきゅうきかん》が新種《しんしゅ》の猫《ねこ》を手《て》に入《い》れて、軍事兵器《ぐんじへいき》の開発《かいはつ》をしようとしている。軍《ぐん》事《じ》バランスが崩《くず》れ、世界《せかい》のおわり！』――こんなネタを、ギャル語《ご》でお願《ねが》い。」

［そんなのかんたんだけど……それってほんとうの話《はなし》？］

「真実《しんじつ》かどうかなんて、どうでもいいの。ただ、この情報《じょうほう》を見《み》て、動《うご》きだす組織《そしき》がいるんじゃないかなって期待《きたい》してるわけ。」

［つまり、ややこしい連中《れんちゅう》にややこしい連中《れんちゅう》をぶつけて、最終的《さいしゅうてき》にのこった連中《れんちゅう》を始末《しまつ》するって計画《けいかく》ね。］

――さすが、宇宙一《うちゅういち》の人工知能《じんこうちのう》。理解《りかい》がはやいわ。

ルイーゼは、満足《まんぞく》した気分《きぶん》で通話《つうわ》をおえる。

――あとは、皇帝《アンプルール》への対策《たいさく》だけ。

これには、すぐに答《こた》えがでる。

――相手《あいて》は皇帝《アンプルール》。なにもしなくてもいい……というか、なにをしてもむだ。

彼女《かのじょ》は、皇帝《アンプルール》を偉大《いだい》なる大怪盗《だいかいとう》と認《みと》めている。

――どんな対策《たいさく》をしても、皇帝《アンプルール》なら、その上《うえ》をいってしまう。彼《かれ》に対抗《たいこう》できるのは、わたしたち国際刑事警察機構《ICPO》の予想《よそう》もできない動《うご》きをする者《もの》だけ。

ルイーゼの頭《あたま》に、怪盗《かいとう》クイーンの姿《すがた》がうかぶ。

――クイーンが皇帝《アンプルール》をたおしたところを、マライカが逮捕《たいほ》する。これがベストね。

自分《じぶん》の考《かんが》えた筋書《すじが》きに、うんうんとうなずく。

『伏兵《ヒンターハルト》』の異名《いみょう》を持《も》つルイーゼ。すべての駒《こま》を配置《はいち》し、

――やるだけのことはやったわ。あとの結果《けっか》については……。

「Gottes《ゴッテス》 Miso《ミソ》 Suppe《ズッペ》.」

ドイツ語《ご》でつぶやいた。

その意味《いみ》については、彼女《かのじょ》も知《し》らない。

Scene《シーン》03 参加者各自《さんかしゃかくじ》の目当《めあ》てと想《おも》い

鬼《おに》がすむという中国《ちゅうごく》の山奥《やまおく》。

きこえるのは、鳥《とり》や獣《けもの》の鳴《な》き声《ごえ》と、怒濤《どとう》のように落《お》ちる滝《たき》の音《おと》。

いま、それらの音《おと》に混《ま》じって、すさまじいどなり声《ごえ》がきこえてきた。

「小僧《こぞう》！　なにをやってんだ！　はやくしないと、飛行機《ひこうき》の時間《じかん》に間《ま》にあわねぇぞ！」

どなっているのは、小柄《こがら》な老人《ろうじん》。その姿《すがた》を見《み》て、彼《かれ》がすべての怪盗《かいとう》の頂点《ちょうてん》に立《た》つ皇帝《アンプルール》だと気《き》づく者《もの》はいない。

「…………」

小僧《こぞう》とよばれたヤウズは、うでを組《く》み、調理場《ちょうりば》の椅子《いす》にすわっている。

「なにを考《かんが》えてる！　そんなに遠足《えんそく》にいくのは、嫌《いや》なのか！」

「うるせぇ！　遠足《えんそく》にはついていってやるっていってるだろ！　だいたい、なんでそんなにワクワクしてるんだよ！」

ヤウズの返事《へんじ》に、皇帝《アンプルール》は、心《こころ》の底《そこ》からおどろいた顔《かお》になる。

「なんでって……遠足《えんそく》なんだぞ！　それも、ケニア！　サバンナを駆《か》けまわる野生《やせい》の動物《どうぶつ》を見《み》たくないのか！」

少年《しょうねん》の瞳《ひとみ》になってる皇帝《アンプルール》に、

「鏡《かがみ》でも見《み》てろ！」

いいはなつヤウズ。

彼《かれ》は、外出《がいしゅつ》が苦手《にがて》だ。特《とく》に、人《ひと》がたくさん集《あつ》まってるような場所《ばしょ》には、できるだけいきたくないと思《おも》ってる。

しかし、ここで遠足《えんそく》にいかないといいつづけたら、皇帝《アンプルール》が半年《はんとし》ぐらい「遠足《えんそく》にいくぞ、遠足《えんそく》にいくぞ！」とさわぎつづけるのはわかってる。

あきらめていくことをきめたものの、ヤウズには考《かんが》えることがあった。

遠足《えんそく》というものは、体験《たいけん》したことがないからよくわからない。でも、里《さと》で買《か》い物《もの》をしたとき、子《こ》どもたちが話《はな》してるのをきいたことがある。

「おい、遠足《えんそく》のお菓子《かし》、なに持《も》ってく？」

「学校《がっこう》からの連絡《れんらく》には、『少量《しょうりょう》の菓子《かし》』って書《か》いてあったけど、だれも守《まも》んないよな。」

「おれ、つめられるだけつめこんでく！」

その結果《けっか》、彼《かれ》らはリュックをパンパンにする。それは、彼《かれ》らだけではない。クラスの五分《ぶん》の一の子《こ》どものリュックが、重《おも》みでこわれたことからもわかる。

これらの情報《じょうほう》を得《え》たヤウズは、遠足《えんそく》とはリュックにお菓子《かし》をつめこんででかけるものだと理解《りかい》した。どうして、わざわざ外出《がいしゅつ》して菓子《かし》を食《く》わなければいけないのかは理解《りかい》できなかったが、一度《いちど》ぐらいは遠足《えんそく》を体験《たいけん》しておくのもいいかと思《おも》った。

そしていま、持《も》っていくお菓子《かし》の選択《せんたく》で迷《まよ》っていた。

——大根餅《だいこんもち》やココナッツ団子《だんご》、サツマイモの飴衣《あめごろも》などは用意《ようい》した。問題《もんだい》は、杏露酒《シンルチュウ》ゼリーとマンゴープリンのどちらを持《も》っていくかだ……。いや、タピオカかぼちゃ汁粉《しるこ》という手《て》もある。

答《こた》えのでないヤウズは、皇帝《アンプルール》にきいた。

「ジジイ！　プリンとゼリー、汁粉《しるこ》の中《なか》で、どれを食《く》いたい！」

「全部《ぜんぶ》だ！」

——なるほど。

思《おも》ってもみなかった、じつにシンプルな答《こた》えに、ヤウズは大《おお》きくうなずいた。

「あと三十分《ぷん》、待《ま》ってろ！」

ヤウズは、エプロンの紐《ひも》を締《し》め直《なお》し、ふやかしたゼラチンと鍋《なべ》を持《も》った。

——料理《りょうり》にかかるまえに、あいつにだけはＬＩＮＥ《ライン》しとくか。うらやましがるようなメッセージを送《おく》ったら、おれの気《き》も晴《は》れるだろう。


「遠足《えんそく》か……。」

ゲルブは、ＬＩＮＥ《ライン》で送《おく》られてきた、ヤウズからのメッセージを読《よ》む。

［おまえは、遠足《えんそく》なんかいったことないだろ。うらやましいか？］

添付《てんぷ》された写真《しゃしん》は、笑顔《えがお》でリュックを背負《せお》った姿《すがた》を自撮《じど》りしたもの。

——うらやましいかもなにも、笑顔《えがお》が引《ひ》きつってるぜ。

ゲルブは、鼻《はな》で笑《わら》い、スマホをしまう。

ここは、ホテルベルリン四代目総帥《だいめそうすい》エレオノーレ・シュミットの家《いえ》の庭《にわ》。ホテルベルリン最高《さいこう》幹部《かんぶ》の一人《ひとり》であるゲルブは、庭《にわ》の木《き》に登《のぼ》り、警護《けいご》にあたっているところだ。

「遠足《えんそく》か……。」

また、つぶやく。

メッセージにあったとおり、ゲルブは遠足《えんそく》にいったことがない。遠足《えんそく》にいくヤウズに対《たい》し、すこしだけうらやましいという気持《きも》ちもある。

――いくのなら、エレオノーレお嬢様《じょうさま》といっしょにいきたいな。お嬢様《じょうさま》が、ゆでたジャガイモとソーセージの弁当《べんとう》をつくってくれるんだ。目的地《もくてきち》に着《つ》いたら、おれが野《の》ウサギを仕留《しと》めて、お嬢様《じょうさま》に食《た》べてもらうんだ。

遠足《えんそく》というものをよく知《し》らないゲルブは、狩《か》りと区別《くべつ》がついてない。それに、二人《ふたり》でいくのは遠足《えんそく》ではなくデートであることにも気《き》づいてない。

――エレオノーレお嬢様《じょうさま》は、長距離狙撃《ちょうきょりそげき》のできるおれを見直《みなお》してくれるんだ。「ゲルブ、すてきよ。」って。

そこまで考《かんが》えたら、遠足《えんそく》というものが、とても楽《たの》しいものに思《おも》えてきた。

「遠足《えんそく》か……お嬢様《じょうさま》といっしょなら、いきてぇなぁ……。」

そのとき、

「ゲルブ！」

エレオノーレの声《こえ》がして、ゲルブは枝《えだ》から落《お》ちそうになった。

木《き》の下《した》を見《み》ると、エレオノーレが立《た》っている。

「なっ、なんでしょう？」

うわずった声《こえ》できくゲルブ。

「緊急会議《きんきゅうかいぎ》をおこないます。台所《だいどころ》にきなさい。」

「わかりました。」

かろやかな動作《どうさ》で木《き》から下《お》りるゲルブに、心配《しんぱい》そうにエレオノーレがいう。

「ゲルブ、どんな悩《なや》みがあるのか知《し》りませんが、死《し》んではなりませんよ。」

「は？」

エレオノーレが、なにをいってるか理解《りかい》できない。

「さっき、『生《い》きてぇ。』といってたでしょ。死《し》を考《かんが》えなければいけないような悩《なや》みがあるのなら、相談《そうだん》に乗《の》りますよ。」

「『生《い》きてぇ。』のまえに、おれがいったことばは、ききましたか？」

「わたしがきいたのは、『生《い》きてぇなぁ。』だけです。」

首《くび》を横《よこ》にふるエレオノーレを見《み》て、ゲルブの悩《なや》みは解決《かいけつ》した。

一つせきばらいして、ゲルブがきく。

「お嬢様《じょうさま》は、遠足《えんそく》というものにいったことがありますか？」

「ええ。……でも、楽《たの》しい思《おも》い出《で》は一つもありません。あんなもの、なければいいのにと思《おも》ってます。」

意外《いがい》な答《こた》えが返《かえ》ってきた。

「いつもシュテラがついてきて、遠足《えんそく》がおわるまで監視《かんし》してるんですよ。彼女《かのじょ》は、人知《ひとし》れずついてきてるつもりでしょうが、あんなにピリピリした殺気《さっき》を出《だ》してたら、気《き》づかないはずありません。みんな、紛争地域《ふんそうちいき》へ派兵《はへい》されたような気分《きぶん》になりました。」

ホテルベルリン最高幹部《さいこうかんぶ》のシュテラ。彼女《かのじょ》は、エレオノーレとホテルベルリンを守《まも》ることだけを考《かんが》えて生《い》きている。

——シュテラに見守《みまも》られながらの遠足《えんそく》か……。

ゲルブの、遠足《えんそく》にいきたいという気持《きも》ちは、すこし小《ちい》さくなった。

台所《だいどころ》にはいると、シュテラとシュヴァルツ、ローテの三人《にん》がテーブルに着《つ》いていた。

その中《なか》で、火炎使《かえんつか》いのローテの雰囲気《ふんいき》がおかしい。縦線《たてせん》を背負《せお》って、まわりの空気《くうき》を黒《くろ》く塗《ぬ》りかえている。

「ローテ、なにかあったのか？」

ゲルブは、小声《こごえ》でシュヴァルツにきいた。

「恋人《こいびと》に、連絡《れんらく》がつかないようだ。アパートをでて旅《たび》にでたそうだが、相談《そうだん》がなかったといって、おちこんでる。おれには、理解《りかい》できない感情《かんじょう》だ。」

シュヴァルツが簡潔《かんけつ》にこたえ、コーヒーカップを持《も》つ。

「シュテラが新婚旅行《しんこんりょこう》にでかけたときの気持《きも》ちを想像《そうぞう》したら、理解《りかい》できるんじゃないか？」

ゲルブのことばに、シュヴァルツがコーヒーを吹《ふ》きだす。そのままゲルブの胸《むな》ぐらをつかみ、締《し》めあげる。

「なんだよ！　冗談《じょうだん》にきまってんだろ！」

応戦《おうせん》するゲルブ。

つぎの瞬間《しゅんかん》、二人《ふたり》の動《うご》きがとまり、静《しず》かになる。それぞれのうでに細《ほそ》い糸《いと》がからみつき、動《うご》けなくしてるのだ。

糸《いと》をはなったのはシュテラ。細《ほそ》いがワイヤーよりも強《つよ》い糸《いと》は、指先《ゆびさき》の力《ちから》加減《かげん》で巻《ま》き付《つ》いたものを切断《せつだん》することができる。

「二人《ふたり》とも、エレオノーレお嬢様《じょうさま》の前《まえ》ですよ。わきまえなさい。」

シュテラが手《て》をふると、ほどけた糸《いと》が彼女《かのじょ》の手首《てくび》にもどった。

「…………」

シュヴァルツとゲルブは、おとなしく椅子《いす》にすわる。

——お嬢様《じょうさま》の前《まえ》だからと、シュテラはいった。もしお嬢様《じょうさま》がいなかったら、シュテラは手加減《てかげん》せずに、おれたちのうでを切断《せつだん》したんじゃないか……。

ゲルブの頰《ほお》を、冷《つめ》たい汗《あせ》が流《なが》れる。

シュテラが、口《くち》をひらく。

「ホテルベルリン最高幹部《さいこうかんぶ》、全員揃《ぜんいんそろ》いました。お嬢様《じょうさま》、会議《かいぎ》をお始《はじ》めください。」

立《た》ちあがるエレオノーレ。

その姿《すがた》は、ただの少女《しょうじょ》ではない。ホテルベルリン四代目《だいめ》総帥《そうすい》の風格《ふうかく》に満《み》ちている。

「ゴンリーとディンリーについては、知《し》ってますね。」

その名前《なまえ》をきいた瞬間《しゅんかん》、ゲルブの口《くち》の中《なか》に苦《にが》いものがひろがった。

ゴンリー・ディンリー兄弟《きょうだい》。国籍不明《こくせきふめい》の研究者《けんきゅうしゃ》。彼《かれ》らについての情報《じょうほう》は、すくない。いや、必《ひつ》要《よう》ないというのが正確《せいかく》だ。

最悪《サック》の狂科学者《マッドサイエンティスト》。このことばが、彼《かれ》らを最《もっと》も正確《せいかく》にあらわしている。

科学《かがく》の発展《はってん》のためという建《た》て前《まえ》のもと、倫理《りんり》や人権《じんけん》というものを無視《むし》した実験《じっけん》を繰《く》り返《かえ》していた。興味《きょうみ》を持《も》ったことは、なんでも調《しら》べる。特《とく》に生命《せいめい》や脳《のう》の仕組《しく》みに関心《かんしん》があり、心理操作《しんりそうさ》ができる機械《きかい》──『MOM《マム》』をつくった。

兄弟《きょうだい》は、MOM《マム》の試験《しけん》に、小《ちい》さな街《まち》をえらんだ。

最初《さいしょ》の試験《しけん》は、心《こころ》の奥底《おくそこ》にねむっている〝欲望《よくぼう》〟に気《き》づかせるというものだった。つぎに、我《が》慢《まん》するという気持《きも》ちを、すこしだけゆるくする。

ほかにも試《ため》したいことはあったが、とりあえず、この二つを試験《しけん》した。

二十時間後《じかんご》、その街《まち》の住人《じゅうにん》は全員死《ぜんいんし》んだ。

四百人以上《にんいじょう》を殺《ころ》した罪《つみ》で、兄弟《きょうだい》は数年《すうねん》まえに逮捕《たいほ》され、MOM《マム》とその製造方法《せいぞうほうほう》は国際刑事警察機構《ICPO》に封印《ふういん》された。

兄弟《きょうだい》には、十四万年《まんねん》を超《こ》える懲役刑《ちょうえきけい》がいいわたされた。

「昨年《さくねん》、彼《かれ》らは脱走《だっそう》しました。手引《てび》きをしたのは、某国《ぼうこく》の軍部《ぐんぶ》といううわさがあります。」

「そいつらを始末《しまつ》しろという命令《めいれい》ですか？」

ゲルブがきいた。

かわりにこたえたのは、シュヴァルツだ。

「先走《さきばし》るな。ホテルベルリンは、暗殺組織《あんさつそしき》ではない。おれたちの敵《てき》は、ドイツの平和《へいわ》を乱《みだ》すものの。ゴンリー・ディンリー兄弟《きょうだい》は不快《ふかい》な連中《れんちゅう》だが、ドイツに関《かか》わってこない以上《いじょう》、おれたちが手《て》を出《だ》すことはない。」

「さすがにシュヴァルツは大人《おとな》だな。おれなんか、照準器《しょうじゅんき》にはいった瞬間《しゅんかん》、反射的《はんしゃてき》に撃《う》ってしまいそうだ。」

皮肉《ひにく》たっぷりにいい返《かえ》したが、シュヴァルツには通《つう》じない。

「忘《わす》れるな。おれたちは戦士《せんし》だ。命令《めいれい》がないのに、戦《たたか》うことはしない。」

シュテラが、エレオノーレにきく。

「いまになって、ホテルベルリンが動《うご》く必要《ひつよう》ができたということですか？」

うなずくエレオノーレ。

「北欧《ほくおう》のグラースから報告《ほうこく》がありました。ゴンリー・ディンリー兄弟《きょうだい》が軍《ぐん》の幹部《かんぶ》といっしょにケニアにむかったということです。」

グラースというのは、ドイツだけでなく世界各地《せかいかくち》に散《ち》る地元《じもと》の協力者《きょうりょくしゃ》のことである。

「兄弟《きょうだい》の目的《もくてき》は、ケニアで見《み》つかった新種《しんしゅ》の猫《ねこ》をうばうことです。」

「わざわざ猫《ねこ》をうばうのか……。よっぽどの猫好《ねこず》きだな。」

つぶやくゲルブ。

「ただの猫《ねこ》ではありません。うわさでは、完璧《かんぺき》な擬態《ぎたい》をするそうです。」

「ギタイ？」

首《くび》をひねるゲルブに、

「生物《せいぶつ》が、自分《じぶん》の形《かたち》や色《いろ》を、ほかの生物《せいぶつ》やまわりの物《もの》に似《に》せることですよ。」

エレオノーレがかんたんに説明《せつめい》した。頬《ほお》を赤《あか》らめるゲルブ。それに気《き》づかないふりをして、エレオノーレがつづける。

「兄弟《きょうだい》は、擬態《ぎたい》のシステムを研究《けんきゅう》し、その成果《せいか》を某国《ぼうこく》の軍部《ぐんぶ》にわたす。軍部《ぐんぶ》は、兄弟《きょうだい》に莫大《ばくだい》な研《けん》究費《きゅうひ》をわたす。双方《そうほう》の利害《りがい》が一致《いっち》しています。」

「そんな研究成果《けんきゅうせいか》もらっても、しかたないんじゃないかな。」

またゲルブがつぶやいた。

ため息《いき》をつくシュヴァルツ。

「おまえは、バカか。現在《げんざい》でも、光学迷彩《こうがくめいさい》の技術《ぎじゅつ》が軍事《ぐんじ》に応用《おうよう》されてるんだ。さらに擬態《ぎたい》のシステムを取《と》り入《い》れた戦闘服《せんとうふく》や兵器《へいき》がでてきたら、戦争《せんそう》の仕組《しく》みがかわるぞ。」

ゲルブは殴《なぐ》りかかりたかったのだが、シュテラの指《ゆび》が動《うご》いたのを見《み》て我慢《がまん》した。

「ヨーロッパの軍事《ぐんじ》バランスが崩《くず》れますね。それは、ドイツを危険《きけん》にさらすことになります。」

シュテラがいった。

エレオノーレが、みんなを見《み》まわす。

「ホテルベルリンは、ケニアにむかいます。目的《もくてき》は、新種《しんしゅ》の猫《ねこ》をゴンリー・ディンリー兄弟《きょうだい》から守《まも》ること。隠密行動《おんみつこうどう》を原則《げんそく》としますが、いざというときは、ホテルベルリンの力《ちから》を某国《ぼうこく》に見《み》せつけてやりなさい。」

全員《ぜんいん》が準備《じゅんび》にかかろうと立《た》ちあがる中《なか》、エレオノーレは、真《ま》っ先《さき》に台所《だいどころ》をでていくローテの元《げん》気《き》がないことに気《き》づく。

「どうしたのでしょう?」

小声《こごえ》で、ゲルブにきいた。

ゲルブは、シュヴァルツから教《おし》えてもらったことを、そのまま伝《つた》える。

Brothers

「まぁ、まぁ！」

なぜか、頬《ほお》を紅潮《こうちょう》させるエレオノーレ。

「それは、一大事《いちだいじ》ですわ。ここは遠《とお》まわしに——でも、じっくり、お話《はなし》をきかせてもらわなければ！」

スキップしそうな足取《あしど》りで、ローテにむかって駆《か》けだす。

わけのわからないゲルブ。

その肩《かた》をシュヴァルツがポンとたたく。

「女性《じょせい》にとって、軍事《ぐんじ》バランスが崩《くず》れることより、恋愛関係《れんあいかんけい》がギクシャクすることのほうが大問《だいもん》題《だい》なんだ。」

ゲルブは、すなおにうなずいた。

その横《よこ》を、シュテラが静《しず》かにとおる。

「その台詞《せりふ》、恋愛経験《れんあいけいけん》が豊富《ほうふ》のようですね。」

シュテラが投《な》げかけたことばに、シュヴァルツは完全《かんぜん》に沈黙《ちんもく》する。

ゲルブは考《かんが》える。

——そういや、ヤウズの野郎《やろう》は、どこへ遠足《えんそく》にいくんだ？

メッセージに、目的地《もくてきち》が書《か》かれてなかったことを、ゲルブは思《おも》いだした。

「植物《しょくぶつ》、昆虫《こんちゅう》、動物《どうぶつ》の中《なか》には擬態《ぎたい》するものがすくなくない。しかし、なぜ擬態《ぎたい》するのか？」

ゴンリーが、弟《おとうと》のディンリーにいった。

枯《か》れ木《き》のように痩《や》せて小柄《こがら》なゴンリー。真《ま》っ白《しろ》の髪《かみ》の毛《け》が箒《ほうき》のようにのび、顔《かお》は蠟《ろう》のように白《しろ》い。小《ちい》さな双眼鏡《そうがんきょう》のような眼鏡《めがね》の位置《いち》を直《なお》し、ディンリーを見《み》る。

頭部《とうぶ》をおおう能面《のうめん》のようなマスクをしているディンリーは、返事《へんじ》をしない。ほかのことを考《かんが》えていて、ゴンリーの声《こえ》がとどいていないのである。

マスクをかぶっているせいもある。感覚器官《かんかくきかん》からの情報《じょうほう》に思考《しこう》を邪魔《じゃま》されたくないからである。

しかし、がっしりした大柄《おおがら》の体《からだ》とマスクのため、覆面《ふくめん》レスラーのように見《み》える。

ゴンリーは、つづける。

「すべての生物《せいぶつ》の目的《もくてき》は、〝生《い》きること〟に終始《しゅうし》する。では、擬態《ぎたい》するのは、生《い》きるためなのか？」

「…………」

「これは、根本的《こんぽんてき》に考《かんが》えをかえなくてはいけない問題《もんだい》だ。モデルとして、食《た》べられる側《がわ》の生物《せいぶつ》をAとB《エービー》、食《た》べる側《がわ》の生物《せいぶつ》をC《シー》として設定《せってい》する。C《シー》には、自分《じぶん》を食《た》べるD《ディー》という生物《せいぶつ》が存在《そんざい》する。もし、A《エー》とB《ビー》を比《くら》べたとき、B《ビー》がD《ディー》に似《に》ているとしよう。そう、〝似《に》ている〟レベルで、まだ擬《ぎ》態《たい》とはよべないぐらいの差《さ》だ。しかし、C《シー》はA《エー》のほうを食《た》べ、B《ビー》は生《い》きのこるだろう。こうして、D《ディー》に似《に》ている遺伝子《いでんし》を持《も》ったものが生《い》きのこり、子孫《しそん》にも、その遺伝子《いでんし》を伝《つた》えていく。このようなことが長《なが》い時間《じかん》繰《く》り返《かえ》されたら、よりD《ディー》に似《に》ている生物《せいぶつ》が生《い》きのこる。そして、〝似《に》ている〟程度《ていど》だったのが、擬態《ぎたい》のレベルにまであがった。——ここまでは、想像《そうぞう》できる。」

「………」

「つまり、擬態《ぎたい》できる生物《せいぶつ》のほうが、生《い》きのこる確率《かくりつ》が高《たか》かったというわけだ。こう考《かんが》えると、擬態《ぎたい》の能力《のうりょく》は、長《なが》い時間《じかん》と環境適応力《かんきょうてきおうりょく》が育《そだ》てたものだといえよう。ところがだ——。」

ゴンリーが口元《くちもと》をゆがめた。笑《わら》ったのだが、見《み》ている人《ひと》はわからない。

「ニニの擬態《ぎたい》は、それに当《あ》てはまらない。まるで、最初《さいしょ》から擬態《ぎたい》の能力《のうりょく》を持《も》って生《う》まれてきたように思《おも》える。そんな生物《せいぶつ》がいるのは、おかしいじゃないか……。」

さらに、ゴンリーの口元《くちもと》がゆがむ。

「いったい、どのような秘密《ひみつ》がニニにかくされているのか……想像《そうぞう》するだけで、ワクワクする。」

ゴンリーは、ニニに命《いのち》があることを考《かんが》えていない。研究《けんきゅう》のためなら、ニニの体《からだ》を細胞単位《さいぼうたんい》にまで解体《かいたい》しても、なんとも思《おも》わない。

そして、研究《けんきゅう》の成果《せいか》がでたら、もう興味《きょうみ》をなくす。彼《かれ》らに研究費用《けんきゅうひよう》を出《だ》す軍部《ぐんぶ》が、研究成果《けんきゅうせいか》を使《つか》って、残虐《ざんぎゃく》な兵器《へいき》をつくろうがかまわない。

「当分《とうぶん》、退屈《たいくつ》しなくてすみそうだ。」

すると、ずっとだまっていたディンリーがタブレットを操作《そうさ》しはじめた。太《ふと》い指《ゆび》が、マッサージするようにタブレットの上《うえ》を動《うご》く。

できあがった書類《しょるい》をゴンリーに見《み》せる。

「ニニの奪取計画《だっしゅけいかく》か――。なるほど……。ニニのお披露目《ひろめ》がおわったときに、テロ組織《そしき》を使《つか》ってテロをしかけるわけか。わたしの予想《よそう》では、ケニアの警察統合任務部隊偵察中隊《けいさつとうごうにんむぶたいていさつちゅうたい》が会場警備《かいじょうけいび》にあたるから、三分《ぷん》で、テロ組織《そしき》は制圧《せいあつ》されるな。ふむ、その点《てん》も想定済《そうていず》みか……。結果《けっか》として、博物館《ぶつかん》にいる人間《にんげん》の八十五パーセントが死亡《しぼう》……。ニニを生《い》きたまま奪取《だっしゅ》するのなら、どこのだれが何人死《なんにんし》のうが関係《かんけい》ないからな。」

タブレットを、ディンリーに返《かえ》すゴンリー。

「プロニモスだよ、ディンリー。この計画《けいかく》を、軍部《ぐんぶ》に見《み》せておいてくれ。」

マスクの口元《くちもと》が、三日月形《みかづきがた》にひらく。思慮深《プロニモス》いといわれ、ディンリーがほほえんだのだ。

文太《ぶんた》の話《はなし》　その三

小学校《しょうがっこう》のころ、まわりの景色《けしき》には色《いろ》がついていた。

友《とも》だちとふざけてるのが楽《たの》しかった。マンガもテレビも、おもしろかった。塾《じゅく》の帰《かえ》りによるコンビニも、刺激《しげき》があった。

特《とく》に、放課後《ほうかご》のサッカー。時間《じかん》のある友《とも》だちが集《あつ》まり、毎日《まいにち》ボールを蹴《け》っていたら、日《ひ》が暮《く》れて一日《いちにち》がおわった。

「大《おお》きくなったらなんになる。」

そうきかれたら、

「サッカー選手《せんしゅ》。」

とこたえていた。

それは、ぼくだけじゃない。まわりの友《とも》だちも、おなじようにこたえる子《こ》が多《おお》かった。

でも、中学《ちゅうがく》になるころ、ボールを蹴《け》る友《とも》だちはへっていった。

ちゃんときいたわけじゃないけど、ボールを蹴《け》ってもしかたねぇだろ、と思《おも》ってるように感《かん》じた。

サッカー部《ぶ》にはいったけど、そこは、ぼくが思《おも》ってるクラブとは全然《ぜんぜん》ちがった。

小学校《しょうがっこう》のころから地元《じもと》のクラブでサッカーをしてた連中《れんちゅう》と、なにも考《かんが》えずボールを蹴《け》っていたぼく——おなじ枠《わく》の中《なか》でやるのはむずかしかった。

「将来《しょうらい》の夢《ゆめ》。」

そうきかれたり書《か》いたりする機会《きかい》がふえた。

ぼくは、深《ふか》く考《かんが》えないまま「人《ひと》のために役立《やくだ》つ仕事《しごと》につきたい。」と繰《く》り返《かえ》した。

そして、高校《こうこう》、大学《だいがく》……。

気《き》がつくと、まわりの景色《けしき》から色《いろ》が消《き》えていた。

大学《だいがく》は、なんとか地元《じもと》の私立大学《しりつだいがく》にはいることができた。

でも、入学《にゅうがく》するのが目的《もくてき》だったぼくに、大学《だいがく》でなにをするかという目標《もくひょう》はなかった。

「将来《しょうらい》の夢《ゆめ》。」

そうきかれたときの答《こた》えは、とてもかんたんなものにかわっていた。

「ないな。」

素《そ》っ気《け》ない答《こた》えに、友人《ゆうじん》、親《おや》、先生《せんせい》たちも、だんだん質問《しつもん》しなくなっていった。

不思議《ふしぎ》なことに、時間《じかん》が進《すす》むのがはやくなってるようだった。

ゼミの教授《きょうじゅ》の紹介《しょうかい》で、日宝《にっぽう》ジェイクに就職《しゅうしょく》できたのは、とても幸運《こううん》だった。仕事《しごと》は、おもしろくもつまらなくもなかった。それは、ただ単《たん》に〝仕事《しごと》〟。いわれたことをやってれば、たまにおこられるときもあったけど、給料《きゅうりょう》はもらえた。それ以上《いじょう》、なにかを求《もと》める気持《きも》ちはなかった。

恋人《こいびと》らしき女性《じょせい》があらわれたこともあった。

結婚《けっこん》や見合《みあ》いの話《はなし》も、何回《なんかい》かあった。

でもそれは、銀幕《スクリーン》にうつる知《し》らない街《まち》の映画《えいが》のようで、現実感《げんじつかん》のないものだった。

いつしかぼくは、三十歳《さい》を超《こ》えていた。

昨日《きのう》とおなじ今日《きょう》を過《す》ごすことにもなれ、明日《あした》も今日《きょう》とおなじ毎日《まいにち》が連続《れんぞく》するものだと思《おも》っていた。

「将来《しょうらい》の夢《ゆめ》か……。」

ぼくがつぶやくと、まわりの人間《にんげん》は、心底《しんそこ》おどろいた顔《かお》をした。

「将来《しょうらい》って……もう、そんなことをいってる年齢《ねんれい》じゃないだろ。」

そのことばで、もう〝将来《しょうらい》〟はないんだ、もう〝夢《ゆめ》〟は見《み》られないんだと知《し》らされた。

だったらもう、これからやってくる時間《じかん》に意味《いみ》はない。

どうせ、昨日《きのう》とおなじ今日《きょう》、今日《きょう》とおなじ明日《あした》が繰《く》り返《かえ》されるんだ。

うんざりだ……。

こんな世界、こわれればいいんだ。


「ふぅん……。」

話《はなし》が一段落《いちだんらく》したとき、ニニがあくびをした。

退屈《たいくつ》なのもむりはない。ぼくの情報《じょうほう》をすべて読《よ》み取《と》ったニニは、話《はなし》をきかなくても、ぼくが考《かんが》えていたことはわかっているからだ。

ぼくは、続《つづ》きを話《はな》す。

「ケニアにいくってことがきまったとき、感《かん》じたのは『めんどうくさい。』ってことだけ。あとになって、どうしようもない気持《きも》ちになったよ。子《こ》どものころなら、ケニアにいけばライオンやキリンに会《あ》えるってワクワクしただろう。なのに、めんどうくさい以外《いがい》の気持《きも》ちがなかったなんて……。」

「そんなに悲《かな》しむこともないと思《おも》うよ。ワクワクするからガッカリもする。いまみたいに、なにも期待《きたい》してなかったら、ガッカリすることもない。」

「それは、そうかもしれないな。」

ニニに慰《なぐさ》められるのは、自分《じぶん》に慰《なぐさ》められてるのとおなじ。なんだか、妙《みょう》な気分《きぶん》だ。

ぼくは、ニニにきく。

「世界《せかい》がこわれたらいい――こんな願《ねが》いを持《も》つことはおかしいのかな?」

「そんなことはない。願《ねが》いは、人《ひと》それぞれ。わたしは、むかし、神《かみ》になりたいという願《ねが》いを持《も》ったやつに会《あ》ったことがある。」

「そいつの願《ねが》いをかなえたのか?」

ニニは、ぼくの質問《しつもん》にほほえむだけで、こたえない。

ぼくは、ちがう質問《しつもん》をする。

「ニニは、いろんな人《ひと》に擬態《ぎたい》できるんだろ?」

「まぁね、人《ひと》だけじゃない。動物《どうぶつ》にもなれる。ああ、いまの大《おお》きさと極端《きょくたん》にちがう、ネズミや象《ぞう》になるのはむりだ。あと、重《おも》さはかわらない。」

「どれぐらいの体重《たいじゅう》なんだ?」

「そういうプライベートでナイーブな質問《しつもん》には、こたえたくないな。」

頬《ほお》を赤《あか》らめるニニ。てれてる自分《じぶん》の姿《すがた》を見《み》るのが、こんなに居心地《いごこち》の悪《わる》いことだとは知《し》らなかった。

ぼくは、一つ深呼吸《しんこきゅう》する。

「それで……ほんとうに、ぼくの願《ねが》いをかなえることができるのか？」

「むずかしいことじゃない。ただ、条件《じょうけん》をつけられると厳《きび》しいな。」

「条件《じょうけん》？」

「たとえば、人間《にんげん》だけを消《け》してほしいとか、文太《ぶんた》だけを生《い》きのこらせるというのはむりだと思《おも》ってほしい。」

「具体的《ぐたいてき》に、どうやって世界《せかい》をこわすんだい？」

「文明《ぶんめい》を崩壊《ほうかい》させ、自滅《じめつ》させる。」

あっさりいうニニ。

文明《ぶんめい》の崩壊《ほうかい》とか自滅《じめつ》とか、ことばの意味《いみ》はわかる。でも、なんとなく実感《じっかん》できない。

「そんなことができるのか？」

「エネルギーの変換《へんかん》をするんだ。」

ますますわからない。

「つまり――。世界《せかい》がこわれればいいと思《おも》ってるのは、文太《ぶんた》だけじゃない。ほかにも、そう思《おも》ってる人間《にんげん》は多《おお》い。それらの精神《せいしん》エネルギーを使《つか》えば、文明《ぶんめい》を崩壊《ほうかい》させるのはかんたんだ。」

いうほどかんたんなことなんだろうか……？

ニニが、首《くび》をひねってるぼくを見《み》る。

「文太《ぶんた》の国《くに》には、きみとおなじ願《ねが》いを持《も》ってる人間《にんげん》が、たくさんいそうだな。」

「そうかなぁ。」

ぼくは、ニニに世界情勢《せかいじょうせい》を話《はな》す。

経済格差《けいざいかくさ》のひろがり、宗教《しゅうきょう》や民族《みんぞく》による対立《たいりつ》、テロへの恐怖《きょうふ》、エイズやエボラ出血熱《しゅっけつねつ》などの感染症《かんせんしょう》、核兵器《かくへいき》などの大量破壊兵器《たいりょうはかいへいき》、環境汚染《かんきょうおせん》などの自然破壊《しぜんはかい》――。

世界《せかい》には、さまざまな問題《もんだい》がある。それらが原因《げんいん》で、世界《せかい》の未来《みらい》に絶望《ぜつぼう》してる人間《にんげん》は、比較的《ひかくてき》平和《へいわ》な日本《にっぽん》より、ほかの国《くに》にたくさんいるような気《き》がする。

すると、ニニは、指《ゆび》をチッチッチとふった。まったく似合《にあ》ってないので、死《し》ぬまで指《ゆび》をふらないようにしようと、ぼくはきめた。

そんなぼくの気持《きも》ちに気《き》づかないニニがいう。

「いまは、便利《べんり》な時代《じだい》だからね。この洞窟《どうくつ》の中《なか》にいても、世界中《せかいじゅう》の情報《じょうほう》がはいってくる。残念《ざんねん》なことに、日本《にっぽん》は、きみが思《おも》ってるほど希望《きぼう》に満《み》ちあふれた国《くに》じゃないよ。」

「………」

「それに、そんなに日本《にっぽん》がいい国《くに》なら、どうして日本人《にほんじん》の文太《ぶんた》が世界《せかい》をこわしたいと思《おも》うんだ？」

「………」

ぼくは、なにもいい返《かえ》せない。

「こわくないのかい？」

そうきかれて、しばらく考《かんが》えてから口《くち》をひらく。

「ぼくは、もう感覚《かんかく》がおかしくなってるんだろうね。紛争《ふんそう》をしてる国《くに》の映像《えいぞう》をニュースで見《み》て、自分《じぶん》たちのところが爆撃《ばくげき》されたらたいへんだとは思《おも》う。こわいな、嫌《いや》だなと思《おも》うと同時《どうじ》に、どこかで期待《きたい》してるんだ。ミサイルが落《お》ちてこないかなって……。この世界《せかい》を、破壊《はかい》してくれないかなって……。」

そして、思《おも》いだす。

家電量販店《かでんりょうはんてん》の大型《おおがた》テレビの前《まえ》。無人機《むじんき》による空爆《くうばく》がうつった画面《がめん》を見《み》る人《ひと》たち。こわそうに顔《かお》をしかめてる人《ひと》たちもいるけど、多《おお》くの人《ひと》たちは、無関心《むかんしん》にチラリと見《み》ては通《とお》りすぎる。

その中《なか》に、数名《すうめい》。まるで、映画《えいが》を見《み》てるかのように目《め》をかがやかせてる人《ひと》――。

ニュースがおわると、夢《ゆめ》から覚《さ》めたように、テレビの前《まえ》をはなれていく。目《め》からは、輝《かがや》きが消《き》えている。

たぶん、ぼくとおなじことを思《おも》ってるんだ……。

「こわいとしたら、痛《いた》いことかな……。痛《いた》くもなく、一瞬《いっしゅん》で死《し》ねるのなら、それでいいよ。」

「結構《けっこう》、ぜいたくだな。」

ニヤリと、ニニが笑《わら》った。嫌《いや》な笑《わら》いだ。

そして、楽《たの》しそうにいう。

「まぁ、いいよ。文太《ぶんた》の願《ねが》いをかなえよう。」

ぼくは、気《き》になったことをきく。

「ニニは、いろんな人《ひと》になれるんだろ。もし、ほかの人《ひと》に擬態《ぎたい》したら、ぼくの願《ねが》いはキャンセルされて、その人《ひと》の願《ねが》いをかなえるのかい？」

「それはない。」

ニニが、手《て》をふって否定《ひてい》する。

「わたしが願《ねが》いをかなえるのは、それを持《も》ってる者《もの》だけだ。」

そして、ぼくの手《て》の甲《こう》に貼《は》られたフィルムを指《ゆび》さす。

「さて、作戦《さくせん》を練《ね》ろうか――。」

また、嫌《いや》な笑《わら》いをうかべるニニ。

Scene《シーン》04 ナイロビ国立博物館到着《こくりつはくぶつかんとうちゃく》、笛《ふえ》が鳴《な》るまで自由時間《じゆうじかん》！

ナイロビ国立博物館《こくりつはくぶつかん》——。

ナイロビ・シティセンターから、車《くるま》で約十分《やくぶん》ほど走《はし》ったところにある。人類《じんるい》の発祥《はっしょう》や東《ひがし》アフリカの歴史《れきし》や野生動物《やせいどうぶつ》の生態《せいたい》などの展示《てんじ》が見《み》られるので、いつも遠足《えんそく》や社《しゃ》会見学《かいけんがく》の子《こ》どもたちでにぎわう。

それが今日《きょう》、特《とく》に混雑《こんざつ》しているのは、日本人《にほんじん》が発見《はっけん》した新種《しんしゅ》の猫《ねこ》——ニニについての発表《はっぴょう》があるためだ。

世界中《せかいじゅう》から、マスコミ、動物学者《どうぶつがくしゃ》、猫《ねこ》マニアたちなどが押《お》しよせ、ナイロビ国立博物館《こくりつはくぶつかん》は通勤《つうきん》ラッシュの満員電車《まんいんでんしゃ》のようになっている。

博物館《はくぶつかん》の入《い》り口《ぐち》ゲートでは、厳《きび》しい持《も》ち物《もの》のチェックがおこなわれる。それは、ニニの警備《けいび》以《い》外《がい》にも、テロ対策《たいさく》の意味《いみ》もある。

入館者《にゅうかんしゃ》は、文句《もんく》もいわず警官《けいかん》に荷物《にもつ》を見《み》せ、チェックを受《う》けている。数年《すうねん》まえにショッピングモール襲撃《しゅうげき》テロがあり、被害《ひがい》にあいたくない市民《しみん》は、厳《きび》しいチェックを望《のぞ》んでいるのである。

入館者《にゅうかんしゃ》の中《なか》には、ゴンリーとディンリーの兄弟《きょうだい》もいる。二人《ふたり》とも顔《かお》をかえ、体型《たいけい》のわからないダボッとした服《ふく》を着《き》ているため、警官《けいかん》たちは気《き》づかない。

双眼鏡《そうがんきょう》のような眼鏡《めがね》をサングラスにかえたゴンリーは、とてもきげんが悪《わる》い。

「まったく……なんて情《なさ》けないやつらだ。」

利用《りよう》しようと思《おも》っていたテロ組織《そしき》が、何者《なにもの》かに壊滅《かいめつ》させられ、計画《けいかく》が狂《くる》ったのが腹立《はらだ》たしいのだ。

「いやしくもテロ組織《そしき》を名乗《なの》るのなら、テロを実行《じっこう》して死《し》ね。なにもしないうちに壊滅《かいめつ》させられるなんて、恥《はじ》さらしもいいところだ。おかげで、テロ組織《そしき》と警察統合任務部隊偵察中隊《けいさつとうごうにんむぶたいていさつちゅうたい》が交戦《こうせん》してる間《あいだ》にニニを奪取《だっしゅ》する計画《けいかく》が、だいなしだ。」

ため息《いき》をつくゴンリー。

そして、おとなしい顔《かお》で、警官《けいかん》からチェックを受《う》ける。

警官《けいかん》は、鞄《かばん》の中《なか》を見《み》たあと、服《ふく》の上《うえ》からボディタッチして銃器《じゅうき》を持《も》ってないかたしかめる。

つづいて、ディンリー。

手荷物《てにもつ》の中《なか》には、小型化《こがたか》したMOM《マム》が入《い》れてあったが、気《き》づかれなかった。もっとも、分解《ぶんかい》しないかぎりラジオにしか見《み》えないように偽装《ぎそう》してあるが——。

怪《あや》しまれたら、MOM《マム》を使《つか》い、警官《けいかん》の心理操作《しんりそうさ》をしてゲートを越《こ》える予定《よてい》だった。しかし、二人《ふたり》とも、あっさり通過《つうか》をゆるされたので拍子《ひょうし》ぬけした。

「……こまったもんだ。こんなかんたんなチェックで、わたしたちをとおすとは……。」

また、ため息《いき》をつく。

「テロは防《ふせ》げても、わたしたち兄弟《きょうだい》をとめることはむりなようだな。」

ディンリーは、だまってうなずく。


警備室《けいびしつ》のコンソールパネルの前《まえ》で、ケニア警察《けいさつ》のアブディ長官《ちょうかん》は朝《あさ》からきげんが悪《わる》かった。

朝食《ちょうしょく》の目玉焼《めだまや》きが涙目《なみだめ》になっていたからじゃない。テロ捜査《そうさ》でいそがしいのに、ナイロビ国立《こくりつ》博物館《はくぶつかん》の警備責任者《けいびせきにんしゃ》にまわされたからだ。

長官《ちょうかん》という役職《やくしょく》は、警察《けいさつ》の中《なか》でもかなり上《うえ》の地位《ちい》だ。警備責任者《けいびせきにんしゃ》など、ほかの者《もの》にやらせることができる。

しかし今回《こんかい》の命令《めいれい》は、もっと上《うえ》のほうからでていて、いくらアブディが長官《ちょうかん》でもきかないわけにはいかなかった。

――さらにおもしろくないのは、国際刑事警察機構《ICPO》の探偵卿《たんていきょう》と協力《きょうりょく》しろという命令《めいれい》だ。〝協《きょう》力《りょく》〟ということばを使《つか》っているが、じっさいは、〝探偵卿《たんていきょう》の指示《しじ》に逆《さか》らうな〟という意味《いみ》だ。

アブディは、となりにすわってモニタの映像《えいぞう》をチェックしてるマライカを見《み》る。

――しかも、おれより三十歳《さい》は若《わか》い女《おんな》……。ほんとうに、こいつは探偵卿《たんていきょう》なのか？

「アブディ長官《ちょうかん》。」

モニタに顔《かお》をむけたまま、マライカがいった。

「はっ！」

おどろいて敬礼《けいれい》するアブディ。

それに目《め》もくれず、質問《しつもん》するマライカ。

「笠間文太氏《かさまぶんたし》とニニは――？」

「予定《よてい》どおり、こちらにむかっています。発表会見《はっぴょうかいけん》は、予定《よてい》どおり二時間後《じかんご》におこなわれます。」

「道中《どうちゅう》の警備《けいび》は？」

「警察統合任務部隊偵察中隊《けいさつとうごうにんむぶたいていさつちゅうたい》がおこなってます。手《て》を出《だ》すには、戦争《せんそう》をおこすぐらいの覚悟《かくご》がいるでしょうね。」

「了解《りょうかい》しました。」

あっさりした返事《へんじ》に、アブディは拍子《ひょうし》ぬけする。

——おいおい、ケニアの特殊部隊《とくしゅぶたい》が、たかが猫《ねこ》の警備《けいび》にあたってるんだぞ。もっとおどろいたらどうだ？　ちなみに、おれだって長官《ちょうかん》なんだぞ。

「わたしが、道中《どうちゅう》の警備《けいび》に無関心《むかんしん》なのが不思議《ふしぎ》ですか？」

気持《きも》ちを読《よ》んだかのように、マライカがいった。

「断言《だんげん》してもいいですが、道中《どうちゅう》は安全《あんぜん》です。警察統合任務部隊偵察中隊《けいさつとうごうにんむぶたいていさつちゅうたい》の方々《かたがた》にも、リラックスするようにいってもだいじょうぶですよ。」

「……どうして断言《だんげん》できるんです？」

「怪盗《かいとう》クイーンが、発表会見《はっぴょうかいけん》のときにニニをうばうと予告状《よこくじょう》を出《だ》したからです。つまり、発表会《はっぴょうかい》見《けん》のとき以外《いがい》は、安全《あんぜん》といえます。」

「ほんとうに、そうでしょうか？　ニニをねらってるのは、クイーンだけではありません。」

ここで、初《はじ》めてマライカはアブディを見《み》た。

アブディは、子《こ》どものころ、学校《がっこう》の先生《せんせい》ににらまれたことを不意《ふい》に思《おも》いだした。

「あなたは、犬《いぬ》を飼《か》ったことがありますか？」

「……いえ、ありません。」

「犬《いぬ》が餌《えさ》を食《た》べてるとき、手《て》を出《だ》せばかまれます。それとおなじで、クイーンの獲物《えもの》に横《よこ》から手《て》を出《だ》せば、手《て》ひどい仕返《しかえ》しをされるでしょう。だれが、そんなリスクの高《たか》いことをするでしょうか？」

「………」

「勝負《しょうぶ》は、発表会見《はっぴょうかいけん》が始《はじ》まってからです。」

するどい視線《しせん》をむけられ、アブディは反射的《はんしゃてき》に敬礼《けいれい》していた。

——なんだ、こいつは……？　ほんとうに、探偵卿《たんていきょう》なのか？　まるで、ライオンと目《め》が合《あ》ったような気分《きぶん》だ。

アブディは、ライオンを間近《まぢか》で見《み》たことがない。サバンナの近《ちか》くで生《う》まれ育《そだ》った彼《かれ》にとって、肉食動物《にくしょくどうぶつ》と間近《まぢか》で会《あ》うことは、死《し》を意味《いみ》している。

「アブディさん、がんばってクイーンを逮捕《たいほ》しましょうね。」

それまでのするどい視線《しせん》がきゅうにやさしくなり、アブディは、自分《じぶん》は天《てん》に召《め》されたのではないかと思《おも》った。

そのとき、警備室《けいびしつ》にノックがあり、一人《ひとり》の警官《けいかん》がはいってきた。

「不審者《ふしんしゃ》を三名逮捕《めいたいほ》しました。一人《ひとり》は、オイルライターを所持《しょじ》していました。一人《ひとり》は、ナクマット（ケニアのスーパーマーケット）で大量《たいりょう》に買《か》い物《もの》をしてました。一人《ひとり》は、人混《ひとご》みの中《なか》で『どうでもいい、どうでもいい。』とさけびつづけてました。」

「ほうっておけ。クイーンも怪盗《かいとう》を名乗《なの》る人間《にんげん》。不審者《ふしんしゃ》としてつかまるようなバカなことをするわけがない。」

マライカは、たしかにアブディのいうとおりだと思《おも》った。しかし、なにか気《き》になるのも事実《じじつ》。それは、探偵卿《たんていきょう》としての能力《のうりょく》ではなく、持《も》って生《う》まれた野生《やせい》の勘《かん》だ。

ある意味《いみ》、彼女《かのじょ》の勘《かん》は当《あ》たった。

連行《れんこう》されてきた三人《にん》を見《み》て、

「ヴォルフ・ミブ、花菱仙太郎《はなびしせんたろう》、パイカル――。あなたたちは、なにをやってるんですか……。」

マライカは、ため息《いき》をついた。

「それは、こっちの台詞《せりふ》だ。ライターのオイルを交換《こうかん》してたら、いきなり拘束《こうそく》されたぞ！」

「おれは、スーパーの品揃《しなぞろ》えを研究《けんきゅう》してただけなのに……。」

「ぼくは、ウァドエバーさんをさがしてたら、とつぜん拘束《こうそく》されました。それより、どうしてマライカさんがいるんです？」

「事件《じけん》か？　——といっても、おれは有給中《ゆうきゅうちゅう》だった……。」

「それで旦那《だんな》は、いつものコートじゃなく、妙《みょう》なかっこうしてんのか。」

「背広姿《せびろすがた》のどこが、妙《みょう》なかっこうなんだ！　たたっ斬《き》るぞ！」

「刀持《かたなも》ってないのに、むりだろ。」

「じゃあ、殴《なぐ》る！」

「ヴォルフさんも、仙太郎《せんたろう》さんも、こんなところでさわがないでくださいよ。時間《じかん》があるのなら、ウァドエバーさんをさがすのを手伝《てつだ》ってください。」

「おことわりだ。おれは、いそがしいんだ。」

「なんで、有給中《ゆうきゅうちゅう》なのにいそがしいんだよ？　わかった、彼女《かのじょ》をつれてきてるんだ！」

「プライベートな質問《しつもん》にはこたえたくないな。」

「つまらないことでいい合《あ》わないで、いっしょにウァドエバーさんをさがしましょうよ！」

口々《くちぐち》に話《はな》しだす三人《にん》。

「Shut《シャット》 up《アップ》！」

マライカにおこられ、直立不動《ちょくりつふどう》になる三人《にん》。

アブディ長官《ちょうかん》が、おそるおそるという感《かん》じで、マライカにきく。

K2

「何者《なにもの》なんですか、この連中《れんちゅう》は？」

「二人《ふたり》の探偵卿《たんていきょう》と、一人《ひとり》の探偵卿助手《たんていきょうじょしゅ》です。」

「……国際刑事警察機構《ICPO》には、いろんな人間《にんげん》がいるんですね。」

アブディがいった。マライカは、そのことばの意味《いみ》をきかない。

三人《にん》にむかって説明《せつめい》を求《もと》める。

「どうして、ここにいるんです？」

「だから、有給休暇《ゆうきゅうきゅうか》で――。」

「コンビニの土地《とち》を――。」

「ウァドエバーさんに、ここにいろって――。」

また口々《くちぐち》に話《はな》しはじめたので、マライカが壁《かべ》をドン！　とたたいた。警備室《けいびしつ》に、パラパラと壁《かべ》の破片《はへん》が落《お》ちる音《おと》だけがする。

「順番《じゅんばん》にききます。まず、ヴォルフ・ミブ。」

「おれは、有給休暇《ゆうきゅうきゅうか》で旅行中《りょこうちゅう》だ。さっきから、そういってるだろ。」

「旅行《りょこう》の目的《もくてき》は？」

仙太郎《せんたろう》が口《くち》をはさみ、マライカににらまれる。

「おれだって、フラッと旅《たび》にでても不思議《ふしぎ》じゃないだろ。」

――いや、不思議《ふしぎ》だ。

ヴォルフのことを知《し》っている仙太郎《せんたろう》、パイカル、マライカは、心《こころ》の中《なか》で反論《はんろん》した。

マライカがきく。

「このケニアをえらんだのは？」

「ルイーゼの推薦《すいせん》だ。」

それで、三人《にん》はわかった。

ふだん旅行《りょこう》などしないヴォルフが、旅《たび》にでた。しかも、日本刀《にほんとう》と刃《は》が仕込《しこ》んである白《しろ》コートではなく、背広姿《せびろすがた》で――。

さらに、上司《じょうし》のルイーゼも知《し》っているとなると、結婚《けっこん》のようなプライベートの重大事《じゅうだいじ》がからんでることはかんたんに想像《そうぞう》できる。

結婚《けっこん》と旅《たび》。この二つから、仙太郎《せんたろう》たちは新婚旅行《しんこんりょこう》の下見《したみ》という結論《けつろん》を出《だ》した。

このとき、仙太郎《せんたろう》の目《め》は銀色《ぎんいろ》になっていない。推理《すいり》するほどのむずかしい問題《もんだい》ではなかったからだ。

「つぎに、花菱仙太郎《はなびしせんたろう》。きみは、どうしてケニアにいるんです？」

マライカがきいた。

「おれは、コンビニをひらくのに、いい場所《ばしょ》がないかさがしにきたんだ。」

——そういえば、この男《おとこ》は探偵卿《たんていきょう》というより、コンビニバカだった。だが、ケニアに目《め》をつけたのは、いいかもしれない……。

ケニアに、コンビニのような二十四時間営業《じかんえいぎょう》の商店《しょうてん》はない。日用雑貨《にちようざっか》を幅広《はばひろ》くあつかってる店《みせ》はあるが、酒類《しゅるい》はおいてない。

——コンビニをひらいたら、大当《おおあ》たりするんじゃないだろうか。

マライカは、初《はじ》めて仙太郎《せんたろう》を認《みと》めてもいいような気《き》になった。

「ケニアというのは、いい目《め》の付《つ》け所《どころ》だと思《おも》います。」

「ああ、ルイーゼに教《おし》えてもらったんだ。ナイロビ国立博物館《こくりつはくぶつかん》の近《ちか》くなら、客《きゃく》も確保《かくほ》できるだろうって。」

——また、ルイーゼさんの名前《なまえ》がでてきた。この二人《ふたり》、自分《じぶん》の意思《いし》でケニアにきてるつもりだけど、完全《かんぜん》に操《あやつ》られている。

マライカは、ルイーゼの異名《いみょう》『伏兵《ヒンターハルト》』ということばを思《おも》いだした。

——問題《もんだい》は、どうしてヴォルフと仙太郎《せんたろう》をケニアに配置《はいち》したのかだ。

つぎに、パイカルにきく。

「あなたとウァドエバーも、ルイーゼさんにいわれてケニアにきたんですか？」

「いいえ。ぼくは、ウァドエバーさんにキリンやライオンを見《み》ろっていわれて、つれてこられました。でも、そのウァドエバーさんのほうが、愉《たの》しみにしてたみたいですね。いまも、ぼくをほったらかしてサバンナにいったようです。」

——ウァドエバーは、自分《じぶん》の意思《いし》でケニアにきた。なぜか？

彼《かれ》が怪盗《かいとう》クイーンの能力《のうりょく》をコピーしているという話《はなし》を、マライカは知《し》っている。個人《こじん》の能力《のうりょく》をコピーする——そんなことができるのか？　はじめは疑《うたが》ったが、〝エッグ〟とよばれる謎《なぞ》の物体《ぶったい》の報告書《ほうこくしょ》を読《よ》んで、信《しん》じるようになった。（詳《くわ》しくは、『ブラッククイーンは微笑《ほほえ》まない』参照《さんしょう》。）

——クイーンの能力《のうりょく》を持《も》っているということは、変装《へんそう》の技術《ぎじゅつ》も、身体能力《しんたいのうりょく》も、クイーンとおなじレベル。ウァドエバーは、その能力《のうりょく》を使《つか》ってニニをうばう気《き》か……。

この考《かんが》えに、マライカは緊張《きんちょう》する。

——最悪《さいあく》、二人《ふたり》のクイーンを相手《あいて》にしなければいけないのか……。そして、ルイーゼさんは、そのことを見越《みこ》して、ヴォルフと仙太郎《せんたろう》をケニアによこした。

気《き》になることを、三人《にん》にきく。

「あなたたちは、これから、このナイロビ国立博物館《こくりつはくぶつかん》でなにがあるか知《し》ってますか？」

「知《し》らん。」

「特別《とくべつ》なイベントでもあるのかな？　人《ひと》がいっぱいいるけど。」

「なにがあるんです？」

マライカは、三人《にん》の返事《へんじ》をきいてため息《いき》をつく。どれだけ教《おし》えても子《こ》どもたちが理解《りかい》してくれない授業《じゅぎょう》をしてる気分《きぶん》だ。

「ニュースや新聞《しんぶん》を見《み》てないんですか？」

「それどころじゃない。」

「『日刊《にっかん》コンビニ情報《じょうほう》』は読《よ》んでるけど――。」

「スマホは、ウァドエバーさんに取《と》りあげられました。」

頭《あたま》が痛《いた》いマライカ。

とりあえず、現在《げんざい》の状況《じょうきょう》を説明《せつめい》する。

「なるほど。……しかし、おれは有給休暇中《ゆうきゅうきゅうかちゅう》で、なにもできない。全力《ぜんりょく》で休暇《きゅうか》を取《と》れというのが、命令《めいれい》だ。」

「ふぅん、たいへんだな。でも、コンビニの土地《とち》をさがしにきたおれには、関係《かんけい》ないな。」

マライカは、このバカ二人組《ふたりぐみ》を配置《はいち》したルイーゼの考《かんが》えがわからない。

「ひょっとして、ウァドエバーさんは、ニニをねらってるのでしょうか？」

パイカルが、心配《しんぱい》そうにつぶやいた。

マライカは考《かんが》える。

——ルイーゼさんは、ウァドエバーがニニをねらってることを知《し》って、対抗《たいこう》させるためにヴォルフと仙太郎《せんたろう》を配置《はいち》した。武闘派《ぶとうは》のバカとフリーターのチャラ男《お》がいれば、予測《よそく》できない事態《じたい》がおき、ウァドエバーの動《うご》きをとめることができるかもしれない……。

彼女《かのじょ》の頭《あたま》の中《なか》で、ルイーゼがV《ブイ》サインを出《だ》す。

——でも、予《よ》測《そく》できない事態《じたい》がおきたら、わたしも警備《けいび》しにくくなるんですけど……。

マライカは、泣《な》きだしたい気分《きぶん》になった。

「ウァドエバーに、連絡《れんらく》は取《と》れないんですか？」

「むりです。ウァドエバーさんはスマホを持《も》ってますが、着信《ちゃくしん》を選《え》り好《ごの》みしますから。」

パイカルの返事《へんじ》に、マライカは頭《あたま》を抱《かか》える。

アブディ長官《ちょうかん》が、マライカにきく。

「いったい、なにごとですか？」

二秒考《びょうかんが》えてから、マライカがこたえた。

「クイーンとおなじ能力《のうりょく》を持《も》った探偵卿《たんていきょう》が、ニニをねらってます。わたしたちは、同時《どうじ》に二人《ふたり》の怪盗《かいとう》からニニを守《まも》らなくてはなりません。」

よく状況《じょうきょう》がわからないながらも、アブディ長官《ちょうかん》はうなずく。

マライカは、パイカルを見《み》る。

「きみは、ウァドエバーを見《み》つけたら、拘束《こうそく》してください。そして、わたしに連絡《れんらく》――。」

「嫌《いや》です。」

パイカルは、マライカのことばをさえぎって断言《だんげん》した。

「ウァドエバーさんは、なにか考《かんが》えがあってニニをねらうんです。邪魔《じゃま》したくありません。」

ヴォルフが、パイカルの頭《あたま》に手《て》をのせ、口《くち》をはさむ。

「おい、パスカル。助手《じょしゅ》の分際《ぶんざい》で、探偵卿《たんていきょう》の命令《めいれい》に刃《は》むかうとは、いい度胸《どきょう》だな。」

「ぼくの名前《なまえ》は、パイカルです。」

ヴォルフの手《て》をはらいのける。

「それに、ぼくはウァドエバーさんの助手《じょしゅ》です。ウァドエバーさんのやることを尊重《そんちょう》するのは、とうぜんです。」

「こまったガキだな。ニニを盗《ぬす》もうとしてるってことは、ウァドエバーは、悪《あく》だ。おれたち探偵《たんてい》卿《きょう》は、悪党《あくとう》を退治《たいじ》するのが仕事《しごと》。おまえも、退治《たいじ》するぞ！」

「こまったちゃんは、あなたです。世《よ》の中《なか》は、あなたが考《かんが》えるほど、かんたんに〝悪《あく》〟と〝正《せい》義《ぎ》〟にわけることはできないんです。」

ヴォルフの手《て》が、パイカルをたたき斬《き》ろうと左腰《ひだりこし》にのびる。しかし、日本刀《にほんとう》をおいてきたことを思《おも》いだし、かわりに拳《こぶし》をかためた。

その動《うご》きを見《み》たパイカルは、サッと仙太郎《せんたろう》の後《うし》ろにかくれる。

「おちつけよ、旦那《だんな》。この様子《ようす》、だれが見《み》ても、こわいおじさんが少年《しょうねん》をいじめてるようにしか見《み》えないぜ。つまり、旦那《だんな》のほうが悪《あく》だ。」

「うるせぇ！　邪魔《じゃま》すると、おまえもいっしょに殴《なぐ》るぞ！」

そのとき、ヴォルフは激《はげ》しい殺気《さっき》を感《かん》じた。

おそるおそるふりかえると、マライカがにらんでいる。

「あなたたちは、いまの状況《じょうきょう》と、ここがどこだかわかってるのですか？」

「…………」

ヴォルフは、ことばがでない。同時《どうじ》に、刃《は》を仕込《しこ》んだコートも日本刀《にほんとう》も、身《み》につけてないことを後悔《こうかい》した。

――いや……いくら武器《ぶき》を持《も》っていても勝《か》てるかどうか……。

ヴォルフの頬《ほお》を、一筋《ひとすじ》の汗《あせ》が流《なが》れる。

マライカの口《くち》がひらいた。

「わたしは、教育者《きょういくしゃ》です。暴力《ぼうりょく》は、教育《きょういく》とは真逆《まぎゃく》のものです。わたしの前《まえ》で暴力《ぼうりょく》をふるうことは、ゆるしません。」

ヴォルフがガクガクとうなずいたとき、警備室《けいびしつ》のドアがあいた。

黒《くろ》いボディスーツに突撃銃《とつげきじゅう》をかまえた男《おとこ》がはいってきた。思《おも》わずホールドアップしてしまう仙《せん》太郎《たろう》。

男《おとこ》は、アブディ長官《ちょうかん》に敬礼《けいれい》する。

「プンバとニニを輸送《ゆそう》してきました。」

つづいて、ボディスーツの男《おとこ》たちに守《まも》られた背広姿《せびろすがた》の日本人《にほんじん》と、檻《おり》に入《い》れられた獣《けもの》が警備室《けいびしつ》につれてこられる。

「引《ひ》きつづき、会場《かいじょう》の警備《けいび》にあたります。」

男《おとこ》のことばに、アブディ長官《ちょうかん》とマライカが敬礼《けいれい》を返《かえ》した。

そして、マライカは背広姿《せびろすがた》の日本人《にほんじん》に握手《あくしゅ》の手《て》をのばす。

「笠間文太《かさまぶんた》さんですね。わたし、国際刑事警察機構《ICPO》の探偵卿《たんていきょう》のマライカです。こちらは、ケニア警察《けいさつ》のアブディ長官《ちょうかん》です。わたしたちが、責任《せきにん》を持《も》って、あなたとニニを保護《ほご》します。」

「はぁ……よろしくお願《ねが》いします。」

頭《あたま》をさげる文太《ぶんた》。

その様子《ようす》を見《み》て、ヴォルフが仙太郎《せんたろう》にささやく。

「ずいぶん元気《げんき》のない野郎《やろう》だな。日本《にっぽん》の男《おとこ》ってのは、おまえみたいにチャラいのか、こんなのしかいねぇのか？」

「ふん！」

鼻《はな》を鳴《な》らす仙太郎《せんたろう》。

マライカは、檻《おり》の中《なか》の動物《どうぶつ》を見《み》て、首輪《くびわ》を出《だ》した。

「これをつけさせていただいても、よろしいでしょうか？」

文太《ぶんた》は、すこしおどろいた顔《かお》をしたが、すぐにうなずいた。

無造作《むぞうさ》に檻《おり》の戸《と》をあけ、ニニに首輪《くびわ》をつけた。

「なぜ、首輪《くびわ》を？」

アブディ長官《ちょうかん》がきいた。

「対《たい》クイーン用《よう》のしかけがしてある首輪《くびわ》です。」

「そんな……わたしに相談《そうだん》もなく……。」

長官《ちょうかん》はブツブツいうが、マライカはきいていない。

腕時計《うでどけい》を見《み》て、みんなにいう。

「発表会見《はっぴょうかいけん》まで、あと三十分《ぷん》です。それまで、文太《ぶんた》さんはニニと警備室《けいびしつ》にいてください。長官《ちょうかん》は、博物館《はくぶつかん》の中《なか》を見《み》まわって、警備《けいび》に不備《ふび》がないか確認《かくにん》してください。」

長官《ちょうかん》は、なにかいいたそうだったが、だまって警備室《けいびしつ》をでていった。

「パイカルも、ウァドエバーをさがしにいってください。見《み》つけたら、これを——。」

懐《ふところ》から手錠《てじょう》を出《だ》すマライカ。

「ウァドエバーさんに、手錠《てじょう》がかけられるはずないでしょ！　手錠《てじょう》を出《だ》した瞬間《しゅんかん》に、殺《ころ》されますよ！」

文句《もんく》をいうパイカルの肩《かた》を、ポンとたたく。

「だいじょうぶ。ウァドエバーも、助手相手《じょしゅあいて》なら油断《ゆだん》します。」

「しませんよ！」

じたばたするけど、マライカはきいてない。パイカルを警備室《けいびしつ》からたたきだした。

「取《と》りこんでるみたいだから、おれは失礼《しつれい》するぜ。」

「あっと、おれも土地《とち》さがしをしなきゃ。」

ヴォルフと仙太郎《せんたろう》がでていこうとする。

マライカは、ぴしりという。

「仙太郎《せんたろう》とヴォルフは、ここで監視《かんし》モニタを見張《みは》ってください。そして、怪《あや》しい人間《にんげん》を見《み》かけたら、すぐに報告《ほうこく》をお願《ねが》いします。」

〝お願《ねが》い〟ということばが使《つか》われているが、〝命令《めいれい》〟といいかえても、意味《いみ》はかわらない。

「そんな仕事《しごと》は、警官《けいかん》とか探偵卿《たんていきょう》にいってくれよな。」

仙太郎《せんたろう》がいった。自分《じぶん》が探偵卿《たんていきょう》であるという自覚《じかく》は、まったく持《も》ってない。

「バイト代《だい》を出《だ》します。一時間《じかん》で千三百ケニア・シリングでいかがです？」

マライカが、仙太郎《せんたろう》の前《まえ》で、大統領《だいとうりょう》の顔《かお》が印刷《いんさつ》された紙幣《しへい》をふる。

——一ケニア・シリングは、だいたい一・〇五円《えん》。なかなかの時給《じきゅう》だ！

頭《あたま》の中《なか》ですばやく計算《けいさん》する仙太郎《せんたろう》。つぎの瞬間《しゅんかん》には、監視《かんし》モニタの前《まえ》にすわっていた。

「おれは、有給休暇中《ゆうきゅうきゅうかちゅう》なんでな。はたらくなという命令《めいれい》がでている。」

「はたらけとはいってません。手伝《てつだ》ってください。それならいいでしょ？」

「…………」

ヴォルフは、こたえない。クイーンを逮捕《たいほ》したいという気持《きも》ちと、有給《ゆうきゅう》を取《と》れという命令《めいれい》にはさまれて、なにもいえなくなってるのだ。

マライカが、ダメ押《お》しの台詞《せりふ》をいう。

「手伝《てつだ》ってくれたら、ケニアの新婚旅行《しんこんりょこう》スポットを紹介《しょうかい》しますよ。」

「…………」

無言《むごん》で、監視《かんし》モニタの前《まえ》にすわるヴォルフ。

こうして、さまざまな人間《にんげん》が配置《はいち》され、ニニの発表会見《はっぴょうかいけん》が始《はじ》まった。

文太《ぶんた》の話《はなし》　その四

「まず、ニニをつかまえたことを、世界中《せかいじゅう》に発信《はっしん》しよう。」

ニニがいった。

「でも……それは、きみが嫌《いや》なんじゃないのかい？」

ぼくがきくと、不思議《ふしぎ》そうにニニは首《くび》をかしげた。

「どうして？」

「だって、そんなの見世物《みせもの》だよ。さらし者《もの》になるのは、だれだって嫌《いや》だろ？」

「わたしが嫌《いや》なのは、文太《ぶんた》の願《ねが》いをかなえられないことだよ。」

「ニニには、自分《じぶん》の意志《いし》はないのか？」

「いま、いっただろ。文太《ぶんた》の願《ねが》いをかなえるのが、わたしの意志《いし》だ。」

「……………」

ぼくは、感動《かんどう》していた。ここまで、ぼくのことを考《かんが》えてくれてるなんて……。

「誤解《ごかい》してるようだが、わたしは、フィルムを持《も》ってる者《もの》に姿《すがた》をかえて願《ねが》いをかなえたいだけだ。もし、文太《ぶんた》がフィルムを持《も》ってなかったら、きみの願《ねが》いなど、サバンナの草《くさ》よりも価値《かち》がないことをいっておこう。」

「…………」

ぼくの感動《かんどう》は、サバンナの地平線《ちへいせん》にしずんでいった。

「ニニは、ぼくの願《ねが》いを知《し》って、その……おこったりあきれたりしないのか？」

「…………」

「世界《せかい》は、ぼくだけのものじゃない。なのに、ぼく個人《こじん》の願《ねが》いで世界《せかい》をこわすってのは、わがままだろ。無責任《むせきにん》な子《こ》どもじゃないんだし……。」

ぼくの質問《しつもん》に、ニニは首《くび》をひねる。

「文太《ぶんた》がどんな願《ねが》いを持《も》とうと、それは個人《こじん》の自由《じゆう》だ。わたしがとやかくいうことじゃない。わたしは、なにがなんでも願《ねが》いをかなえるよ。」

「…………」

「それに、世界《せかい》はいままでに何度《なんど》もおわってる。いまさら、さわぐほどのことじゃない。」

ぼくは、ニニのことばにおどろいた。

「何度《なんど》もおわってるって……。」

「あれ？　知《し》らなかったのか？」

やれやれという感《かん》じで、肩《かた》をすくめるニニ。

「何度《なんど》もっていうけど、いったい何回《なんかい》おわったんだ？」

ぼくの質問《しつもん》に、ニニは指折《ゆびお》りかぞえる。

「文太《ぶんた》は、自分《じぶん》の体《からだ》が、何個《なんこ》の細胞《さいぼう》でできてるか知《し》ってるか？」

「それが、関係《かんけい》あるのか？」

「ああ。その細胞《さいぼう》の数《かず》ぐらい、世界《せかい》はおわってる。」

「………」

ことばをなくすぼくにかまわず、ニニは計画《けいかく》の続《つづ》きを始《はじ》める。

「ニニの発見《はっけん》は、世界的《せかいてき》な大《だい》ニュースになる。そして、発見者《はっけんしゃ》の文太《ぶんた》は、一躍英雄《いちやくえいゆう》だ。そうすれば、堂々《どうどう》と日本《にっぽん》に帰《かえ》れるじゃないか。会社《かいしゃ》にももどれるぞ。」

「会社《かいしゃ》か……。」

最初《さいしょ》は、ニニを見《み》つけて帰《かえ》ろうと思《おも》っていた。でも、いまになってみると、会社《かいしゃ》なんかどうでもいいって気持《きも》ちになっている。

「もし、世界《せかい》がこわれるのなら——会社《かいしゃ》にもどるより、いろんなところを見《み》てみたいな。」

ぼくは、子《こ》どものころにテレビのＣＭ《シーエム》で見《み》たマサイ族《ぞく》を思《おも》いだす。長《なが》い槍《やり》を持《も》ったマサイの戦士《せんし》は、重力《じゅうりょく》なんか関係《かんけい》ないって感《かん》じで、軽々《かるがる》とジャンプしていた。

「うん、マサイの村《むら》へいってみるよ。」

「そうか。それもいいな。」

ニニが笑《わら》った。それは、さっきまでの嫌《いや》な感《かん》じの笑《え》みではなく、夏《なつ》の庭《にわ》に咲《さ》くヒマワリのようだった。

ぼくは、すこし考《かんが》えてからいった。

「しかし、ニニのことを発信《はっしん》したら、問題《もんだい》がおこるんじゃないか？」

「ほう？」

首《くび》をひねるニニに、ぼくは説明《せつめい》する。

「考《かんが》えてもみろ。きみのように、本物《ほんもの》とおなじレベルまでそっくりになれる動物《どうぶつ》がいたら、大騒《おおさわ》ぎだ。世界中《せかいじゅう》の研究所《けんきゅうじょ》につれてかれて、ひどい実験《じっけん》をされたり、わけのわからない薬《くすり》を飲《の》まされたり――。おそらく、モルモットのようにあつかわれて、一生《いっしょう》をおえるだろう。」

「その点《てん》は、心配《しんぱい》いらない。ここまでの擬態《ぎたい》は、見《み》せない。せいぜい、体毛《たいもう》が変化《へんか》して、すこしだけ顔《かお》の形《かたち》がかわるぐらいにしておくよ。いまから、準備《じゅんび》しよう。スマホを出《だ》してくれ。」

いわれるままスマホを出《だ》すと、ニニが、元《もと》の姿《すがた》にもどった。

「動画撮影《どうがさつえい》をしてくれ。」

ニニが、手《て》の甲《こう》をなめ、顔《かお》をなでる。

そして地面《じめん》に四《よ》つん這《ば》いになると、準備《じゅんび》OK《オーケー》というように、ウィンクした。

撮影《さつえい》を始《はじ》めると、ニニの体毛《たいもう》の色《いろ》が白《しろ》から茶色《ちゃいろ》にかわった。そして、長《なが》い耳《みみ》が短《みじか》くなり、のびていた鼻面《はなづら》が引《ひ》っこむ。

「ほら、この程度《ていど》の擬態《ぎたい》なら、そんなにもさわがれないだろ？」

撮影《さつえい》をおえたぼくに、人面猫《じんめんねこ》のような姿《すがた》になったニニがいった。

「いや……。これでも世界《せかい》がひっくり返《かえ》ると思《おも》うけどね。」

「だいじょうぶ。その点《てん》は、うまくやるよ。」

ぼくからスマホを受《う》け取《と》り、ニヤリと笑《わら》うニニ。また、嫌《いや》な感《かん》じの笑《わら》いになっている。

「文太《ぶんた》は、ニニといっしょに、世界中《せかいじゅう》のマスコミの前《まえ》にあらわれるんだ。場所《ばしょ》は、ナイロビ国立《こくりつ》博物館《はくぶつかん》がいいな。あそこの大《だい》ホールにしよう。そして、そのときに、この動画《どうが》を見《み》せる。じっさいに擬態《ぎたい》の様子《ようす》を見《み》せてくれという注文《ちゅうもん》には、今日《きょう》はニニの体調《たいちょう》が悪《わる》いから、むりをさせたくないといってことわろう。」

ニニは、話《はなし》をどんどん進《すす》めていく。

ぼくは、すこしこわくなってきた。

「ちょっと待《ま》ってくれよ。ぼくは、マスコミから質問《しつもん》されても、うまくこたえる自信《じしん》はないよ。」

「だいじょうぶだって。文太《ぶんた》は、なにも心配《しんぱい》いらない。」

いいながら、ニニは、ぼくの姿《すがた》にもどる。

「すべて、わたしにまかせておけばいいんだよ。」

ぼくの肩《かた》をポンとたたき、ニニが笑《わら》った。

その笑《わら》い方《かた》は、やっぱり嫌《いや》な感《かん》じのするものだった。

Scene《シーン》05 いま、笛《ふえ》が鳴《な》る

ナイロビ国立博物館《こくりつはくぶつかん》の中心部《ちゅうしんぶ》にある大《だい》ホール。

ふだんは、そこで社会見学《しゃかいけんがく》の子《こ》どもたちへの説明《せつめい》や、各種《かくしゅ》のイベントがおこなわれる。いまは、小《ちい》さなステージがつくられ、それを各国《かっこく》のマスコミ関係者《かんけいしゃ》と一般客《いっぱんきゃく》が取《と》りかこんでいる。

ステージの上《うえ》には、通訳《つうやく》を兼《か》ねた博物館《はくぶつかん》の女性職員《じょせいしょくいん》。事前《じぜん》に、質問事項《しつもんじこう》はすべて英語《えいご》でするように連絡《れんらく》がされている。

ニニとは、いったいどんな猫《ねこ》なんだろう？　——そんなワクワクした感《かん》じ。そして同時《どうじ》に、銃《じゅう》を持《も》った警官《けいかん》や統合任務部隊《とうごうにんむぶたい》が出《だ》している緊張感《きんちょうかん》。

女性職員《じょせいしょくいん》がマイクを持《も》つと、ざわついていた人《ひと》たちが、いっせいに静《しず》かになった。

「お待《ま》たせしました。ただいまから、新種《しんしゅ》の猫《ねこ》に関《かん》する発表記者会見《はっぴょうきしゃかいけん》を始《はじ》めます。」

つづいて、ステージに、ニニの檻《おり》を押《お》した文太《ぶんた》があらわれた。

人々《ひとびと》の間《あいだ》から歓声《かんせい》がおこり、いっせいにカメラのフラッシュが光《ひか》った。

発表会見《はっぴょうかいけん》が始《はじ》まり、文太《ぶんた》が記者《きしゃ》からの質問《しつもん》にボソボソとこたえる。

その様子《ようす》は、警備室《けいびしつ》のモニタにもうつしだされている。

警備室《けいびしつ》の一つの壁《かべ》は、十六台《だい》のモニタで埋《う》めつくされ、博物館《はくぶつかん》のあらゆる場所《ばしょ》が監視《かんし》できる。

その前《まえ》にパイプ椅子《いす》をおき、モニタをにらんでるヴォルフと仙太郎《せんたろう》。

「なんで、おれが……。」

ヴォルフは、何度目《なんどめ》かの台詞《せりふ》をいい、コンソールの上《うえ》におかれた灰皿《はいざら》にタバコを押《お》しつける。

すでに、灰皿《はいざら》は吸《す》い殻《がら》が山《やま》のようになっている。

「おれも知《し》りたいな。旦那《だんな》にいうことをきかせる人間《にんげん》が、ルイーゼさん以外《いがい》にいることに、おどろいてるんだ。」

仙太郎《せんたろう》がいった。

ヴォルフが、ため息《いき》とともにことばを吐《は》く。

「マライカが、学校《がっこう》の先生《せんせい》をやってるのを知《し》ってるか？」

「ああ。——それがどうかしたのか？」

「小《ちい》さいときに、いろいろあってな。教師《きょうし》という人種《じんしゅ》に強《つよ》くいわれると、逆《さか》らえないんだ。」

「それは、まぁ……意外《いがい》な弱点《じゃくてん》だな。」

仙太郎《せんたろう》は、慎重《しんちょう》にことばをえらびながら感想《かんそう》をいった。

そして、話題《わだい》をかえたほうが無難《ぶなん》だと思《おも》い、リュックから紙袋《かみぶくろ》を出《だ》す。中《なか》にはいってるのは、マンダジとよばれる揚《あ》げパンだ。

「でもさ、監視《かんし》モニタを見《み》てるだけなんて、楽《らく》な仕事《しごと》だぜ。これで時給《じきゅう》千三百ケニア・シリングももらえるんだからな。」

紙袋《かみぶくろ》からマンダジを出《だ》し、ヴォルフに勧《すす》める仙太郎《せんたろう》。

「旦那《だんな》も、食《た》べる？」

「いらん！」

「そんなにイライラすんなよ、旦那《だんな》。だいたい文句《もんく》をいってるけど、モニタから目《め》をそらさないじゃねぇか。さっきから、もう五人《にん》も不審者《ふしんしゃ》を見《み》つけてるぜ。」

「ふん！」

鼻《はな》を鳴《な》らしながらも、ヴォルフは、背後《はいご》にいたケニアの警官《けいかん》に指示《しじ》を出《だ》す。

「四番《ばん》モニタにうつってる白《しろ》のワンピースを着《き》た女《おんな》。歩《ある》き方《かた》がおかしい。服《ふく》の下《した》に、爆発物《ばくはつぶつ》を持《も》ってる可能性《かのうせい》がある。」

「わかりました。」

警官《けいかん》が警備室《けいびしつ》をでていく。

短《みじか》く口笛《くちぶえ》を吹《ふ》く仙太郎《せんたろう》。

「こんな粗《あら》い画像《がぞう》のモニタで、よく不審者《ふしんしゃ》がわかるよな。すごいよ、旦那《だんな》。」

「探偵卿《たんていきょう》なら、できてとうぜんの能力《のうりょく》だ。おまえも探偵卿《たんていきょう》なんだから、できるはずなんだがな。」

「万引《まんび》きしそうなやつならわかるんだけどな……。だいたい、不審者《ふしんしゃ》って、どんな特徴《とくちょう》があるんだよ。赤白《あかしろ》ニット帽《ぼう》に黒縁眼鏡《くろぶちめがね》みたいなかっこうしてたら、わかりやすいんだけどな。」

マンダジを食《た》べおえる仙太郎《せんたろう》。

「だから、さっきからかわいい子《こ》をさがしてるんだけど……。なかなかいないな。おれの好《この》みは純和風《じゅんわふう》だから、ケニアにいなくてとうぜんなんだけど——。」

ヴォルフは、大《おお》きなため息《いき》をつく。

「おまえをキリマンジャロの崖《がけ》から蹴落《けお》としたら、ちょっとはシャキッとした男《おとこ》に——。」

ことばが途中《とちゅう》でとまった。目《め》が、一つのモニタからはなれない。

「旦那《だんな》、どうかしたのか？」

かたまってしまったヴォルフに、仙太郎《せんたろう》が声《こえ》をかけた。

パイプ椅子《いす》から立《た》ちあがるヴォルフ。

「おれは、いまからトイレにむかう。ついてくるなよ。」

「いかねぇよ。」

仙太郎《せんたろう》が、はやくいけというように、右手《みぎて》をふる。

警備室《けいびしつ》をでたヴォルフは、人混《ひとご》みをかき分《わ》けるようにして、モニタで見《み》た場所《ばしょ》に走《はし》る。

――まちがいない、あれはローテだ。しかし、どうしてケニアにいるんだ？

走《はし》りながら考《かんが》える。

――ひょっとして、これが運命《うんめい》というやつなのか？　結《むす》ばれる二人《ふたり》には、こんな奇跡《きせき》のような再会《さいかい》があるのか？

ヴォルフの気分《きぶん》は、恋愛映画《れんあいえいが》のヒーローだった。でも、ヴァイオレンスアクション映画《えいが》しか見《み》たことないヴォルフは、そのことに気《き》づいてなかった。

「さて――。ヴォルフのいぬ間《ま》に洗濯《せんたく》をと……。」

リラックスした気分《きぶん》でモニタを見《み》る仙太郎《せんたろう》。

鼻歌交《はなうたま》じりで袋《ふくろ》からつぎのマンダジを出《だ》す。

「旦那《だんな》とちがって、おれは探偵卿《たんていきょう》にむいてないんだよな。なんてったって、おれはコンビニ王《おう》になるために生《う》まれてきた人間《にんげん》。運命《うんめい》には逆《さか》らえないよな。」

マンダジを、後《うし》ろにいるケニアの警官《けいかん》に見《み》せる。

「ウナタカ?」

仙太郎《せんたろう》は、スワヒリ語《ご》が得意《とくい》じゃない。「食《た》べますか?」という意味《いみ》でいったのだが、通《つう》じるかどうか、不安《ふあん》だった。

警官《けいかん》は、笑顔《えがお》で手《て》をふる。

「ほしくなったら、いつでもいってね。」

これは日本語《にほんご》でいって、仙太郎《せんたろう》は監視《かんし》モニタに視線《しせん》をもどす。

社会見学《しゃかいけんがく》の子《こ》どもたちがうつってる。先頭《せんとう》を歩《ある》いてるのは、三十歳《さい》ぐらいの男《おとこ》。学校《がっこう》の小旗《こばた》を持《も》ち、まっすぐ前《まえ》を見《み》て歩《ある》いてる。歩《ある》くのがかなり速《はや》く、子《こ》どもたちは小走《こばし》りで後《あと》を追《お》いかける。

一人《ひとり》の子《こ》どもが転《ころ》んだが、男《おとこ》は気《き》にせず歩《ある》いていく。

それを見《み》た仙太郎《せんたろう》の右目《みぎめ》が、銀色《ぎんいろ》にかわった。マンダジを袋《ふくろ》にもどすと、後《うし》ろにいた警官《けいかん》にいった。

「すみません、マライカさんへ連絡《れんらく》を取《と》りたいんです。通信機《つうしんき》を貸《か》してください。」

貸《か》してもらった通信機《つうしんき》を使《つか》い、マライカをよびだす。

「大《だい》ホールの近《ちか》くに、社会見学《しゃかいけんがく》の子《こ》どもたちがいます。その先頭《せんとう》を、学校《がっこう》の小旗《こばた》を持《も》って歩《ある》いてる男《おとこ》。そいつは、教師《きょうし》じゃありません。ウァドエバーか、クイーンか——。とにかく、身柄《みがら》を確《かく》保《ほ》してください。おれも、そちらにいきます。」

通信機《つうしんき》を返《かえ》された警官《けいかん》が、どうしてわかったのかきいた。

「先生《せんせい》なら、つれてる子《こ》どもたちを気《き》にするものです。なのに、あの男《おとこ》は、子《こ》どもが転《ころ》んでも、そちらを見《み》ることなく歩《ある》きつづけました。」

それだけいうと、仙太郎《せんたろう》は警備室《けいびしつ》を飛《と》びだした。

もし、あと数秒《すうびょう》モニタを見《み》ていたら、そこにゴンリーとディンリーの兄弟《きょうだい》がうつったのに気《き》づいただろう。


——ウァドエバーさんは、どこだ……。

たくさんの人《ひと》であふれてる展示室《てんじしつ》。

パイカルは、足《あし》をとめて、あたりにいる人《ひと》を見《み》る。

——こんなに人《ひと》がいては、すぐ近《ちか》くにウァドエバーさんがいても、わからない。

それに、パイカルは、人《ひと》の多《おお》い場所《ばしょ》が苦手《にがて》だ。

——いや、弱音《よわね》を吐《は》いてはいけない。ウァドエバーさんから、『探偵卿《たんていきょう》は、いかなるときでもあきらめてはいけない。』と教《おし》えられている。

再《ふたた》び走《はし》りだそうとしたパイカルの目《め》が、展示物《てんじぶつ》でとまった。

人類《じんるい》の誕生《たんじょう》のコーナー。類人猿《るいじんえん》の原寸大人形《げんすんだいにんぎょう》が、何体《なんたい》もならんでいる。

——カモヤピテクス、プロコンスル、ラングワピテクス……。おかしいな？　一体《たい》、多《おお》いような気《き》がする。

大学《だいがく》を飛《スキップ》び級で卒業《そつぎょう》したため、『スキップ』という異名《いみょう》を持《も》つパイカル。その観察力《かんさつりょく》と知識量《ちしきりょう》は、助手《じょしゅ》ながら、探偵卿《たんていきょう》と比《くら》べてもおとることはない。

しかしいまは、ウァドエバーをさがすことに気《き》を取《と》られていた。

——いったい、どこにいるんだろう？

人混《ひとご》みをかき分《わ》け、パイカルは展示室《てんじしつ》をでる。

「すごい人《ひと》の数《かず》ですね。」

エレオノーレが、背後《はいご》にいるシュテラたちにいった。

無言《むごん》でうなずくシュテラ。その両脇《りょうわき》には、シュヴァルツとローテが立《た》っている。

「ゲルブは、どうしました？」

「外《そと》で待機《たいき》しています。」

「そうですか。ここには、ゲルブの好《す》きそうなものがたくさん展示《てんじ》されてるのに、残念《ざんねん》ですね。」

エレオノーレのことばに、シュテラは苦笑《くしょう》する。

「わたしたちは、遠足《えんそく》にきているのではありませんから。それに、長距離狙撃銃《ちょうきょりそげきじゅう》を持《も》ったゲルブは、どのみち入館《にゅうかん》することはできません。」

「そうでしたわね。」

表情《ひょうじょう》をひきしめるエレオノーレ。

「シュテラは、わたしのそばにいて、護衛《ごえい》と補佐《ほさ》をお願《ねが》いします。シュヴァルツとローテは、博《はく》物館内《ぶつかんない》でゴンリー・ディンリー兄弟《きょうだい》をさがし、身柄《みがら》を確保《かくほ》してください。」

「Ja《ヤー》.」

三人《にん》は、短《みじか》くこたえた。

エレオノーレが付《つ》け加《くわ》える。

「もし二人《ふたり》が抵抗《ていこう》するときは、始末《しまつ》してください。」

エレオノーレは、自分《じぶん》が守《まも》らなければいけないものを知《し》っている。そして、兄弟《きょうだい》を生《い》かしておけば、多《おお》くの人《ひと》の命《いのち》が危険《きけん》にさらされることも――。

エレオノーレ・シュミットは、ホテルベルリン四代目総帥《だいめそうすい》。彼女《かのじょ》には、責任《せきにん》と覚悟《かくご》がある。

だから、彼女《かのじょ》は、ためらわずに始末《しまつ》しろという命令《めいれい》を出《だ》せる。

「Ja《ヤー》.」

恭《うやうや》しく、三人《にん》はこたえた。


ゲルブは外《そと》で待機《たいき》していると、シュテラはいった。

正確《せいかく》には、ナイロビ国立博物館《こくりつはくぶつかん》から距離《きょり》にして約《やく》一・五キロはなれた、上空約《じょうくうやく》三百メートルの位置《いち》だ。

ゲルブは、森《もり》の上《うえ》にうかぶ熱気球《ねっききゅう》の中《なか》にいた。熱気球《ねっききゅう》は、サバンナでバルーンサファリの観光《かんこう》案内《あんない》をしているグラースから借《か》りたものだ。

「さてと――。」

照準器《しょうじゅんき》を望遠鏡《ぼうえんきょう》がわりに使《つか》い、ゲルブは博物館《はくぶつかん》までの距離《きょり》を測《はか》る。

「これで、目標《もくひょう》までは、だいたい千五百三十メートル。楽勝《らくしょう》とはいわないまでも、そんなにむずかしい距離《きょり》じゃない。」

今回《こんかい》、ケニアに持《も》ちこんだのは、バレットM《エム》99改《かい》。ボルトアクションの単発銃《たんぱつじゅう》であるM《エム》99の銃《じゅう》身《しん》をさらに長《なが》くし、命中精度《めいちゅうせいど》をあげてある。

「問題《もんだい》は、ナイロビの風《かぜ》と気圧《きあつ》だな。ドイツの空気《くうき》みたいに、いうことをきいてくれるといいんだけど。」

熱気球《ねつききゅう》のゴンドラから身《み》をのりだし、はるかむこうに見《み》える地平線《ちへいせん》を見《み》る。

「どこにいっても、地球《ちきゅう》に吹《ふ》いてる風《かぜ》ってことに、かわりはないけどな。」


運命《うんめい》の再会《さいかい》だ——と、ヴォルフは、勝手《かって》に思《おも》った。

「ローテ!」

数《すう》メートル先《さき》。人混《ひとご》みの中《なか》で、ローテの姿《すがた》だけは、白黒写真《しろくろしゃしん》の中《なか》に混《ま》じったカラー写真《しゃしん》のように、はっきりわかった。

「ヴォルフ……。」

おどろいて、口元《くちもと》をおさえるローテ。生気《せいき》のなかった頰《ほお》が、紅色《べにいろ》に染《そ》まる。

ヴォルフは、ローテに近《ちか》づくときいた。

「どうして、ここに？」

「そういうあなたは……お仕事《しごと》？」

ローテは、ヴォルフの服装《ふくそう》を観察《かんさつ》する。彼女《かのじょ》がいままでに見《み》たことのない、スーツ姿《すがた》。

——ヴォルフは、いつ洗濯《せんたく》するのか不思議《ふしぎ》なくらい、いつもおなじ白《しろ》いコートを着《き》ている。それが、背広姿《せびろすがた》なんて……。

「おれは……プライベートだ。」

ヴォルフは、すこし考《かんが》えてからこたえた。

——正直《しょうじき》に、有給休暇《ゆうきゅうきゅうか》といったほうがよかったか？　いや、男《おとこ》は仕事第一《しごとだいいち》に生《い》きるもの。それが有給休暇《ゆうきゅうきゅうか》を取《と》ってるなんていったら、ローテにガッカリされるだろう。

たしかに、ローテはガッカリしなかった。逆《ぎゃく》に、疑問《ぎもん》と不安《ふあん》が、胸《むね》にひろがる。

——プライベートで、背広《せびろ》を着《き》ている。わたしと会《あ》ってるときもプライベートだったのに、いつも白《しろ》いコートだった。なにがちがうの？

ローテは、おそるおそるという感《かん》じできく。

「プライベートの……旅行《りょこう》？」

ドキッとするヴォルフ。

——なんて、勘《かん》がいいんだ。おれが、新婚旅行《しんこんりょこう》の下見《したみ》を兼《か》ねて旅《たび》にでたってのを、察《さっ》したのか？

ヴォルフは、一つせきばらいすると、すこし気取《きど》った口調《くちょう》でこたえた。

「じつは、そうなんだ。」

「……どうして、旅行《りょこう》にいくっていわなかったの。」

「それは——。」

ヴォルフは、ことばに詰《つ》まった。

——フランクフルト離婚《りこん》されないよう、旅行《りょこう》なれしようとしてる。こんなことは、恥《は》ずかしくていえない。

「まぁ、その……なんだ、いろいろあってな。」

まったく説明《せつめい》になってないヴォルフのことば。

ローテは、口《くち》をつぐむ。

ききたいことはあった。でも、きくのがこわい。だから、ちがう質問《しつもん》をする。

rothers

「ケニアは、気《き》に入《い》った?」

「うん、まぁ、そうだな……。」

そういってから、考《かん》える。

──待《ま》てよ。ローテこそ、なにしにケニアにきたんだ? ひょっとして、おれとおなじことを考《かん》えて……。

ヴォルフは、顔面《がんめん》の筋肉《きんにく》に力《ちから》を入《い》れて、表情《ひょうじょう》が崩壊《ほうかい》するのを防《ふせ》ぐ。

──だったら、おれもケニアが気《き》に入《い》ったことをアピールしたほうがいいんじゃないか。そうすれば、なんの心配《しんぱい》もなく、新婚旅行先《しんこんりょこうさき》はケニアにきまる。

このとき、まだ結婚《けっこん》もきまってないことなど、ヴォルフはまったく気《き》にしていなかった。

大《おお》きく息《いき》を吸《す》い、ヴォルフは胸《むね》を張《は》った。

「ケニアは、最高《さいこう》だ。こんなに楽《たの》しい場所《ばしょ》が世界《せかい》にあることを、おれは知《し》らなかった。地上《ちじょう》の楽《らく》園《えん》といってもいいな。」

「………」

ローテは、きくのがこわかった質問《しつもん》を、口《くち》の中《なか》でころがす。

──ケニアには、一人《ひとり》できたの?

でも、それをいうことはできなかった。

「どうした、ローテ？　気分《きぶん》でも悪《わる》いのか？」

ヴォルフが、彼女《かのじょ》の肩《かた》に手《て》をおこうとしたとき、声《こえ》をかける者《もの》がいた。

「なにをしてるんですか、ヴォルフ！」

マライカだった。

説明《せつめい》してる暇《ひま》はないという感《かん》じで、走《はし》りながらいう。

「はやくきてください！」

その様子《ようす》から、事態《じたい》が動《うご》いたことを察《さっ》するヴォルフ。

「すまん、ローテ！　また、あとでな！」

片手《かたて》をチャッとあげ、ヴォルフはマライカの後《あと》を追《お》いかける。

「……もう、〝あと〟はないわ。」

火炎使《かえんつか》いのローテ。手袋《てぶくろ》をつけたてのひらに、青白《あおじろ》い炎《ほのお》が出現《しゅつげん》する。それは、冷《つめ》たく燃《も》える怒《いか》りの炎《ほのお》だった。

「見《み》つけたのか？」

マライカに追《お》いつき、ヴォルフがきいた。

「仙太郎《せんたろう》から連絡《れんらく》がはいりました。クイーン、もしくはウァドエバーらしき人物《じんぶつ》が、教師《きょうし》に変装《へんそう》して子《こ》どもたちを引率《いんそつ》してるようです。」

「子《こ》どもたちか……。」

やっかいだなと、ヴォルフは思《おも》った。

——追《お》いつめても、子《こ》どもたちを人質《ひとじち》に取《と》られたらにげられてしまう。瞬殺《しゅんさつ》するしかないな。

まわりの展示物《てんじぶつ》を見《み》ると、マサイ族《ぞく》の戦士《せんし》のコーナーがあった。ガラスのケースの中《なか》に、戦士《せんし》が使《つか》う武器《ぶき》が納《おさ》められている。

ケースの横《よこ》の警備員《けいびいん》が、とつぜん足《あし》をとめたヴォルフを怪《あや》しそうに見《み》る。

「マライカ、警備員《けいびいん》にケースをあけるようにいってくれ。」

「なにをするかわかるだけに、いう気《き》になりません。」

「だったら、おれはケースをこわすけど、それでもいいのか？」

ため息《いき》をつき、警備員《けいびいん》に話《はな》しかけるマライカ。首《くび》を横《よこ》にふっていた警備員《けいびいん》は、マライカが出《だ》した探偵卿《たんていきょう》のＩＤ《アイディー》カードを見《み》て、しぶしぶケースをあけた。

ショーケースの中《なか》のトランペットを見《み》る少年《しょうねん》のような目《め》で、ヴォルフは戦士《せんし》の武器《ぶき》をえらぶ。

「これにしよう。」

ルングとよばれる二本《ほん》の棒《ぼう》を持《も》つ。

「ヴォルフは、ルングを使《つか》えるんですか？」

「棒《ぼう》だろ？　ふりまわせばいいんだよ。」

「………」

伝説《でんせつ》によると、マサイの戦士《せんし》はルングをつねに持《も》ち歩《ある》き、それでライオンをたたいてつかまえたという。

マライカが、厳《きび》しい声《こえ》でいう。

「わたしは、暴力《ぼうりょく》がきらいです。暴力《ぼうりょく》は、教育《きょういく》と真逆《まぎゃく》の位置《いち》にあります。わたしの前《まえ》で、暴力《ぼうりょく》をふるわないでください。」

「善処《ぜんしょ》するよ。」

政治家《せいじか》の国会答弁《こっかいとうべん》のようなことをいって、ヴォルフはルングをふった。

二人《ふたり》が大《だい》ホールにはいると、すでに仙太郎《せんたろう》が着《つ》いていた。

「どこだ？」

ヴォルフの質問《しつもん》に、仙太郎《せんたろう》は無言《むごん》で小学生《しょうがくせい》の列《れつ》を指《ゆび》さす。その先頭《せんとう》に立《た》ってる男《おとこ》――わいわいとさわいでいる子《こ》どもたちを見《み》ることなく、ニニがはいってる檻《おり》を見《み》つめている。

マライカは、だまってうなずいた。小学校《しょうがっこう》の先生《せんせい》をしている彼女《かのじょ》にとって、男《おとこ》の態度《たいど》は教師《きょうし》とは思《おも》えないものだった。

「まちがいないな。」

ヴォルフが男《おとこ》に近《ちか》づき、無造作《むぞうさ》に肩《かた》をグイとひっぱった。

「なにをするんですか。」

おどろく男《おとこ》に、ヴォルフは、

「おまえ、ウァドエバーだろ。変装《へんそう》してもむだだぜ。話《はなし》がある。表《おもて》へでろ。」

これだけのことを一秒《びょう》でいいきった。

男《おとこ》は、ヴォルフの手《て》をはらいのけてから、子《こ》どもたちにむかっていう。

「諸君《しょくん》。先生《せんせい》は、いまからこのおじさんと話《はなし》をしてくる。きみたちは、おとなしく見学《けんがく》をつづけるように――。なお、先生《せんせい》がもどってくるまで、この場《ば》をはなれてはいけないよ。」

すると、子《こ》どもたちは、おとなしく「はい。」と返事《へんじ》をした。

男《おとこ》は、ヴォルフたちを引《ひ》きつれて大《だい》ホールのすみにいくと、ニコッと笑《わら》った。

「ヴォルフのくせに、よくわたしの変装《へんそう》を見《み》やぶったな――といいたいところだが、仙太郎《せんたろう》とマライカがいるところから考《かんが》えて、教《おし》えてもらったんだろ。」

男《おとこ》——ウァドエバーにいわれ、耳《みみ》を後《うし》ろにするヴォルフ。

そこへ、パイカルやアブディ長官《ちょうかん》も走《はし》ってきた。

「やっと見《み》つけましたよ、ウァドエバーさん。キリンを見《み》にいったんじゃないんですか？」

その様子《ようす》を見《み》て、仙太郎《せんたろう》がいう。

「さすが、パイカルはウァドエバーの助手《じょしゅ》だな。変装《へんそう》してるのに、あっさり見《み》やぶるとはな……。」

「ふん！」

ウァドエバーは、鼻《はな》を鳴《な》らすと、パイカルの頬《ほお》をウニョ〜ンとひっぱる。

「探偵卿助手《たんていきょうじょしゅ》として変装《へんそう》を見《み》やぶったのはほめてやるが、わたしの変装《へんそう》を見《み》やぶったことに関《かん》しては、腹《はら》が立《た》つ。」

「ふみまぁふぇんへした！」

涙目《なみだめ》になりながらも、きちんと敬礼《けいれい》するパイカル。

アブディ長官《ちょうかん》が、マライカにきいた。

「この男《おとこ》が、不審者《ふしんしゃ》ですか？」

「ええ、まぁ、そうなんですが……。」

じつは探偵卿《たんていきょう》なんだということを、説明《せつめい》できないマライカだった。

逮捕《たいほ》しようとする長官《ちょうかん》をとめ、マライカはウァドエバーに質問《しつもん》する。

「どうしてケニアにきたんですか？」

「キリンやライオンを見《み》たくなったんだ。あと、人類《じんるい》の起源《きげん》についても興味《きょうみ》があってね、このナイロビ国立博物館《こくりつはくぶつかん》にやってきたわけだ。」

「子《こ》どもたちの引率《いんそつ》をしてるのは？」

「たまたま見《み》かけたんだ。引率《いんそつ》の先生《せんせい》が、どこかへいったのか、子《こ》どもたちだけでこまっていたんだ。探偵卿《たんていきょう》としては、ほうっておけないだろ。」

「わざわざ、先生《せんせい》に変装《へんそう》までした理由《りゆう》は？」

「まるで、尋問《じんもん》だな。」

ウァドエバーは、苦笑《くしょう》する。

「まったく見知《みし》らぬ人《ひと》が引率《いんそつ》するといっても、子《こ》どもたちは不安《ふあん》になるだろ。だから、先生《せんせい》に変《へん》装《そう》したんだよ。」

すらすらとこたえたとき、一人《ひとり》の警官《けいかん》が走《はし》ってきて、アブディ長官《ちょうかん》へ報告《ほうこく》する。

「清掃用具入《せいそうようぐい》れで、縛《しば》られた男《おとこ》が発見《はっけん》されました。身分証《みぶんしょう》から、小学校《しょうがっこう》の先生《せんせい》のようです。」

それをきいて、ウァドエバーが、ふむふむとうなずく。

「なるほど。引率《いんそつ》の先生《せんせい》が、どこかへいってしまった理由《りゆう》がわかったよ。何者《なにもの》かが拉致《らち》して、清《せい》掃用具入《そうようぐい》れにほうりこんだんだな。」

「その〝何者《なにもの》〟かは、あなたじゃないんですか？」

マライカにきかれ、ウァドエバーは肩《かた》をすくめる。

「そんなささいな問題《もんだい》より、もっと大事《だいじ》なことに目《め》をむけるべきだな。ステージを見《み》たまえ。」

いわれるまま、全員《ぜんいん》の視線《しせん》がステージにむいた。

マイクを持《も》った文太《ぶんた》が、か細《ぼそ》い声《こえ》でいう。

「ぼくの説明《せつめい》では、わかりにくかったと思《おも》います。それより、この映像《えいぞう》を見《み》てもらうほうが、ニの特質《とくしつ》をわかってもらえると思《おも》います。」

文太《ぶんた》のことばを、通訳《つうやく》が英語《えいご》にかえる。

用意《ようい》された巨大《きょだい》プロジェクターに電源《でんげん》がはいった。

画面中央《がめんちゅうおう》にうつってるのは、四足獣《しそくじゅう》。猫《ねこ》というより、大《おお》きくとがった耳《みみ》がついていて、カラカルに似《に》ている。檻《おり》の中《なか》にいる獣《けもの》にも、似《に》ている。

「わ〜！　ニニだ！」

「ニニだ、ニニだ！」

子《こ》どもたちの間《あいだ》から、歓声《かんせい》がおこる。

画面《がめん》の中《なか》で、ニニの姿《すがた》がすこしずつ変化《へんか》する。

体《からだ》の色《いろ》がかわり、指《ゆび》がのびて、頭部《とうぶ》に人間《にんげん》のような髪《かみ》の毛《け》があらわれる。そして、ニニが〝人面猫《じんめんねこ》〟のような姿《すがた》にかわったとき、人々《ひとびと》の間《あいだ》からおどろきとも恐怖《きょうふ》ともいえない声《こえ》がもれる。

「なんだ、あれは……。」

「あんな生物《せいぶつ》がいるのか？」

「こわい。」

みんなの目《め》は、映像《えいぞう》にむいている。だれも、文太《ぶんた》を見《み》ていない。

もし、文太《ぶんた》を見《み》ている者《もの》がいたら、彼《かれ》がほほえんでることに気《き》づいただろう。

こんなもんじゃない……ニニは、もっとすごい変身《へんしん》をするんだよ。そんな笑《え》みを、文太《ぶんた》はうかべている。

ニニの擬態《ぎたい》がおわり、プロジェクターが暗《くら》くなる。

だれもがことばを失《うしな》ってる中《なか》、パチパチと拍手《はくしゅ》がおきた。

「エクセレント！　エクセレント！」

楽《たの》しそうにさけんでいるのは、痩《や》せた小柄《こがら》な男《おとこ》だ。

その横《よこ》には、プロレスラーのような、大柄《おおがら》な男《おとこ》。

「ここからは、わたしたちの見《み》せ場《ば》だ。」

小柄《こがら》な男《おとこ》がいう。

大柄《おおがら》な男《おとこ》が、口《くち》からゴロゴロとボールのような物《もの》を吐《は》きだす。

それがM《エム》67手榴弾《しゅりゅうだん》であることを、マライカの鷹《たか》のような目《め》が捉《とら》える。同時《どうじ》に、二人《ふたり》の男《おとこ》がゴンリー・ディンリーの兄弟《きょうだい》であることも――。

Scene《シーン》06 列《れつ》は乱《みだ》さず、しっかり前《まえ》を見《み》て　その一

「おお〜！　ライオンだ！　むこうには、キリンもいるぞ！」

　大騒《おおさわ》ぎしてるのは、皇帝《アンプルール》だ。

「さわぐな、ジジイ！　ほかのお客《きゃく》さんに、迷惑《めいわく》だろ！」

　となりにすわったヤウズが、皇帝《アンプルール》の服《ふく》の裾《すそ》をひっぱる。

　二人《ふたり》が乗《の》っているのは、トラの形《かたち》をしたジャングルバス。窓《まど》には、ガラスのかわりに金網《かなあみ》が張《は》られ、ライオンや草食動物《そうしょくどうぶつ》に餌《えさ》をやれるようになっている。

「どうした、ヤウズ？　なんで、冷静《れいせい》でいられるんだ？」

「いつも、凶暴《きょうぼう》で最悪最強《さいあくさいきょう》の獣《けもの》とすんでるからな。ライオンなんか、かわいいものだ。——それより、窓《まど》の外《そと》を見《み》るときは、靴《くつ》を脱《ぬ》げ。座席《ざせき》がよごれるだろ。」

「…………」

不満《ふまん》たらたらの顔《かお》で、ヤウズを見《み》る皇帝《アンプルール》。しかし、窓《まど》の外《そと》に象《ぞう》の姿《すがた》が見《み》えると、

「おおー！　象《ぞう》だ！　でっかいなぁ！」

すぐにきげんが直《なお》った。

ヤウズは、象《ぞう》のむこうに見《み》える高《たか》い山《やま》を指《ゆび》さす。

「ジジイ、あの山《やま》はなんだ？」

フッと笑《わら》う皇帝《アンプルール》。

「無学《むがく》というのは、哀《かな》しいもんだな。あれは、超有名《ちょうゆうめい》なキリマンジャロだ。キリマンジャロっていっても、コーヒー豆《まめ》のことじゃないぞ。」

得意《とくい》げに説明《せつめい》する。

ヤウズは、首《くび》をひねる。

「おかしくないか？　キリマンジャロがあるのは、タンザニアだぜ。なんで、ケニアから見《み》えるんだ。」

「ケニアとタンザニアは、となり同士《どうし》の国《くに》だからな。見《み》えても不思議《ふしぎ》はないだろ。」

「いや……となりっていっても、遠《とお》すぎるだろ。」

「ほんとうに、ものを知《し》らないやつだな。キリマンジャロが、どれだけ高《たか》い山《やま》か知《し》らねぇのか。

標高《ひょうこう》は六千メートル近《ちか》いんだぞ。ケニアからだって、見《み》えてとうぜん！」

断言《だんげん》する皇帝《アンプルール》。

「………」

もう、ヤウズは反論《はんろん》しなかった。しかし、その頭《あたま》の中《なか》では、疑問《ぎもん》がグルグルと渦巻《うずま》いている。

――キリマンジャロの標高《ひょうこう》は、五千八百九十五メートル。地球《ちきゅう》の半径《はんけい》を六千三百七十八キロとして……。キリマンジャロの頂上《ちょうじょう》から地平線《ちへいせん》までは、約《やく》二百七十キロ。ケニアのサファリから、こんなに大《おお》きく見《み》えるものなのか？

ヤウズは、雪《ゆき》をかぶった山《やま》を見《み》て、また首《くび》をひねった。

ここまで、二人《ふたり》はフランス語《ご》で会話《かいわ》をしていた。

「そういや、ケニアの公用語《こうようご》はなんだ？」

ヤウズの質問《しつもん》に、皇帝《アンプルール》がこたえる。

「スワヒリ語《ご》と英語《えいご》だ。」

「じゃあ、おれたちが話《はな》してることばは、まわりの人《ひと》はわからないわけだ。」

なんとなくホッとするヤウズ。

そのとき、近《ちか》くにすわっていた老婆《ろうば》が、ヤウズに日本語《にほんご》で話《はな》しかけた。

「おじいちゃんと、旅行《りょこう》なの？」

皇帝《アンプルール》が、かわりに日本語《にほんご》でこたえる。

「ええ、まぁ。こいつが、どうしてもキリンやライオンを見《み》たいとわがままをいいましてね。本《ほん》物《もの》を見《み》せることも勉強《べんきょう》になるだろうと、こうしてつれてきてやったんですよ。」

日本語《にほんご》もスワヒリ語《ご》もわからないヤウズが、小声《こごえ》で皇帝《アンプルール》にきく。

「いまのがスワヒリ語《ご》か？」

「いや、日本語《にほんご》だ。」

「なんで、ケニアで日本語《にほんご》が話《はな》されるんだよ？」

「どうも、日本人《にほんじん》の団体旅行《だんたいりょこう》に紛《まぎ》れこんでしまったらしいな。」

ジャングルバスの乗客《じょうきゃく》を見《み》まわすヤウズ。皇帝《アンプルール》のいうとおり、ジャングルバスに乗《の》ってるのは、ほとんどが日本人《にほんじん》だ。

「日本人観光客《にほんじんかんこうきゃく》ってのは、世界《せかい》のどこにでもいるんだな。」

「まぁ、わしらには関係《かんけい》ないことだ。」

「見《み》ろよ、ジジイ。バスの中《なか》の広告《こうこく》まで、日本語《にほんご》で書《か》かれてるぜ。そこまで、日本人観光客《にほんじんかんこうきゃく》に気《き》を遣《つか》わなくてもいいのにな。」

「それが、資本主義《しほんしゅぎ》ってもんだな。」

いかにもわかってるというように、皇帝《アンプルール》がいった。そして、嘆《なげ》かわしいというように、首《くび》をふる。

もし、ヤウズが日本語《にほんご》をわかっていたら、近《ちか》くの乗客《じょうきゃく》のつぎのようなことばをききのがさなかっただろう。

「富士山《ふじさん》がよく見《み》えるわ。」

「富士《ふじ》サファリパークにきて、よかったね。」

Scene《シーン》07 自由時間《じゆうじかん》 in《イン》 ナイロビ国立博物館《こくりつはくぶつかん》

「手榴弾《しゅりゅうだん》！」

「テロだ！」

人々《ひとびと》の中《なか》からさけび声《ごえ》がおこった。同時《どうじ》に、いっせいにホールの出口《でぐち》へ走《はし》りだす。

マライカは考《かんが》える。

――この大《だい》ホールでM《エム》67手榴弾《しゅりゅうだん》を使《つか》えば、自分《じぶん》たちにも被害《ひがい》がでる。しかも、わざわざ手榴弾《しゅりゅうだん》であることを、まわりに見《み》せた。密《ひそ》かに使《つか》えば効果《こうか》が高《たか》いのに、わざわざ見《み》せたのは……。

「あれは、偽物《にせもの》だ。やつらのねらいはパニックをおこすことだ！」

マライカとおなじ結論《けつろん》を出《だ》したヴォルフがさけんだ。

同時《どうじ》に、仙太郎《せんたろう》とパイカルが、社会見学《しゃかいけんがく》の子《こ》どもたちを守《まも》ろうと動《うご》く。しかし、パニックをおこした人《ひと》たちの波《なみ》を二人《ふたり》だけでとめるのは不可能《ふかのう》。

「やれやれ……。」

ウァドエバーが、パイカルを見《み》てため息《いき》をつく。

「こんな調子《ちょうし》では、何年《なんねん》たっても助手《じょしゅ》どまりだ。」

そして、内《うち》ポケットから小型《こがた》の拡声器《かくせいき》のような物《もの》を出《だ》した。そのスイッチを入《い》れると、大《だい》ホールにいた全員《ぜんいん》の動《うご》きがとまった。

パニックは収《おさ》まったが、みんな、びっくりしたような顔《かお》でまわりを見《み》まわしてる。

「ウァドエバー……。おまえ、なにしやがった……？　頭《あたま》ん中《なか》で、とつぜん『さわぐな！　動《うご》くな！』って声《こえ》がひびいたぞ！」

耳《みみ》をおさえながら、ヴォルフがいった。

「勉強不足《べんきょうぶそく》だな、ヴォルフ。これは、V2K《ブイツーケー》――脳内音声兵器《のうないおんせいへいき》というやつだ。パルス波形《はけい》のマイクロ波《は》を出《だ》して、頭《あたま》の中《なか》に直接音《ちょくせつおと》を送《おく》ってるんだ。おどろいたかい？」

無表情《むひょうじょう》で、ウァドエバーがいった。

「暴徒鎮圧用《ぼうとちんあつよう》に考《かんが》えられた兵器《へいき》のようだけど、あまり美《うつく》しいものじゃないね。下手《へた》に使《つか》うと、脳《のう》にダメージがのこるようだし。」

「そんなあぶないもん、使《つか》うんじゃねぇ！」

ウァドエバーの胸《むな》ぐらをつかむヴォルフ。

その手《て》をやんわりとはずし、ウァドエバーがいう。

「安心《あんしん》したまえ。出力《しゅつりょく》はおさえてあるし、きみの脳《のう》は、いまさらダメージを受《う》けてもかわらない。」

ヴォルフは、すこし意味《いみ》を考《かんが》えてから、ウァドエバーに殴《なぐ》りかかった。

「おいおい、相手《あいて》をまちがえてはこまるな。我々《われわれ》の敵《てき》は、あいつらだ。」

ヴォルフの拳《こぶし》をかるくさばき、ウァドエバーはゴンリーとディンリーの兄弟《きょうだい》を指《ゆび》さした。

「………」

いろいろいいたいことを我慢《がまん》して、ヴォルフは標的《ひょうてき》を兄弟《きょうだい》にかえた。

「ゴンリーとディンリーの兄弟《きょうだい》だな。脱走犯《だっそうはん》のくせに、よくもまぁ、のこのことでてきたもんだ。その度胸《どきょう》だけは、ほめてやろう。」

ゴンリーも、ヴォルフたちを見《み》る。

「なかなかおもしろい連中《れんちゅう》がいるな。とても警官《けいかん》とは思《おも》えないが、きみたちは、いったい何者《なにもの》だい？」

「おれたちは、国際刑事警察機構《ICPO》の探偵卿《たんていきょう》だ。」

するとゴンリーが、うれしそうに両手《りょうて》を大《おお》きくひろげた。

「おお、きみたちが探偵卿《たんていきょう》か。わたしたちを逮捕《たいほ》するためにでてきてくれたのなら光栄《こうえい》だ。いままで、頭《あたま》の悪《わる》い警官相手《けいかんあいて》で物足《ものた》りなかったのだよ。探偵卿《たんていきょう》が相手《あいて》なら、退屈《たいくつ》しないですむというものだ。」

そこまでいってから、疑《うたが》わしそうにヴォルフを見《み》る。

「探偵卿《たんていきょう》の中《なか》には、刀《かたな》をふるうだけの馬鹿《ばか》がいるといううわさをきいたことがあるが……まさか、きみがそうじゃないだろうね？」

「いまのことばで、おまえの運命《うんめい》はきまった。容赦《ようしゃ》なく、退治《たいじ》する。」

ヴォルフが、二本《ほん》のルングをかまえた。

吠《ほ》える犬《いぬ》をおさえるように、マライカがヴォルフの前《まえ》にでた。

「ゴンリー・ディンリー兄弟《きょうだい》。あなたたちは、国際指名手配《こくさいしめいてはい》されています。おとなしく逮捕《たいほ》されなさい。」

すると、ゴンリーが、肩《かた》をすくめる。

「それが、わからない。なぜ、わたしたちが国際指名手配《こくさいしめいてはい》されなければならないんだ？　それ以《い》前《ぜん》に、なぜ罪《つみ》に問《と》われなければならない？　わたしたちは、純粋《じゅんすい》な知的好奇心《ちてきこうきしん》から実験《じっけん》を繰《く》り返《かえ》してきただけだ。そこに、どのような罪《つみ》がある？」

「知《し》りません。」

あっさりこたえるマライカ。

「わたしは探偵卿《たんていきょう》であり、裁判官《さいばんかん》でも法学者《ほうがくしゃ》でもありません。わたしの仕事《しごと》は、あなたたちを逮《たい》捕《ほ》することです。」

「というわけだ。いいたいことがあるのなら、独房《どくぼう》の壁《かべ》にむかって話《はな》すんだな。」

自分《じぶん》の出番《でばん》だというように、ヴォルフがいった。

「まぁ、待《ま》て。まずは、準備《じゅんび》をしようじゃないか。」

ゴンリーが、MOM《マム》を出《だ》す。

「なんだ、それは？」

ヴォルフの質問《しつもん》にはこたえず、MOM《マム》を操作《そうさ》するゴンリー。

すると、大《だい》ホールにいた人《ひと》たちが静《しず》かにホールをでていく。まるで、優秀《ゆうしゅう》なツアーコンダクターに先導《せんどう》される団体旅行客《だんたいりょこうきゃく》だ。

にぎわっていた大《だい》ホールが、ガランと静《しず》かになる。

「なにをした？」

「これは、わたしたちの発明品《はつめいひん》――MOM《マム》だ。人間《にんげん》の心理《しんり》を操作《そうさ》できる。マスコミや学術関係《がくじゅつかんけい》者《しゃ》、一般客《いっぱんきゃく》、ケニアの警官など、関係《かんけい》のない人間《にんげん》にはでていってもらった。のこったのは、わたしたち兄弟《きょうだい》と探偵卿《たんていきょう》、ニニと発見者《はっけんしゃ》だけだ。」

ステージの上《うえ》には、通訳《つうやく》もいなくなり、なにがおきてるのかわからない文太《ぶんた》。ニニの檻《おり》にかくれるようにして、ゴンリー・ディンリー兄弟《きょうだい》と探偵卿《たんていきょう》を見《み》ている。

ヴォルフが、床《ゆか》につばを吐《は》く。

「……よぅく、わかった。おまえは、おれがいちばんきらうタイプの人間《にんげん》だ。」

「そうか？　なかなかおもしろい発明品《はつめいひん》だと思《おも》うがな。わたしも、一つほしいな。通信販売《つうしんはんばい》はしてないのかな。」

こういったのは、ウァドエバーだ。

「探偵卿《たんていきょう》の中《なか》にも、話《はなし》のわかる人間《にんげん》がいるようだ。」

ゴンリーは、うれしそうだ。

「おれには、理解《りかい》できないな……。」

こうつぶやくのは仙太郎《せんたろう》。

「そのMOM《マム》を使《つか》えば、楽《らく》にニニをうばえるんじゃないのか？　だれも邪魔《じゃま》できないというように心理操作《しんりそうさ》すれば、いいじゃないか。」

仙太郎《せんたろう》の横《よこ》で、パイカルとマライカ、アブディ長官《ちょうかん》がうなずいた。

ウァドエバーがため息《いき》をつき、肩《かた》をすくめる。

「それでは、おもしろくないだろ。」

こんどは、ゴンリー・ディンリー兄弟《きょうだい》が、ウンウンとうなずいた。

「おまえは、どっち側《がわ》の人間《にんげん》だ？」

ヴォルフが、ウァドエバーをつきとばしてから、持《も》っていたルングをふる。

「おもしろいとか、どうでもいい。おまえらはニニをねらう悪党《あくとう》だ。悪党《あくとう》は退治《たいじ》するのが、おれの仕事《しごと》。」

いいおわると同時《どうじ》に、動《うご》いた。

いっきに距離《きょり》をつめ、巨体《きょたい》のディンリーにむかって二本《ほん》のルングをふりおろす。

しかし――。

ルングは、ディンリーを捉《とら》えることはできなかった。ディンリーが消《き》えたのだ。いや、あまりに速《はや》く動《うご》いたため、消《き》えたように見《み》えたのだ。

いつの間《ま》にか、自分《じぶん》の背後《はいご》にまわりこんでいるディンリーを見《み》て、ヴォルフは信《しん》じられないという顔《かお》をする。

「消《き》えたように見《み》えたんだろ。」

笑《わら》い声《ごえ》とともに、ゴンリーがいう。

「きみの反応速度《はんのうそくど》の限界《げんかい》は、約《やく》〇・一五秒《びょう》ぐらいだろう。そのとき、時速約《じそくやく》四百キロのスピードで、きみの後《うし》ろにまわりこめば、消《き》えたように見《み》えるのだよ。」

「………。」

「もちろん、ふつうの人間《にんげん》では、このような動《うご》きはできない。なぜ、ディンリーができるかというと――。」

「……薬物《やくぶつ》を使《つか》ったのか？」

ヴォルフのつぶやきに、ゴンリーが、盛大《せいだい》に拍手《はくしゅ》する。

「正解《せいかい》だ！　もっとも、この薬《くすり》にいき着《つ》くには、何人《なんにん》もの犠牲《ぎせい》が必要《ひつよう》だったがね。」

ヴォルフの奥歯《おくば》が、ギリリと鳴《な》った。怒《いか》りが、最高点《さいこうてん》に達《たつ》しているのだ。

ゴンリーがつづける。

「ほかにも、ディンリーは、おもしろい能力《のうりょく》を身《み》につけている。こんどは避《よ》けないから、ディンリーを打《う》ってみたまえ。」

そのことばがおわるよりはやく、ヴォルフは、動《うご》かないディンリーに襲《おそ》いかかった。うでを、風車《ふうしゃ》のようにまわし、ルングによる連打《れんだ》を浴《あ》びせる。タイヤをハンマーで殴《なぐ》るような音《おと》が、ホールにひびく。

ガギン！　ガギン！　ガギン！　——。

二本《ほん》のルングが折《お》れて、ヴォルフの攻撃《こうげき》は、おわった。

ヴォルフは肩《かた》で息《いき》をしているが、ディンリーに変化《へんか》はない。無表情《むひょうじょう》だったのが、ニヤリと笑《わら》ったぐらいだ。

「ディンリーの骨《ほね》は、すべてクリスタルコーティングしてある。きみが人間《にんげん》ばなれした腕力《わんりょく》を持《も》っていても、彼《かれ》の骨《ほね》を砕《くだ》くことはできない。」

「………」

だまってきいていたヴォルフは、屈伸運動《くっしんうんどう》を始《はじ》めた。そして、ウァドエバーにいった。

「ようやく、おもしろいと思《おも》えてきたぜ。」

ウァドエバーのかわりに、仙太郎《せんたろう》が反応《はんのう》する。

「あんまり、おもしろそうに見《み》えないんだけどな……。」

つづいて、マライカが口《くち》をはさむ。

「交代《こうたい》しましょうか。」

「ふざけたこといううんじゃねぇ。おまえは、暴力《ぼうりょく》がきらいなんだろ。」

「きらいです。だから、目《め》の前《まえ》で暴力《ぼうりょく》をふるってる人間《にんげん》を見《み》ると、腹《はら》が立《た》って殲滅《せんめつ》したくなります。」

このことばに、ヴォルフとディンリーは、顔《かお》を見合《みあ》わせ冷《つめ》たい汗《あせ》を流《なが》した。

「さて、気《き》を取《と》り直《なお》して第《だい》二ラウンドいくか――。」

屈伸運動《くっしんうんどう》をおえたヴォルフが、折《お》れたルングをほうりだす。

そして、かるくジャンプしてから、肩《かた》の力《ちから》をぬいた。

ゴンリーが、やれやれという感《かん》じで、首《くび》を横《よこ》にふる。

「やはり、探偵卿《たんていきょう》の中《なか》の外《はず》れは、きみだったんだね。ここまでの経験《けいけん》で、どれだけ攻撃《こうげき》してもむだだということが理解《りかい》できないとは……。」

そのことばに、ウァドエバーと仙太郎《せんたろう》が、うなずく。

ヴォルフは、ディンリーをたおしたら、つぎにウァドエバーと仙太郎《せんたろう》を退治《たいじ》しようときめた。

「いくぜ！」

かるくステップを踏《ふ》みながら、ディンリーに襲《おそ》いかかる。スピード重視《じゅうし》ではなく、破壊力《はかいりょく》を優《ゆう》先《せん》した突《つ》きと蹴《け》りをはなつ。

しかし、それらの攻撃《こうげき》を受《う》けても、ディンリーはビクともしない。

「…………」

ヴォルフは、一度《いちど》引《ひ》いた。そして、ディンリーの様子《ようす》を見《み》てから、まわりこむようにして攻撃《こうげき》を再開《さいかい》した。

ゴンリーが、興味深《きょうみぶか》そうにヴォルフを見《み》る。

「じつに、おもしろい素材《そざい》だ。やってもむだなことを、これだけつづけられるというのは、ただの馬鹿《ばか》ではない。〝大馬鹿《おおばか》〟と表現《ひょうげん》するか、〝エクセレント馬鹿《ばか》〟というべきか——。じっくり研《けん》究《きゅう》したい素材《そざい》だ。どうかね、わたしの研究室《けんきゅうしつ》に一度《いちど》遊《あそ》びにこないかい？」

「生体解剖《せいたいかいぼう》されるのは、ごめんだな。」

ヴォルフがこたえた。

「それは残念《ざんねん》だ。なら、貴様《きさま》と遊《あそ》んでる時間《じかん》がもったいない。ディンリー——。」

ゴンリーが、ディンリーにむかって、立《た》てた親指《おやゆび》を下《した》にむける。

つぎの瞬間《しゅんかん》——。

ディンリーが動《うご》いた。

それは、人間《にんげん》の目《め》では捉《とら》えることのできない動《うご》き。一瞬《いっしゅん》でヴォルフの前《まえ》に立《た》つと、右《みぎ》うでをふった。

ヴォルフは、左《ひだり》うでをあげて頭部《とうぶ》をガードする。

それは、反射的《はんしゃてき》な動《うご》きではない。人間《にんげん》の反射速度《はんしゃそくど》では、どれだけきたえてもガードするまえに、頭《あたま》を吹《ふ》き飛《と》ばされていただろう。

ディンリーの攻撃《こうげき》を防《ふせ》げたのは、勘《かん》――いままで、何度《なんど》も命《いのち》のやりとりをする中《なか》で、身《み》につけた勘《かん》だった。

ボギンという鈍《にぶ》い音《おと》がして、ヴォルフの体《からだ》は壁《かべ》まで吹《ふ》き飛《と》ばされた。

ゴンリーが、拍手《はくしゅ》する。

「たいしたものだ。左《ひだり》うでを犠牲《ぎせい》にして、命《いのち》を守《まも》るとは――。しかし、完璧《かんぺき》に骨《ほね》は折《お》れたな。」

「……………」

ヴォルフは、無言《むごん》だ。その顔《かお》には、笑《え》みがうかんでいる。

「どうしたね？　あまりの痛《いた》みで、どんな表情《ひょうじょう》をしたらいいのか、わからないのかな？」

「この笑顔《えがお》の意味《いみ》がわからないとは、おまえ、頭悪《あたまわる》いな。」

ヴォルフの右手《みぎて》が、背広《せびろ》の内《うち》ポケットからオイルライターを出《だ》す。

「おれの攻撃《こうげき》がむだだって？　おまえの目《め》は、節穴《ふしあな》か？　おれが突《つ》きや蹴《け》りを出《だ》すたび、オイルを浴《あ》びせかけてたのが、わからなかったのか？」

ヴォルフが、ライターをつける。

「さよならだ、ドーピング野郎《やろう》。」

ライターを、ディンリーの足下《あしもと》にむかって、すべらせる。

ヴォワ！

一瞬《いっしゅん》で、ディンリーの体《からだ》が、炎《ほのお》につつまれた。

「よく燃《も》えるのは、薬物《やくぶつ》を使《つか》ってるからか？」

ヴォルフが、ゴンリーにきいた。

「勝《か》ち誇《ほこ》ってるところを悪《わる》いが、きみの知《し》らないことを一つ教《おし》えてやろう。」

ゴンリーの口調《くちょう》に、あせってる感《かん》じはない。

「こういう施設《しせつ》には、スプリンクラーというものがついてるんだよ。」

いいおわると同時《どうじ》に、天井《てんじょう》からシャワーのように水《みず》がふってくる。あっという間《ま》に、ディンリーの火《ひ》が消《き》えた。

くすぶる服《ふく》を脱《ぬ》ぎすてるディンリー。まったくダメージを受《う》けてない体《からだ》があらわれる。

「やれやれ……。」

ヴォルフが、泣《な》き笑《わら》いの顔《かお》になった。

仙太郎《せんたろう》が、ステージの上《うえ》から声《こえ》をかける。

「旦那《だんな》、こういうのを日本《にっぽん》じゃ〝水入《みずい》り〟っていうんだ。いったん、こっちへこいよ。うでの手《て》当《あ》てもしなきゃ。」

「じゃあ、だれがこいつらをつかまえるんだ？」

「おれに期待《きたい》すんなよ。コンビニ強盗《ごうとう》がきたときは、逆《さか》らわずに帰《かえ》っていただくというのが、おれの主義《しゅぎ》なんだ。」

その横《よこ》では、パイカルが首《くび》と手《て》をぶんぶんふって、自分《じぶん》を見《み》ないでくれといっている。

ウァドエバーは、いつの間《ま》にかいなくなっている。

「おい、ウァドエバーの野郎《やろう》は、どこにいったんだ？」

「べつにかまいません。ニニのそばにいなければ、盗《ぬす》むことはできません。」

そういって、マライカが前《まえ》にでる。

「わたしが、相手《あいて》します。」

それをとめたのは、アブディ長官《ちょうかん》だ。

「ここは、わたしの出番《でばん》です。」

マライカは、おどろいた。

「失礼《しつれい》ですが……長官《ちょうかん》の身体能力《しんたいのうりょく》では逮捕《たいほ》できないのではないかと……。」

アブディ長官《ちょうかん》は、きいてない。

「だいじょうぶです。こう見《み》えても、わたしは長官《ちょうかん》です。ケニアで犯罪《はんざい》がおこなわれるのを、だまって見《み》てることはできません。」

そして、ヴォルフをステージにあがらせると、ホールにいるゴンリー・ディンリーの兄弟《きょうだい》にむかっていった。

「覚悟《かくご》しろ、悪党兄弟《あくとうきょうだい》。このアブディ長官《ちょうかん》が、おまえらを逮捕《たいほ》する！」

長官以外《ちょうかんいがい》のだれもが、ダメだと思《おも》うような棒読《ぼうよ》みの台詞《せりふ》。ニニまでも、頭《あたま》を抱《かか》えたように見《み》えた。

「正気《しょうき》か？」

ゴンリーの、もっともな疑問《ぎもん》。

それにかまわず、長官《ちょうかん》が制服《せいふく》のポケットから水鉄砲《みずでっぽう》を出《だ》した。

「硫酸《りゅうさん》でも浴《あ》びせるつもりかね？」

「もっとおもしろいものだ！」

長官《ちょうかん》が、ゲル状《じょう》の液体《えきたい》を二人《ふたり》の足下《あしもと》にむかって発射《はっしゃ》した。

チュウー！

情《なさ》けない音《おと》を立《た》て、二人《ふたり》の足下《あしもと》に水《みず》たまりができる。

「いったい、なにがし——。」

ゴンリーは、最後《さいご》まで話《はな》すことができなかった。足《あし》の裏《うら》を天井《てんじょう》にむけて、派手《はで》に転《ころ》んだのだ。

それを見《み》たディンリーも、おなじように転《ころ》ぶ。どれだけヴォルフが攻撃《こうげき》してもゆらがなかったディンリーが、かんたんに転《ころ》んでしまったのだ。

「これは、機動阻止《きどうそし》システムか……。」

床《ゆか》に手《て》をつき、立《た》ちあがろうとしたゴンリーが、また転《ころ》ぶ。

「正確《せいかく》には、水《みず》に陰《いん》イオン界面活性剤《かいめんかっせいざい》とポリアクリルアミドを混《ま》ぜて乳化《にゅうか》させたものだよ。もっとも、こんなことぐらいは、国際指名手配《こくさいしめいてはい》の狂科学者《マッドサイエンティスト》なら知《し》ってるだろうけどね。」

かるくウィンクするアブディ長官《ちょうかん》。

「なんだ、機動阻止《きどうそし》システムって？」

ヴォルフが、仙太郎《せんたろう》にきいた。

「かんたんにいうと、ものすごくすべる液体《えきたい》をまいて、敵《てき》を立《た》っていられなくする兵器《へいき》のことだよ。」

「すべるって、どれぐらいだ？」

「摩擦係数《まさつけいすう》が〇・〇一以下《いか》になる。氷《こおり》の上《うえ》でも摩擦係数《まさつけいすう》は〇・〇五あるから、どれだけすべるかわかるだろ。」

そういわれて、ヴォルフは、ゴンリーとディンリーを見《み》た。二人《ふたり》とも、コメディ映画《えいが》みたいに床《ゆか》の上《うえ》をジタバタするだけで、立《た》ちあがることができない。

「よし、治療《ちりょう》おわり！」

仙太郎《せんたろう》が、ルングを添《そ》え木《ぎ》にしてネクタイで縛《しば》ったヴォルフの左《ひだり》うでを、ポンとたたいた。

「！」

声《こえ》にならない悲鳴《ひめい》をあげるヴォルフ。

「さて、応援部隊《おうえんぶたい》をよんで、二人《ふたり》を縛《しば》りあげますか。」

アブディ長官《ちょうかん》が、マライカにいった。

「………」

しばらく考《かんが》えてから、マライカはパイカルのほうを見《み》た。

「さっきわたした手錠《てじょう》、持《も》ってますか?」

パイカルから受《う》け取《と》った手錠《てじょう》を、アブディ長官《ちょうかん》の手首《てくび》にかける。

「怪盗《かいとう》クイーン、逮捕《たいほ》します。」

その場《ば》にいただれもがおどろいた。しかし、いちばんおどろいたのはアブディ長官《ちょうかん》だ。

「わたしがクイーン? いったいなにを根拠《こんきょ》に――。」

マライカは、しばらく考《かんが》える。勘《かん》――とは、いえない。ここは、もっともらしいことをいわなければ――。

深呼吸《しんこきゅう》を一つして、マライカは話《はな》しはじめる。

「さっき、ゴンリーがいいましたよね。『マスコミや学術関係者《がくじゅつかんけいしゃ》、一般客《いっぱんきゃく》、ケ、ニ、ア、の、警官など、関係《かんけい》のない人間《にんげん》にはでていってもらった。』と――。ことばどおり、警官《けいかん》たちもでていきました。なのに、あなたは、なぜのこってるんです?」

「………。」

「答《こた》えは、あなたがケニア警察《けいさつ》の長官《ちょうかん》ではなく、怪盗《かいとう》クイーンだからです。」

フッとほほえむアブディ長官《ちょうかん》。

「よくわかったね。」

また、長官《ちょうかん》がウィンクした。

いや、それはアブディ長官《ちょうかん》ではない。まるで、モーフィングの映像《えいぞう》を見《み》るように、長官《ちょうかん》の姿《すがた》が怪盗《かいとう》クイーンにかわっていく。

「ほんとうは、上着《うわぎ》をぱっと脱《ぬ》ぐ瞬間《しゅんかん》に変装《へんそう》を解《と》く——こんな演出《えんしゅつ》にしたかったんだけど、手錠《てじょう》をかけられててできなかった。とても残念《ざんねん》だよ。」

哀《かな》しそうにいって、クイーンは両手《りょうて》をふった。

シャランと音《おと》がして、手錠《てじょう》が外《はず》れる。

「お返《かえ》しするよ、ミス・マライカ。」

「一つ、質問《しつもん》にこたえてもらってもいいですか？」

「なにかな？」

「どうして、かんたんに正体《しょうたい》を明《あ》かしたのです？　ここにのこったのは、長官《ちょうかん》としての責任感《せきにんかん》だとか、どのようにでもいいのがれできたと思《おも》うんですが——。」

すると、クイーンは前髪《まえがみ》をサッとかきあげてこたえた。

「主役《しゅやく》として、そろそろ登場《とうじょう》しないとダメなんじゃないかと思《おも》ってね。」

Scene《シーン》08 つぎの目的地《もくてきち》へ──

「ふざけた話《はなし》は、そこまでだ。」

ヴォルフの右手《みぎて》が、左腰《ひだりこし》にのびる。しかし、いつもさげている日本刀《にほんとう》は、そこにない。

クイーンが、指《ゆび》をふる。

「やめておきたまえ。あのレベルの相手《あいて》を、左《ひだり》うでを犠牲《ぎせい》にしてもたおすことができなかったんだ。このわたしと戦《たたか》いたいのなら、あと数百万年修行《すうひゃくまんねんしゅぎょう》したまえ。ヴォルヴォルくん。」

「おれの名前《なまえ》は、ヴォルフだ。」

ささいな問題《もんだい》だというように、クイーンが手《て》をふる。

仙太郎《せんたろう》が、ヴォルフにいう。

「おちつけって、旦那《だんな》。どれだけ強《つよ》がっても、機動阻止《きどうそし》システムがまかれてるんだ。クイーンも、このステージから降《お》りてにげることはできないんだ。」

「それは、どうかな？」

不敵《ふてき》にほほえむクイーン。

「わたしの計画《けいかく》は、つねに完璧《かんぺき》。きちんと脱出方法《だっしゅつほうほう》も考《かんが》えてあるよ。」

「脱出《だっしゅつ》はできても、ニニを盗《ぬす》むことはできません。」

マライカが口《くち》をはさんだ。

「理由《りゆう》をきかせてもらおうかな。」

「ニニの首輪《くびわ》には、マイクロチップを埋《う》めこんであります。そして、首輪《くびわ》は、わたしが持《も》っている鍵《かぎ》でしかあけることができません。」

「なるほど。電波《でんぱ》を発信《はっしん》するチップで、トルバドゥールの居場所《いばしょ》を特定《とくてい》しようという考《かんが》えだね。」

すると、マライカは首《くび》を横《よこ》にふった。

「埋《う》めこんだのは、電波発信機《でんぱはっしんき》ではありません。気圧《きあつ》センサーです。」

——気圧《きあつ》センサー？

首《くび》をひねるクイーンに、マライカが説明《せつめい》する。

「気圧《きあつ》の変化《へんか》で、高低差《こうていさ》を測定《そくてい》します。地上《ちじょう》から何《なん》メートル上昇《じょうしょう》したかをはかり、十メートル以《い》上上昇《じょうじょうしょう》した場合《ばあい》、爆発《ばくはつ》するようにセットしてあります。」

「…………」

「爆発《ばくはつ》といっても、たいした威力《いりょく》はありません。でも、ニニは死《し》ぬでしょうね。」

「……つまり、上空《じょうくう》で待機《たいき》しているトルバドゥールにニニを入《い》れようとしたら――。」

「爆発《ばくはつ》します。」

あっさり、マライカがいった。

ため息《いき》をつくクイーン。

「というわけだ。どうしようかね？」

耳《みみ》にはめた通信機《つうしんき》を使《つか》い、RD《アールディー》にきくと、クイーンとおなじようにため息《いき》をつくRD《アールディー》。

【ゆるされるなら、【ぎゃふん】といいたい気分《きぶん》です。】

そして、クイーンとRD《アールディー》は、揃《そろ》ってため息《いき》をついた。

「相談《そうだん》はすみましたか？　では、おとなしく逮捕《たいほ》されてください。」

マライカが、かけていた眼鏡《めがね》をはずした。部屋《へや》の電気《でんき》を消《け》したときのように、雰囲気《ふんいき》がスッとかわる。

ニニがビクッとふるえ、檻《おり》のすみに身《み》をよせる。殺気《さっき》を感《かん》じることのできないパイカルでさえ、しぜんに後《あと》ずさりしていた。

しかし、クイーンは平然《へいぜん》としている。

「きみたちは、忘《わす》れている。怪盗《かいとう》クイーンには、とてもたよりになる友人《ゆうじん》がいるんだよ。」

「ぼくは、友人《ゆうじん》ではなく、一介《いっかい》のパートナーです。」

無線機《むせんき》から、訂正《ていせい》するジョーカーの声《こえ》。

つづいて、大《だい》ホールへの廊下《ろうか》を走《はし》ってくる者《もの》がいた。伸《の》び放題《ほうだい》の髪《かみ》と髭《ひげ》。がっしりした体《からだ》で、毛皮《けがわ》を腰《こし》に巻《ま》いている。

「ホモ・ハイデルベルゲンシスだ！」

パイカルがさけんだ。

「よくそんなの知《し》ってるな、さすがスキップのパスカルだ。」

感心《かんしん》するヴォルフ。

「おれは、舌《した》をかまずにいえることのほうに感動《かんどう》した。」

仙太郎《せんたろう》がいった。

「ぼくの名前《なまえ》は、パイカルです。」

パイカルはブツブツいったが、無視《むし》される。

ホモ・ハイデルベルゲンシスは、ホールの入《い》り口《ぐち》で立《た》ちどまると、ロープのついた石槍《いしやり》を前方《ぜんぽう》の天井《てんじょう》にむかって投《な》げた。

ガシッ!

天井《てんじょう》につきささる石槍《いしやり》。ホモ・ハイデルベルゲンシスは、ロープをつかむと、振《ふ》り子《こ》のように体《からだ》をふってステージに飛《と》んだ。

「すごい! ホモ・ハイデルベルゲンシスに、こんな知能《ちのう》があったんだ。」

おどろくパイカル。その横《よこ》で、

「いや、どう考《かんが》えてもほんとうにホモ・ハイデルベ――。」

仙太郎《せんたろう》が、舌《した》をかんだ。

床《ゆか》にころがっているゴンリー・ディンリーの兄弟《きょうだい》の上《うえ》を通過《つうか》し、クイーンの横《よこ》に着地《ちゃくち》するホモ・ハイデルベルゲンシス。

「あらためて、紹介《しょうかい》しよう。わが友人《ゆうじん》、ジョーカーくんだ。」

「あらためて、否定《ひてい》します。ぼくは友人《ゆうじん》ではなく、仕事上《しごとじょう》のパートナーです。」

「………。」

ステージに、微妙《びみょう》な空気《くうき》が流《なが》れた。

ジョーカーが、ホモ・ハイデルベルゲンシスの着《き》ぐるみや、もじゃもじゃの髪《かみ》を脱《ぬ》ぎすてる。

マライカの殺気《さっき》はかわらない。

「パートナーがきたからなんだというんです？　逮捕《たいほ》しなければならない相手《あいて》が、一人《ひとり》ふえただけのことです。」

ジョーカーが、脱出方法《だっしゅつほうほう》をきこうと、クイーンを見《み》る。石槍《いしやり》についていたロープは、すでに手放《てばな》している。

クイーンは、ほほえんだままこたえない。

「……ひょっとして、なにも考《かんが》えてないんですか？」

ほほえむクイーンの頬《ほお》を、冷《つめ》たい汗《あせ》が流《なが》れた。

[だから、常日頃《つねひごろ》、しっかり計画的《けいかくてき》に生《い》きるよういってるんです。無計画《むけいかく》に機動阻止《きどうそし》システムをまき散《ち》らすなんて、なにを考《かんが》えてたんですか！]

無線機《むせんき》からこぼれるＲＤ《アールディー》のお小言《こごと》。

「だいじょうぶ、だいじょうぶ。このクイーンに不可能《ふかのう》はない。」

そう強《つよ》がったとき、激《はげ》しいエンジン音《おん》がきこえた。廊下《ろうか》を小型《こがた》の幌《ほろ》付きトラックが走《はし》ってきて、そのままホールにつっこんでくる。

機動阻止《きどうそし》システムのまかれた床《ゆか》で、トラックは完全《かんぜん》にコントロールを失《うしな》う。アイスホッケーのパックのように床《ゆか》をすべり、ゴンリーとディンリーをはね飛《と》ばす。

そして、一段高《いちだんたか》くなっているステージに車体《しゃたい》をぶつけてとまった。

運転席《うんてんせき》のドアをあけ、ウァドエバーがステージに降《お》りた。

「どこのどいつですか、機動阻止《きどうそし》システムをまくなどという馬鹿《ばか》なことをやったのは――。」

みんなが、いっせいにクイーンを指《ゆび》さす。

おとなしく、片手《かたて》をあげるクイーン。

「おい、兄弟《きょうだい》がにげるぞ！」

仙太郎《せんたろう》が指《ゆび》さす先《さき》では、ゴンリーとディンリーの兄弟《きょうだい》が、ビリヤードのボールのように床《ゆか》をすべっている。

そして、ビリヤード台《だい》のポケットに吸《す》いこまれるように、廊下《ろうか》に弾《はじ》きだされた。

弾《はじ》きだされる直前《ちょくぜん》、ディンリーがM《エム》67手榴弾《しゅりゅうだん》を数個《すうこ》出《だ》し、投《な》げる。

「伏《ふ》せろ！　こんどは、本物《ほんもの》だ。」

ディンリーは、ねらって投《な》げたわけではない。それでも、爆発《ばくはつ》した手榴弾《しゅりゅうだん》は、床《ゆか》や壁《かべ》、天井《てんじょう》にひびを入《い》れた。

「崩《くず》れますよ！」

パイカルがさけぶ。

「さわぐ時間《じかん》があったら、動《うご》くことだ。命《いのち》がなくなるまで、生《い》きのこれる可能性《かのうせい》はある。」

ウァドエバーがいい、ニニの檻《おり》を荷台《にだい》にのせる。

つづいて、荷台《にだい》に飛《と》び乗《の》る仙太郎《せんたろう》たち。

マライカが、クイーンとジョーカーにいう。

「あなたたちも、乗《の》りなさい！」

天井《てんじょう》から、パラパラと破片《はへん》が落《お》ちてくる。その破片《はへん》が、だんだん大《おお》きくなってきた。

クイーンが、ジョーカーを見《み》る。

「ここは、おことばにあまえて、乗《の》っけてもらおうか。」

「情《なさ》けないとは思《おも》わないんですか？　怪盗《かいとう》が、探偵卿《たんていきょう》にたよって脱出《だっしゅつ》するなんて――。」

ため息《いき》をつくジョーカー。

「わたしたちだけなら、にげるのはかんたんだよ。でも、あくまでもニニを盗《ぬす》むのが目的《もくてき》。そのためには、ニニといっしょにトラックに乗《の》るのがいちばんいいとは思《おも》わないかい？」

「…………」

「それに、床《ゆか》には機動阻止《きどうそし》システムがまいてある。このトラックは、ふつうに走《はし》りだすことはできない。ステージにのこってる者《もの》が、トラックを押《お》しだしてやらないと、脱出《だっしゅつ》できないんだよ。」

「………」

「わたしたちと彼《かれ》らは、脱出《だっしゅつ》するためには協力《きょうりょく》しないといけない。つまり、対等《たいとう》の関係《かんけい》なんだ。」

クイーンとジョーカーがいい合《あ》ってる間《あいだ》にも、天井《てんじょう》のひびは大《おお》きくなり、ふってくる破片《はへん》も激《はげ》しさを増《ま》す。

「おいてきますよ。」

助手席《じょしゅせき》から、パイカルがいった。

「………」

クイーンとジョーカーは、トラックを押《お》す。

ツーとすべりだす、トラック。二人《ふたり》は、ジャンプすると、荷台《にだい》の中《なか》にころがりこんだ。

「あとは、ハンドルをにぎってるウァドエバーのドライビングテクニックにかかってるね。」

気楽《きらく》な調子《ちょうし》で、クイーンがいった。

「まかせろとはいえないな。テクニックを見《み》せようにも、ハンドルが利《き》かないんだ。」

あきらめているウァドエバーは、ハンドルを持《も》ってない。背広《せびろ》の内《うち》ポケットからタバコを出《だ》すと、火《ひ》をつけた。

仙太郎《せんたろう》が、リュックからクッキーの箱《はこ》を出《だ》す。カルダモン入《い》りのクリームをはさんだものだ。

「食《た》べる？　スーパーで買《か》ったやつだけど。」

「気楽《きらく》なもんだな。建物《たてもの》が崩《くず》れたら、死《し》ぬんだぞ。」

ヴォルフがいった。

荷台《にだい》をおおう幌《ほろ》に、ボスンボスンと破片《はへん》が落《お》ちる。大《おお》きな破片《はへん》が当《あ》たれば、幌《ほろ》はかんたんにやぶれるだろう。

「だいじょうぶ。おれたち——というか、おれは死《し》なないよ。おれは、コンビニ王《おう》になるまで死《し》なないんだ。神様《かみさま》と、話《はなし》をつけてあるから。」

仙太郎《せんたろう》が、クッキーをつまむ。

ヴォルフが、しみじみいう。

「日本《にっぽん》にいるとき、『馬鹿《ばか》は死《し》ななきゃ直《なお》らない』ってことばを教《おし》えてもらった。おまえを見《み》て、思《おも》いだしたよ。」

「……東洋《とうよう》の神秘《しんぴ》ですね。」

きいていたジョーカーが、つぶやく。

大《だい》ホールでの騒動《そうどう》がおこるすこしまえ――。

博物館《はくぶつかん》の中《なか》を歩《ある》いていたシュヴァルツは、すさまじい殺気《さっき》を感《かん》じて足《あし》をとめた。

――なんだ、これは？

最初《さいしょ》、ゴンリーとディンリーの兄弟《きょうだい》がいるのかと思《おも》った。しかし、彼《かれ》らには殺気《さっき》を出《だ》す意味《いみ》がない。

シュヴァルツは、静《しず》かに息《いき》を吸《す》う。

――この殺気《さっき》……。おれは、いままでに似《に》たようなものを、何度《なんど》も感《かん》じている。

それは、戦場《せんじょう》に満《み》ちあふれている殺気《さっき》。

――敵《てき》を殺《ころ》したくない。でも、殺《ころ》さないと、自分《じぶん》が死《し》ぬ。殺《ころ》しても、なにもかわらない。でも、殺《ころ》さなくてはいけない……。

そんな、心《こころ》が張《は》り裂《さ》けそうな、哀《かな》しみの混《ま》じった殺気《さっき》。

――いったい、だれが……。

シュヴァルツは、殺気《さっき》の主《ぬし》をさがして、博物館《はくぶつかん》の中《なか》を走《はし》る。

そして、見《み》つけた。

――ローテ……。

殺気《さっき》を出《だ》しているのは、ローテだった。

——いったい、なにがあったんだ……。こんなすさまじい殺気《さっき》を出《だ》すなんて。

「ローテ。」

シュヴァルツは、背後《はいご》から声《こえ》をかける。

ふりかえるローテ。感情《かんじょう》のこもってない目《め》が、シュヴァルツを見《み》る。

「敵《てき》は……どこ？」

ローテが、手袋《てぶくろ》をはめた右手《みぎて》を、肩《かた》の高《たか》さにあげる。そのてのひらに、青《あお》い炎《ほのお》があらわれた。

周囲《しゅうい》の客《きゃく》が、ザワリと、ローテから距離《きょり》を取《と》る。

——マズイ。いまのローテは、能力《のうりょく》をコントロールできてない。このままじゃ、大量《たいりょう》の死人《しにん》がでる。

「どうやら、建物《たてもの》の中《なか》にはいないようだ。外《そと》にでて、森《もり》をさがそう。」

ナイロビ国立博物館《こくりつはくぶつかん》は、森《もり》にかこまれている。

シュヴァルツは、適当《てきとう》なことをいって、人《ひと》がすくない場所《ばしょ》にローテをつれだす。

遊歩道《ゆうほどう》におかれてるベンチにローテをすわらせる。そして、わからないようにスマホを出《だ》し、シュテラに連絡《れんらく》を取《と》る。

「どうしましたか？」

こんな状況《じょうきょう》でも、シュヴァルツは、シュテラの声《こえ》をききホッとした。

「ローテの様子《ようす》がおかしいのです。このままでは、危険《きけん》すぎてゴンリー・ディンリー兄弟《きょうだい》と戦《たたか》わせるわけにはいきません。」

「調子《ちょうし》が悪《わる》いのですか？」

「逆《ぎゃく》です。いまのローテは、コントロールを失《うしな》った大量破壊兵器《たいりょうはかいへいき》のようなものです。下手《へた》に戦《たたか》わせると、大量《たいりょう》の死者《ししゃ》がでます。」

「……わかりました。いまから、エレオノーレ様《さま》と、そちらにむかいます。シュヴァルツは、一人《ひとり》でゴンリー・ディンリー兄弟《きょうだい》の相手《あいて》をしてください。」

「わかりました。」

通話《つうわ》をきろうとしたとき、ふと気《き》になって、シュヴァルツはきいた。

「いったい、ローテは、どうしたのでしょう？」

すると、スマホのむこうから、ふふふと笑《わら》うシュテラの声《こえ》。首筋《くびすじ》の毛《け》が逆立《さかだ》つシュヴァルツ。

「あなたの恋愛経験《れんあいけいけん》では、理解《りかい》できないのかしら。」

「………」

気《き》がついたら、通話《つうわ》はおわっていた。

シュヴァルツは、黒背広《くろせびろ》の内《うち》ポケットから聖書《せいしょ》を出《だ》し、ページをひらく。

「イザヤ書《しょ》三十章《しょう》十五節《せつ》。……あなたがたは立《た》ち返《かえ》って、おちついているならば救《すく》われ、おだやかにして信頼《しんらい》しているならば力《ちから》を得《え》る……。」

シュヴァルツは聖書《せいしょ》をとじ、大《おお》きく息《いき》を吸《す》った。

——おれは、戦士《せんし》。その生《い》き方《かた》に、迷《まよ》いはない。

聖書《せいしょ》にはさまれた、鋼鉄製《こうてつせい》の栞《しおり》をぬく。栞《しおり》を指先《ゆびさき》にはさみ、かるくふると、木《き》の枝《えだ》がスパリと切《き》れた。

再《ふた》びゴンリー・ディンリー兄弟《きょうだい》をさがそうとしたとき、博物館《はくぶつかん》の中《なか》から、ぞろぞろ人《ひと》がでてくるのが見《み》えた。

——なにがおきた？

シュヴァルツは、木《き》のかげに身《み》をかくし、博物館《はくぶつかん》のほうを見《み》る。

——あせるな。いまのおれは、ONE《ワン》-MAN《マン》 ARMY《アーミー》。博物館《はくぶつかん》からでてくる大量《たいりょう》の人間《にんげん》がすべて敵《てき》だったら、一人《ひとり》では対応《たいおう》できない。

もうだれもでてこなくなり、シュヴァルツが博物館《はくぶつかん》にはいろうとしたとき、その足《あし》がとまった。

一人《ひとり》の男《おとこ》が、建物《たてもの》からでてくる。ふつうに歩《ある》いているのだが、異様《いよう》に足《あし》が速《はや》い。

——何者《なにもの》だ？

一般人《いっぱんじん》でないことは、すぐにわかった。しかし、その正体《しょうたい》が予想《よそう》できない。

シュヴァルツが考《かんが》えていると、エンジン音《おん》がきこえた。

幌付《ほろつ》きトラックが、博物館《はくぶつかん》の入《い》り口《ぐち》にむかってつっこむ。

大《おお》きなガラスの戸《と》を破壊《はかい》し、平気《へいき》で博物館《はくぶつかん》の中《なか》を走《はし》っていく。そして、運転席《うんてんせき》には、さっきの男《おとこ》。

「…………」

あっけにとられるシュヴァルツ。博物館《はくぶつかん》の中《なか》からきこえる爆発音《ばくはつおん》で、我《われ》に返《かえ》った。

——ゴンリー・ディンリーの兄弟《きょうだい》が、暴《あば》れだしたのか？

いそいで中《なか》にはいろうとしたら、ころがりでてくる二人《ふたり》の男《おとこ》。

——ゴンリーとディンリー！

駐車場《ちゅうしゃじょう》のほうへ走《はし》っていく二人《ふたり》。追《お》いかけるシュヴァルツ。その後《うし》ろから、クラクションを鳴《な》らしながら幌付《ほろつ》きトラックがぬき去《さ》る。

トラックの荷台《にだい》に、ニニのはいった檻《おり》が積《つ》まれてるのを、シュヴァルツの目《め》は見《み》のがさなかった。クイーンも乗《の》っていたのだが、記憶《きおく》から消《け》したい相手《あいて》なので見《み》えなかったことにするシュヴァルツ。

「………。」

博物館《はくぶつかん》をでたトラックは、駐車場《ちゅうしゃじょう》とは別方向《べつほうこう》——大通《おおどお》りのほうへ走《はし》っていく。

兄弟《きょうだい》とトラックを見比《みくら》べたシュヴァルツは、スマホを出《だ》した。

「いい天気《てんき》だねぇ……。」

気球《ききゅう》のゴンドラにもたれ、バルーンのむこうにひろがる青空《あおぞら》を見《み》るゲルブ。ほとんど風《かぜ》もなく、快適《かいてき》な空中散歩《くうちゅうさんぽ》を味《あじ》わっていた。

——じつにいい気分《きぶん》だ。これで、エレオノーレお嬢様《じょうさま》が横《よこ》にいたら、もうなにも思《おも》いのこすことはねぇな……。

想像《そうぞう》の中《なか》で、ゲルブとエレオノーレは、気球《ききゅう》で新婚旅行《しんこんりょこう》を兼《か》ねた世界一周《せかいいっしゅう》にでる。

——「食料《しょくりょう》は、どうするんですの？」ときくお嬢様《じょうさま》に、おれは鳥《とり》を撃《う》つんだ。すると、お嬢様《じょうさま》は、「とてもたのもしいのね。」とほめてくれるんだ。……いや、待《ま》てよ。気球《ききゅう》から鳥《とり》を撃《う》ったら、回収《かいしゅう》できねぇじゃないか。こまったな……。このままでは、新婚旅行《しんこんりょこう》の途中《とちゅう》で離婚騒《りこんさわ》ぎになってしまう。

妄想《もうそう》の中《なか》でこまってるゲルブを現実《げんじつ》に引《ひ》きもどしたのは、スマホの着信音《ちゃくしんおん》だった。

「シュヴァルツだ。ゴンリーとディンリーの兄弟《きょうだい》を発見《はっけん》した。同時《どうじ》に、ニニもうばわれた。」

「……………」

「ゴンリーとディンリーは、おれが追《お》う。おまえの標的《ひょうてき》は、ニニを乗《の》せた幌付《ほろつ》きトラックだ。」

無線機《むせんき》から、クリアなシュヴァルツの声《こえ》がきこえる。

「トラックの現在位置《げんざいいち》は？」

「博物館《はくぶつかん》をでて、北東方向《ほくとうほうこう》へ大通《おおどお》りを走《はし》っている。時速《じそく》は、三十キロ前後《ぜんご》だ。」

——ということは、あと三分《ぷん》もしたら、あの銀行前《ぎんこうまえ》をとおるな。

ゲルブは、ゴンドラの縁《ふち》にバレットM《エム》99改《かい》をのせ、照準器《しょうじゅんき》をのぞく。その瞬間《しゅんかん》、自分《じぶん》が銃《じゅう》の一部《いちぶ》になったような感覚《かんかく》に襲《おそ》われる。

「条件《じょうけん》は、ニニを殺《ころ》さないこと。トラックを足止《あしど》めして、ケニアの警察《けいさつ》にニニを回収《かいしゅう》させるのが目的《もくてき》だ。——できるか？」

シュヴァルツの声《こえ》を、ゲルブは鼻《はな》で笑《わら》う。

「おれをだれだと思《おも》ってるんだ？　こういうときは、〝できるか？〞じゃなく、〝やってください〞っていうんだよ。」

「……どうぞ《bitte》。」

「Ja《ヤー》！」


「あの……ぼくは、どこへつれられるんです。」

文太《ぶんた》が、だれというわけではなくきいた。

荷台《にだい》にいるのは、文太《ぶんた》とニニの檻《おり》。ヴォルフに仙太郎《せんたろう》、マライカ。そして、クイーンとジョーカー。

運転《うんてん》しているのはヴァドエバー。助手席《じょしゅせき》にすわっているのは、パイカルだ。

幌《ほろ》がズタズタにやぶれたトラック。車体《しゃたい》も、至《いた》るところがへこみ、助手席側《じょしゅせきがわ》のドアは外《はず》れかけている。

「そう心配《しんぱい》するな。むかってるのは、ケニアの警察署《けいさつしょ》だ。そこで、おまえとニニは保護《ほご》されるし、クイーンたちは逮捕《たいほ》されるというわけだ。」

説明《せつめい》したのは、左《ひだり》うでに振動《しんどう》を伝《つた》えないようにすわってるヴォルフだ。

クイーンは、やれやれというように、肩《かた》をすくめる。そして、幌《ほろ》のやぶれ目《め》を指《ゆび》さした。

「ハート形《がた》の雲《くも》が見《み》えるかな？　あれは、アンチレーダーの雲《くも》をまとったトルバドゥールだ。そこから、この車《くるま》の上《うえ》にむかってワイヤーを下《お》ろしている。つまり、にげようと思《おも》えば、わたしもジョーカーくんも、すぐににげられるというわけさ。」

マライカが、口《くち》をはさむ。

「にげることはできても、ニニを盗《ぬす》みだすことはできませんよ。」

それは、「宿題《しゅくだい》したけど、家《いえ》に忘《わす》れてきました。」とうそをいってる子《こ》どもに、「では、いっしょに取《と》りにいきましょう。」という教師《きょうし》の口調《くちょう》。

クイーンは、苦笑《くしょう》するしかなかった。

「出直《でなお》しましょう。」

ジョーカーが、提案《ていあん》する。

「一度《いちど》、トルバドゥールにもどり、作戦《さくせん》を立《た》て直《なお》しましょう。そして、今回《こんかい》の失敗《しっぱい》を招《まね》いた心《こころ》のゆるみを反省《はんせい》するんです。まずは、堕落《だらく》した生活《せいかつ》を見直《みなお》しましょう。早起《はやお》きしてラジオ体操《たいそう》し、部屋《へや》の掃除《そうじ》。食事《しょくじ》は質素《しっそ》にし、夜更《よふ》かしとワインは禁止《きんし》です。」

「いや……その生活《せいかつ》って、刑務所《けいむしょ》にはいってるのとかわらないから……。」

クイーンが、右手《みぎて》をひらひらふった。

「それに、まだトルバドゥールにもどるわけにはいかないんだ。気《き》になることがあるからね。」

「どういう意味《いみ》だ。」

ヴォルフが、かみつきそうな声《こえ》できいた。

「不思議《ふしぎ》に思《おも》わないのかい？　どうして、ヴァドエバーは、トラックをとめないんだ？　大勢《おおぜい》の警官《けいかん》がいる博物館《はくぶつかん》の前《まえ》にトラックをとめ、わたしを逮捕《たいほ》してニニを保護《ほご》する。そして、ゴンリーとディンリーの兄弟《きょうだい》を追《お》う。――これが、とうぜんの流《なが》れだ。なのに、トラックは走《はし》りつづけている。」

「…………。」

「それに、警察署《けいさつしょ》へいくと思《おも》ってるようだが、はたしてほんとうにそうだろうか？」

「…………。」

「わたしには、まったくちがう場所《ばしょ》にむかってるように思《おも》えるんだけどね。その証拠《しょうこ》に、一台《だい》もケニア警察《けいさつ》のパトカーが追《お》ってこないだろ。」

ヴォルフが立《た》ちあがり、幌《ほろ》の裂《さ》け目《め》から体《からだ》を出《だ》し、運転席《うんてんせき》の窓《まど》をたたく。

「おい、警察《けいさつ》にむかってるんだろうな。」

「…………」

運転席《うんてんせき》の窓《まど》は、閉《し》まったままだ。

マライカがいう。

「ウァドエバーのねらいは、クイーンの逮捕《たいほ》でもニニの保護《ほご》でもない。ニニをうばうこと。そのためには、手段《しゅだん》をえらばない。」

そしてケニア警察《けいさつ》からわたされている警察無線《けいさつむせん》を取《と》りだす。

「……ダメです。妨害電波《ぼうがいでんぱ》がでてます。」

仙太郎《せんたろう》が、助手席側《じょしゅせきがわ》の窓《まど》をたたく。

「おい、パイカル。ぼんやりすわってないで、サイドブレーキ引《ひ》くなりして、車《くるま》をとめろ！」

「ウァドエバーさんが運転《うんてん》してるんですよ。そんなことできると思《おも》いますか？」

窓《まど》をあけて、もっともな反論《はんろん》をするパイカル。

「事態《じたい》が飲《の》みこめねぇが、ウァドエバーの野郎《やろう》が悪《あく》だってことはわかった。」

ヴォルフが、荷台《にだい》にころがっていたハンマーを持《も》った。体《からだ》をのばして運転席側《うんてんせきがわ》の窓《まど》をたたき割《わ》ろうとしたのだが、そのまえに、ウァドエバーが窓《まど》をあける。

「運転《うんてん》の邪魔《じゃま》をしてほしくないな。あぶないじゃないか。」

そして、片《かた》うでを窓《まど》から出《だ》して、ヴォルフの首《くび》にまわした。

「左《ひだり》うでが折《お》れてても、受《う》け身《み》ぐらいとれるだろ？」

ヴァドエバーが、引《ひ》きぬくようにして、ヴォルフを投《な》げる。道路《どうろ》に投《な》げだされ、ころがるヴォルフ。

「旦那《だんな》！」

それを見《み》た仙太郎《せんたろう》が、荷台《にだい》から飛《と》び降《お》りる。

「なにをするんですか！」

マライカが吠《ほ》えるが、ヴァドエバーの声《こえ》は冷静《れいせい》だ。

「彼《かれ》は、これぐらいでこわれるような体《からだ》をしていない。それより、自分《じぶん》から飛《と》び降《お》りた花菱《はなびし》のほうが心配《しんぱい》だな。」

ヴァドエバーのいうとおり、ヴォルフはころがりながら立《た》ちあがったが、仙太郎《せんたろう》は妙《みょう》なかっこうで道路《どうろ》に横《よこ》たわっている。

クイーンが、ヴァドエバーに話《はな》しかける。

「運転席《うんてんせき》から、森《もり》の上《うえ》にうかんでいる気球《ききゅう》が見《み》えるかい？」

「ああ。」

「気《き》をつけたほうがいい。長距離狙撃銃《ちょうきょりそげきじゅう》が、このトラックをねらってる。」

「馬鹿《ばか》なことを——。」

鼻《はな》で笑《わら》うウァドエバー。

「気球《ききゅう》まで、千三百——いや、千五百メートルはある。おまけに、おそいとはいえ、このトラックは走行中《そうこうちゅう》だ。狙撃《そげき》できるはずがない。」

しかし、つぎの瞬間《しゅんかん》、ウァドエバーは空気《くうき》を切《き》り裂《さ》く音《おと》をきいた。

バンッ！

派手《はで》な音《おと》がして、左前輪《ひだりぜんりん》のタイヤが破裂《はれつ》した。ゲルブの撃《う》った弾丸《だんがん》が、当《あ》たったのだ。

ギギギギガギギギギガガ——。

ホイールだけになった車輪《しゃりん》が、アスファルトを引《ひ》っかき、トラックは大《おお》きく蛇行《だこう》する。

荷台《にだい》では、文太《ぶんた》が声《こえ》にならない悲鳴《ひめい》をあげる。ニニの檻《おり》が、荷台《にだい》の上《うえ》を左右《さゆう》にすべる。

車体《しゃたい》が傾《かたむ》き、助手席側《じょしゅせきがわ》のドアが外《はず》れた。

「わー！」

パイカルの体《からだ》が、車外《しゃがい》へほうりだされる。

つぎの瞬間《しゅんかん》、ウァドエバーが動《うご》いた。助手席側《じょしゅせきがわ》のドアから飛《と》びだし、空中《くうちゅう》でパイカルをキャッチ。抱《かか》えこんだまま、道路《どうろ》をころがる。

「……ありがとうございます、ウァドエバーさん。」

礼《れい》をいうパイカルに対《たい》し、ウァドエバーは、ものすごくふきげんな顔《かお》。

「無能《むのう》な助手《じょしゅ》のおかげで、背広《せびろ》がよごれてしまった。これだから、助手《じょしゅ》など持《も》ちたくないのだ。」

一方《いっぽう》、運転手《うんてんしゅ》がいなくなり、完全《かんぜん》にコントロールを失《うしな》ったトラックは、蛇行《だこう》しながら走《はし》りつづける。車線《しゃせん》をはみだし対向車両《たいこうしゃりょう》と正面衝突《しょうめんしょうとつ》するか、道沿《みちぞ》いの建物《たてもの》につっこむか——時間《じかん》の問題《もんだい》だった。

「RD《アールディー》!」

【了解《りょうかい》しました。】

クイーンの考《かんが》えを理解《りかい》したRD《アールディー》は、ワイヤーをのばし、先端《せんたん》についたフックを左前輪《ひだりぜんりん》のフェンダーに引《ひ》っかけた。そのまま、二十センチほど持《も》ちあげる。

その間《あいだ》に、ジョーカーは荷台《にだい》から運転席《うんてんせき》に飛《と》びうつっていた。ハンドルを持《も》ち、トラックをまっすぐ走《はし》らせる。

「どちらにいきますか?」

ハンドルを持《も》ったジョーカーが、クイーンにきいた。

「そうだな……。とりあえず、サバンナにむかってもらおうかな。」

「なるほど。広大《こうだい》なサバンナに関係者《かんけいしゃ》を集《あつ》めて、いっきにかたづけるつもりですね。」

「なにをいってるんだよ、ジョーカーくん。」

右手《みぎて》をひらひらふるクイーン。

「ケニアにきた目的《もくてき》を忘《わす》れちゃダメだよ。サバンナにむかうのは、ライオンやキリンに会《あ》うためにきまってるじゃないか！」

RD《アールディー》は、

［目的《もくてき》は、ニニをうばうことでしょ！］

とさけびたいのを、全《ぜん》メモリの九十五パーセントを使《つか》ってたえしのんだ。

おなじくジョーカーも、ハンドルを切《き》って道沿《みちぞ》いのビルにつっこみたいのを我慢《がまん》する。

そんなことに気《き》づかないクイーンは、マライカにきく。

「きみはどうする？　降《お》りるのなら、近《ちか》くの警察署《けいさつしょ》まで送《おく》るけど——。」

マライカは、首《くび》を横《よこ》にふった。

「わたしは、探偵卿《たんていきょう》。仕事《しごと》は、あなたをつかまえること。それを忘《わす》れないでください。」

「………。」

「しかし、どうしてあなたは、わたしから首輪《くびわ》の鍵《かぎ》をうばわないんです？　鍵《かぎ》をうばって、ニニの首輪《くびわ》をはずす。あとは、トルバドゥールでにげる。——これで、あなたの仕事《しごと》はおわるんじゃないですか？」

クイーンは、やれやれという感《かん》じで、肩《かた》をすくめる。

「探偵卿《たんていきょう》に、怪盗《かいとう》の美学《びがく》を理解《りかい》しろというのもむりかもしれないが——。」

そう前《まえ》おきして、

「むりやり鍵《かぎ》をうばうのは、強盗《ごうとう》の仕事《しごと》。わたしは、誇《ほこ》り高《たか》き怪盗《かいとう》だよ。いっしょにしないでほしいね。」

マライカは、理解《りかい》できないというように、首《くび》をふる。

[安心《あんしん》してください。世界最高《せかいさいこう》の人工知能《じんこうちのう》であるわたしも、理解《りかい》できませんから。]

無線機《むせんき》から流《なが》れるＲＤ《アールディー》のことばは、マライカにはきこえない。

Scene《シーン》09 自由時間《じゆうじかん》 in《イン》 サバンナの長《なが》い夜《よる》

幌《ほろ》付《つ》きトラックがサバンナへむかっている中《なか》、関係者《かんけいしゃ》は、それぞれの動《うご》きを見《み》せる。

「これからどうするんですか？」

トラックを見送《みおく》ったパイカルが、ウァドエバーにきいた。ニニをうばおうとした理由《りゆう》は、質問《しつもん》しない。ウァドエバーのすることにまちがいはないと、信頼《しんらい》しているからだ。

そのとき、ウァドエバーのスマホに着信《ちゃくしん》があった。

「はい。」

電話《でんわ》にでるウァドエバー。

パイカルは、おどろいた。基本的《きほんてき》に、ウァドエバーは着信《ちゃくしん》を選《え》り好《ごの》みする。たとえ、上司《じょうし》のルイーゼからの電話《でんわ》でも。

——なのにでたということは、どうしてもでなければいけない電話《でんわ》ということになる。考《かんが》えてるパイカルの横《よこ》で、ヴァドエバーは通話《つうわ》をおえた。

「クイーンは、サバンナにむかったという情報《じょうほう》だ。我々《われわれ》も、いまからむかう。車《くるま》を手配《てはい》したまえ。」

指示《しじ》を出《だ》す、ヴァドエバー。

「電話《でんわ》の相手《あいて》は、クイーンがサバンナにむかったって、どうしてわかったんですか？」

すると、ヴァドエバーは、パイカルに顔《かお》を近《ちか》づけていった。

「そういうことが推理《すいり》できる相手《あいて》からの電話《でんわ》だ。きみも、探偵卿《たんていきょう》になるのなら、その高《たか》みまで上《のぼ》れるように努力《どりょく》したまえ。」

パイカルは、ガクガクとうなずく。

ヴォルフは、右《みぎ》うでだけで仙太郎《せんたろう》の応急手当《おうきゅうてあ》てをする。

「右足首《みぎあしくび》ねんざ、むち打《う》ち、左脇腹《ひだりわきばら》に亀裂骨折《きれつこっせつ》二か所《しょ》。あとは、全身打撲《ぜんしんだぼく》と擦《す》り傷《きず》。——なんで、車《くるま》からほうりだされたおれが無傷《むきず》で、自分《じぶん》から飛《と》び降《お》りたおまえが、派手《はで》に怪我《けが》してるんだ？」

「…………」

仙太郎《せんたろう》はこたえない。

自分《じぶん》でも理由《りゆう》がわからないのと、口《くち》をひらくと怪我《けが》にひびくからだ。

「しばらくは痛《いた》むかもしれないが、致命傷《ちめいしょう》は一つもない。運《うん》がよかったな。」

ヴォルフはいうが、仙太郎《せんたろう》は納得《なっとく》できない。

——そもそも運《うん》がよかったら、こんな怪我《けが》をしなかったんじゃないか？

そのとき、遠《とお》くからサイレンがきこえた。

「旦那《だんな》、救急車《きゅうきゅうしゃ》をよんでくれたのか？」

仙太郎《せんたろう》がきくと、ヴォルフは不思議《ふしぎ》な顔《かお》をした。

「なんで、救急車《きゅうきゅうしゃ》がいる？　応急処置《おうきゅうしょち》は、完璧《かんぺき》だ。あとは、おまえの治《なお》りたいって気持《きも》ちだな。」

「…………」

駆《か》けつけてきたのは、ケニア警察《けいさつ》のパトカーだった。全部《ぜんぶ》で十台以上《だいいじょう》。警察統合任務部隊偵察《けいさつとうごうにんむぶたいていさつ》中隊《ちゅうたい》の車両《しゃりょう》も混《ま》じっている。

黒《くろ》い車体《しゃたい》に黄色《きいろ》の屋根《やね》のパトカーを見《み》て、仙太郎《せんたろう》はおどろく。

——日産《にっさん》のSUV《エスユーブイ》じゃないか。こんなところでも日本《にっぽん》の車《くるま》ははたらいてるのか……。

先頭《せんとう》のパトカーから降《お》りてきたのはアブディ長官《ちょうかん》だ。

「よぉ、はやかったな。——って、おまえは、本物《ほんもの》の長官《ちょうかん》か？」

ヴォルフにいわれ、ものすごく嫌《いや》そうな顔《かお》をする長官《ちょうかん》。

「くだらんことをいってる場合《ばあい》か！　それより、マライカ探偵卿《たんていきょう》とニニは？」

「博物館《はくぶつかん》の幌《ほろ》付《つ》きトラックごと、いっちまった。ここからは、ケニア警察《けいさつ》の機動力《きどうりょく》がたよりだ。よろしくな。」

「いわれんでも、わかってる！」

その態度《たいど》を見《み》て、仙太郎《せんたろう》が日本語《にほんご》でヴォルフにいう。

「なんかさ、マライカさんへの態度《たいど》と、旦那《だんな》への態度《たいど》がちがいすぎない？」

ヴォルフは、なれてるよというように苦笑《にがわら》いする。

アブディ長官《ちょうかん》の制服《せいふく》の胸《むね》で、警察無線《けいさつむせん》が鳴《な》る。

「……了解《りょうかい》。」

短《みじか》く返事《へんじ》し、ヴォルフと仙太郎《せんたろう》にいう。

「数《すう》キロ先《さき》で、幌《ほろ》付《つ》きトラックが狙撃《そげき》された。かなり遠距離《えんきょり》からの射撃《しゃげき》で、タイヤを撃《う》ちぬいてることから、かなりの狙撃手《そげきしゅ》だと思《おも》われる。」

「テロ組織《そしき》がトラックを襲《おそ》ったとは思《おも》わないのか？」

ヴォルフの疑問《ぎもん》を、長官《ちょうかん》は鼻《はな》で笑《わら》った。

「あいつらなら、タイヤを撃《う》つなんてめんどうなことをせず、トラックに爆弾《ばくだん》を投《な》げつけるよ。」

「ちげぇねぇ。」

肩《かた》をすくめるヴォルフ。

「目撃者《もくげきしゃ》によると、そのとき、トラックから背広姿《せびろすがた》の男性《だんせい》と少年《しょうねん》がふりおとされたそうだ。」

「ウァドエバーと、パイカルだ……。その二人《ふたり》は、どこへ？」

仙太郎《せんたろう》がきいた。

長官《ちょうかん》が首《くび》を横《よこ》にふる。消息不明《しょうそくふめい》という意味《いみ》だ。

「トラックは、どうなったんだ？」

こんどきいたのは、ヴォルフだ。

「そのまま走《はし》り去《さ》ったそうだ。」

「タイヤを撃《う》たれて、どうしてそのまま走《はし》れるんだ？」

「それなんだが……。」

こまったような口調《くちょう》で、長官《ちょうかん》がいう。

「目撃者《もくげきしゃ》の話《はなし》では、空《そら》から下《お》りてきたワイヤーが、トラックを引《ひ》っかけて持《も》ちあげたそうだ。」

ヴォルフと仙太郎《せんたろう》は、顔《かお》を見合《みあ》わせる。

——トルバドゥールだ。トルバドゥールが、ワイヤーを下《お》ろしたんだ。

「貴様《きさま》らも、探偵卿《たんていきょう》なんだろ、そんなことがおこると思《おも》うか？」

長官《ちょうかん》がきいた。

「日本《にっぽん》には、『蜘蛛《くも》の糸《いと》』って話《はなし》がある。地獄《じごく》に落《お》ちた悪人《あくにん》が、蜘蛛《くも》の糸《いと》を上《のぼ》ってたすかろうとする話《はなし》だ。」

「すごいな……。」

感心《かんしん》する長官《ちょうかん》に、仙太郎《せんたろう》は、トラックをうばってるのはクイーンとジョーカーで、荷台《にだい》にはマライカと文太《ぶんた》、檻《おり》にはいったニニがいることを話《はな》した。

「了解《りょうかい》した。我々《われわれ》は、トラックの行方《ゆくえ》を追《お》う。」

そのことばに、パトカーから降《お》りて集《あつ》まっていた警官《けいかん》たちが、いっせいに雄叫《おたけ》びをあげた。手《て》に手《て》に、マライカのブロマイドを持《も》っている。

「すごい人気《にんき》だな……。」

つぶやくヴォルフ。

「おれたちのブロマイドもあるのかな?」

仙太郎《せんたろう》にきいた。

「あると思《おも》う?」

「ねぇな。」

うなずきあう二人《ふたり》に、長官《ちょうかん》がいう。

「我々《われわれ》は、トラックの行方《ゆくえ》を追《お》う。貴様《きさま》らは、どうする?」

「どこか、旋盤《せんばん》やグラインダーの使《つか》えるところへパトカーで乗《の》せてってくれないか。つくりたいものがあるんだ。」

ヴォルフがこたえた。

「やさしいな、旦那《だんな》。おれに松葉杖《まつばづえ》をつくってくれるのか?」

よろこぶ仙太郎《せんたろう》。

「はぁ? そんなもん、つくりたいのなら自分《じぶん》でやれ。おれがほしいのは、刀《かたな》だ。」

ヴォルフの目《め》が、ギラつく。

「有給休暇《ゆうきゅうきゅうか》もフランクフルト離婚《りこん》も関係《かんけい》ねぇ。悪党《あくとう》は、たたっ斬《き》る。」

それをきいた長官《ちょうかん》は、

——この男《おとこ》を、最初《さいしょ》に逮捕《たいほ》しておいたほうがいいんじゃないだろうか……。

かなり真剣《しんけん》に考《かんが》えた。


「まったく、おもしろいやつらが多《おお》い。退屈《たいくつ》しなくてすむ。」

助手席《じょしゅせき》で、ゴンリーがいった。

博物館《はくぶつかん》の駐車場《ちゅうしゃじょう》でうばった乗用車《じょうようしゃ》。ハンドルをにぎっているのは、ディンリーだ。

「そういえば、追跡《ついせき》してくる車《くるま》が一台《だい》あったが、どうなったかな？」

ゴンリーのつぶやきに、ディンリーが首《くび》を横《よこ》にふる。

「まぁ、死《し》んではいないだろう。」

追跡《ついせき》の車《くるま》に気《き》づいたゴンリーは、M《エム》67手榴弾《しゅりゅうだん》を窓《まど》からはなった。爆発《ばくはつ》に巻《ま》きこまれた車《くるま》は、空《くう》中《ちゅう》で一回転《かいてん》して道路《どうろ》にたたきつけられた。

「さて、このあとの作戦《さくせん》だが——。そのまえに、ニニの居場所《いばしょ》を特定《とくてい》しなければな。」

そういうゴンリーに、ディンリーが無言《むごん》でスマホの画面《がめん》を見《み》せる。

「……なるほど。」

画面《がめん》を見《み》たゴンリーが、ほほえんだ。

意識《いしき》を取《と》りもどしたシュヴァルツが、最初《さいしょ》に見《み》たのは白《しろ》い天井《てんじょう》だった。

——なるほど。ゴンリー・ディンリーの兄弟《きょうだい》を追《お》いかけてるとき、手榴弾《しゅりゅうだん》の攻撃《こうげき》を受《う》けたのだった……。

記憶《きおく》を整理《せいり》するシュヴァルツ。

——意識《いしき》を失《うしな》う寸前《すんぜん》、救急車《きゅうきゅうしゃ》のサイレンをきいたような気《き》がする。ということは、ここは病院《びょういん》か。

かすかに、消毒薬《しょうどくやく》の匂《にお》いも感《かん》じる。

——病院《びょういん》へつれてこられたということは、かるい怪我《けが》ではないということだな。

ケニアの救急車《きゅうきゅうしゃ》は、点滴《てんてき》や酸素《さんそ》吸入《きゅうにゅう》など、ある程度《ていど》の医療《いりょう》行為《こうい》ができる設備《せつび》が積《つ》んであり、医《い》者《しゃ》も一人《ひとり》ついている。車内《しゃない》で治《なお》せない者《もの》は病院《びょういん》にはこばれるようになっている。

——しかし、油断《ゆだん》した。まさか、あんな町中《まちなか》で手榴弾《しゅりゅうだん》を使《つか》ってくるとは……。

唇《くちびる》をかむシュヴァルツ。

——ホテルベルリンの生活《せいかつ》は、平和《へいわ》とはいえないが、それでも戦場《せんじょう》とは緊迫感《きんぱくかん》がちがう。気《き》がつかないうちに、鈍《にぶ》っていたのかもしれない。

戦場《せんじょう》にもどるかどうか考《かんが》えたとき、

「意識《いしき》がもどりましたか？」

シュテラにのぞきこまれ、シュヴァルツの脈拍《みゃくはく》と血圧《けつあつ》は、いっきに危険《きけん》レベルに突入《とつにゅう》した。

「だいじょうぶですか？　顔色《かおいろ》が人間《にんげん》ばなれしてますよ。お医者様《いしゃさま》をよびましょう――。」

病室《びょうしつ》をでようとするシュテラを、シュヴァルツは必死《ひっし》でとめる。

「いえ、結構《けっこう》です！」

「……その調子《ちょうし》だと、だいじょうぶそうですね。」

元気《げんき》な声《こえ》をきいて、シュテラが椅子《いす》にすわる。

シュヴァルツは、激痛《げきつう》を我慢《がまん》して首《くび》を横《よこ》にする。殺風景《さっぷうけい》な狭《せま》い病室《びょうしつ》。ベッドの脇《わき》には、シュテラがすわってるパイプ椅子《いす》。

シュテラは、サイドテーブルにおかれたリンゴをむきはじめる。

「かるい脳震盪《のうしんとう》と全身打撲《ぜんしんだぼく》だけだそうです。さすがに、鍛錬《たんれん》してるだけのことはありますね。」

「恐縮《きょうしゅく》です。」

こたえるシュヴァルツ。口《くち》を動《うご》かすだけで激痛《げきつう》が走《はし》るのだが、必死《ひっし》で我慢《がまん》する。

「お医者様《いしゃさま》は、数日《すうじつ》は激痛《げきつう》で動《うご》けないだろうといってましたが、だいじょうぶですか？」

「とうぜんです。任務中《にんむちゅう》ですから――。」

「気《き》にする必要《ひつよう》はありません。あなたを、任務《にんむ》からはずしますから。」

「えっ？」

シュテラのことばで、痛《いた》みが消《き》えた。いや、痛《いた》みだけではない。世界《せかい》から色《いろ》や音《おと》まで消《き》えてしまった。

シャ……シャ……。

しばらくして、音《おと》が復活《ふっかつ》した。それが、シュテラがリンゴをむく音《おと》だと気《き》づくのに、すこし時《じ》間《かん》がかかった。

「ほら、ウサギリンゴですよ。」

シュテラが、飾《かざ》り切《ぎ》りしたリンゴを見《み》せる。

「あ～ん。」

口元《くちもと》にリンゴをはこぶが、シュヴァルツは口《くち》をあけない。

「ウサギは、きらいですか？　こんどは、白鳥《はくちょう》にしましょうか？」

それにはこたえず、別《べつ》のことをきくシュヴァルツ。

「おれは……お払《はら》い箱《ばこ》ですか？」

「もし真剣《しんけん》に、その質問《しつもん》をするようでしたら、かなりシュロットになってますね。」

シュロットというのは、ドイツ語《ご》で「ポンコツ」という意味《いみ》だ。

「名前《なまえ》を、シュヴァルツからシュロットにかえますか？」

口元《くちもと》に手《て》を当《あ》ててほほえむシュテラ。

「シュヴァルツを任務《にんむ》からはずしたのは、武器《ぶき》をメンテナンスするのとおなじことです。あなたは、メンテナンスしてない武器《ぶき》を、戦場《せんじょう》で使《つか》いますか？」

「いいえ……。」

彼《かれ》の返事《へんじ》に、シュテラは、満足《まんぞく》そうにうなずく。

「あなたの任務《にんむ》は、あと七十二時間《じかん》で完全《かんぜん》に回復《かいふく》することです。それまでは、ローテやゲルブが、あなたのぶんも動《うご》いています。それとも、仲間《なかま》が信用《しんよう》できませんか？」

「いいえ。」

「では、わたしはこれでもどります。七十二時間後《じかんご》に会《あ》いましょう。そのときは、シュロットではなく、戦士《クリーガー》のあなたに会《あ》えることを期待《きたい》します。」

パイプ椅子《いす》から立《た》ちあがるシュテラ。

「もしシュロットのままなら、お払《はら》い箱《ばこ》にするまえに、わたしが始末《しまつ》しますからね。」

笑顔《えがお》で、シュヴァルツの口《くち》にリンゴを押《お》しこむ。

シュヴァルツは、無言《むごん》でうなずく。話《はな》そうにも、口《くち》の中《なか》がリンゴでいっぱいで、ことばがでなかったのだ。


黄金《おうごん》にかがやく太陽《たいよう》が、地平線《ちへいせん》に近《ちか》づく。

太陽《たいよう》を中心《ちゅうしん》に、まぶしかった青空《あおぞら》が、オレンジから濃《こ》い赤《あか》にかわる。

サバンナに、夕闇《ゆうやみ》が訪《おとず》れようとしていた。

草原《そうげん》とおなじ色《いろ》に船体《せんたい》をかえていた超弩級巨大飛行船《ちょうどきゅうきょだいひこうせん》、トルバドゥール。その全長《ぜんちょう》は、一キロを超《こ》える。大都会《だいとかい》では、とても着陸《ちゃくりく》できるスペースはない。

しかし、ここはサバンナのど真《ま》ん中《なか》。さすがの巨大飛行船《きょだいひこうせん》も、ケニアの大草原《だいそうげん》の中《なか》では、小《ちい》さく見《み》える。

トルバドゥールの脇《わき》にとまった幌付《ほろつ》きトラック。

近《ちか》くで、小《ちい》さな焚《た》き火《び》が燃《も》えている。

いそがしく動《うご》いているのは、ジョーカーだ。焚《た》き火《び》のまわりにテーブルを用意《ようい》し、夕食《ゆうしょく》の準備《じゅんび》をしている。

「毎度《まいど》のことですから、あまりいいたくないのですが、手伝《てつだ》っても罰《ばち》は当《あ》たらないと思《おも》いますよ。」

ジョーカーが、焚《た》き火《び》をつついて不満《ふまん》そうな顔《かお》をしているクイーンに、いった。

「………」

クイーンは返事《へんじ》をしない。木《き》の棒《ぼう》で、焚《た》き火《び》をかきまわす。

「いったい、なにが気《き》に入《い》らないんです？」

「だって……せっかくサバンナにきたのに、どこにも動物《どうぶつ》がいないし……。いっしょに写真《しゃしん》を撮《と》ろうと思《おも》って、カメラも用意《ようい》したんだよ。」

きいていたジョーカーは、ため息《いき》をつく。

「サバンナ中《じゅう》の獣《けもの》が、あなたに怯《おび》えてるのがわかりませんか？　チータもライオンも、この近《ちか》くから避難《ひなん》してます。」

「それに、もう夜《よる》になってきたじゃないか。ほんとうならニニを盗《ぬす》みおわってトルバドゥールにもどり、RD《アールディー》に楽《たの》しかった遠足《えんそく》の話《はなし》をしてるころだよ。」

また、ジョーカーはため息《いき》をつく。

「いちばんのまちがいは、あなたが仕事《しごと》と遠足《えんそく》を混同《こんどう》してることです。それが、ニニを盗《ぬす》むのに失敗《しっぱい》した原因《げんいん》でもあります。」

「ふん！」

そっぽをむくクイーン。

マライカがジョーカーのそばに近《ちか》づく。

「わたしでよければ、手伝《てつだ》います。」

それを見《み》たクイーンが、皮肉《ひにく》っぽくいう。

「いいのかい？　きみは国際刑事警察機構《ICPO》の探偵卿《たんていきょう》なんだよ。怪盗《かいとう》の友人《ゆうじん》と仲《なか》よく食事《しょくじ》の準備《じゅんび》をしてるところをパパラッチにでも撮《と》られたら、懲戒免職《ちょうかいめんしょく》になるんじゃないかい？」

マライカのかわりにこたえたのは、ジョーカーだ。

「ぼくは、怪盗《かいとう》の友人《ゆうじん》ではなくパートナーなので、問題《もんだい》ないでしょ。」

それをきいたクイーンが、また、そっぽをむいた。

焚《た》き火《び》からすこしはなれた場所《ばしょ》には、ニニの檻《おり》と、どうすればいいのかというようにすわりこんでいる文太《ぶんた》。

だれにともなくきいた。

「ぼくは……どうなるんでしょう……。」

「安心《あんしん》してください。あなたとニニは、国際刑事警察機構《ICPO》の探偵卿《たんていきょう》が守《まも》ります。」

マライカが反応《はんのう》した。

「でも、さっきニニをうばおうとした人《ひと》も、国際刑事警察機構《ICPO》の人《ひと》ですよね。ほんとうに守《まも》ってくれるんですか？」

「……………」

文太《ぶんた》の質問《しつもん》に、マライカは反応《はんのう》できない。

ジョーカーが、文太《ぶんた》に声《こえ》をかける。

「とりあえず、夕食《ゆうしょく》を食《た》べませんか？」


テーブルには、たくさんの皿《さら》がならぶ。

【ケニアということで、炭火《すみび》でローストした肉《にく》をいろいろ用意《ようい》してみました。】

RD《アールディー》のマニピュレーターが示《しめ》す先《さき》には、肉料理《にくりょうり》以外《いがい》にも、スープやサラダ、パンも用意《ようい》されている。

【ワインは、いかがですか？】

席《せき》に着《つ》いたマライカに、RD《アールディー》がワインを勧《すす》める。

「ありがとうございます。でも、勤務中《きんむちゅう》ですから――。かわりに、コーヒーをいただけますか？」

［それでは、ケニア産《さん》のコーヒーを用意《ようい》させていただきます。］

ありがとうというように、マライカがうなずく。

「いいのかなぁ……。探偵卿《たんていきょう》が、怪盗《かいとう》の友人《ゆうじん》からコーヒーをもらってて……。」

きこえよがしに、クイーンがいう。

［わたしは、怪盗《かいとう》の友人《ゆうじん》ではなく、一介《いっかい》の人工知能《じんこうちのう》ですから問題《もんだい》ありません。］

「ふん！」

そっぽをむきながら、自分《じぶん》でつくったキャラ弁《べん》に箸《はし》をのばすクイーン。

「RD《アールディー》、わたしにワインを出《だ》してくれないか。」

［…………］

RD《アールディー》は、無言《むごん》で、クイーンの前《まえ》にワインのボトルとグラス、ワインオープナーをおいた。

ワインオープナーを無視《むし》し、ボトルの首《くび》を切断《せつだん》するクイーン。

斬《ざん》！

クイーンは、RD《アールディー》にいわれるまえに、草原《そうげん》に落《お》ちたボトルの首《くび》をひろった。

「いやぁ、ワインもキャラ弁《べん》もおいしいなぁ！」

まわりの反応《はんのう》はない。

だれにも相手《あいて》にされず、べそをかきはじめたクイーンの耳《みみ》に、

「いや、ほんとうにおいしいですね。」

文太《ぶんた》の声《こえ》がきこえた。

目《め》をかがやかせるクイーン。

「このローストした肉《にく》、ほんとうにおいしいです。」

文太《ぶんた》がほめたのは、RD《アールディー》が用意《ようい》した料理《りょうり》だった。クイーンの手《て》の中《なか》で、箸《はし》が折《お》れる。

「いったいなんの肉《にく》です？」

「こちらから、ビーフ、ポーク、ラム、チキンになります。あなたがいま食《た》べてるのは、ワニの肉《にく》ですね。」

RD《アールディー》の返事《へんじ》に、文太《ぶんた》が微妙《びみょう》な表情《ひょうじょう》になる。

「日本《にっぽん》では、ワニは食《た》べないんですか？」

マライカがきいた。

「ええ。日本《にっぽん》には、動物園《どうぶつえん》ぐらいしかワニはいませんから。」

「じゃあ、子《こ》どもたちは、なにを食《た》べるんです？」

「なにって……ふつうにご飯《はん》を食《た》べますけど。いや、ぼくらにはふつうでも、ケニアの人《ひと》にはふつうじゃありませんね。」

ボソボソこたえる文太《ぶんた》。

マライカがきく。

「わたしは、探偵卿《たんていきょう》と同時《どうじ》に、小学校教師《しょうがっこうきょうし》もしています。ケニアの教育格差《きょういくかくさ》は、日本《にっぽん》よりもすごいのではないでしょうか。」

「…………」

「いちおう、小学校《しょうがっこう》は、義務教育《ぎむきょういく》です。授業料《じゅぎょうりょう》は無料《むりょう》なんですが、いろいろ事情《じじょう》があって、すべての子《こ》どもたちが教育《きょういく》を受《う》けられるわけではありません。子《こ》どもたちの中《なか》には、学校《がっこう》というのがどんな場所《ばしょ》かも知《し》らない子《こ》もいます。幸《さいわ》い、わたしは高等教育《こうとうきょういく》を受《う》けることができました。わたしは、自分《じぶん》が受《う》けた教育《きょういく》を、つぎの時代《じだい》の子《こ》どもたちにも伝《つた》えて、もっともっと子《こ》どもたちに学問《がくもん》がひろがっていってほしいです。子《こ》どもたちの幸《しあわ》せな未来《みらい》――それが、わたしの願《ねが》いです。」

「マライカさんのような先生《せんせい》がいて、子《こ》どもたちは幸《しあわ》せですね。」

文太《ぶんた》が、棒読《ぼうよ》み口調《くちょう》でいった。

「日本《にっぽん》の子《こ》どもたちは、幸《しあわ》せですか？」

「どうでしょうね……。お話《はなし》をきいてると、学校《がっこう》にいける子《こ》どもは、はるかに日本《にっぽん》のほうが多《おお》いです。でも……。」

文太《ぶんた》は、ことばを切《き》る。

しばらく考《かんが》えてから、口《くち》をひらいた。

「若者《わかもの》の死因《しいん》の第《だい》一位《い》が自殺《じさつ》といったら、マライカさんは、どう思《おも》いますか？」

「考《かんが》え方《かた》しだいですね。若者《わかもの》が、夢《ゆめ》や希望《きぼう》を持《も》てなくなってると捉《とら》えるか、事故《じこ》や戦争《せんそう》、病気《びょうき》で死《し》ぬ人《ひと》がすくないと考《かんが》えるか……。むずかしい面《めん》があります。」

「ぼくは……こんな世界《せかい》はこわれてしまえばいいと思《おも》うんです。」

文太《ぶんた》がボソッといったとき、クイーンが口《くち》をはさむ。

「会話《かいわ》が盛《も》りあがってるところ悪《わる》いけど、いそいで食事《しょくじ》をおえたほうがいいかもしれないね。」

ワインを飲《の》み干《ほ》すクイーン。

ジョーカーも、だまってテーブルをかたづけはじめる。

マライカが、皿《さら》の縁《ふち》を行進《こうしん》する蟻《あり》の群《む》れを見《み》た。

「だれか、くるんですね？」

「よくわかったね。」

感心《かんしん》するクイーン。

「『壁《かべ》を這《は》う蟻《あり》の群《む》れを見《み》た人《ひと》には、とつぜんの訪問客《ほうもんきゃく》がある』といういいつたえがあります。」

「訪問客《ほうもんきゃく》が、幸運《こううん》をもたらしてくれるかどうかは、伝《つた》えられてないのかい？」

「それは、エンカイ様《さま》でもわかりません。」

マライカは、マサイ族《ぞく》が信仰《しんこう》する神《かみ》の名《な》を口《くち》にした。

「まぁ、こんな時間《じかん》に、わざわざサバンナまでたずねてくる客《きゃく》が、幸運《こううん》をもたらしてくれるとは考《かんが》えにくいけどね。」

クイーンが肩《かた》をすくめたとき、二百メートルほどはなれたところで爆発音《ばくはつおん》がした。迫撃砲《はくげきほう》が、着弾《ちゃくだん》したのだ。

「わわわわ！」

悲鳴《ひめい》をあげ、頭《あたま》を抱《かか》える文太《ぶんた》。

「心配《しんぱい》することはない。ここへ直接撃《ちょくせつう》ちこむことは、ぜったいにしてこないから。」

平然《へいぜん》としたクイーンの声《こえ》。

「どうして、そんなことがわかるんです？」

文太《ぶんた》の声《こえ》は、ふるえている。

「だって、わたしたちのところにはニニがいるんだよ。直接撃《ちょくせつう》ちこんだら、ニニが死《し》ぬかもしれないだろ。」

「……たしかにそうですね。」

頭《あたま》では納得《なっとく》したのだが、おそろしいことにはかわりない。ニニの檻《おり》を抱《だ》くようにして、文太《ぶんた》はふるえつづける。

ジョーカーがいう。

「迫撃砲《はくげきほう》を撃《う》ちこみ、こちらがパニックをおこしたところを攻《せ》める――敵《てき》のねらいは、こんなところでしょうね。」

「平然《へいぜん》としていたら、むこうも撃《う》つのはやめるだろう。しかし、こんな攻《せ》め方《かた》しかできないのなら、あわててワインを飲《の》み干《ほ》す必要《ひつよう》なかったよ。」

やれやれと肩《かた》をすくめるクイーン。

[でも、不思議《ふしぎ》ですね……。どうして、わたしたちがサバンナにいることがわかったのでしょう?]

「きっと、わたしのツイッターを見《み》たんだろうね。」

RD《アールディー》の質問《しつもん》に、あっさりクイーンがこたえた。

——そういえば、今回《こんかい》の獲物《えもの》をきめたことも、あなたはツイッターで垂《た》れ流《なが》しましたね……。

——なんでもかんでもツイッターにあげるのは、やめてくれませんかね……。迷惑《めいわく》するのは、わたしたちなんです。

あまりにあきれてしまったジョーカーとRD《アールディー》は、もうお小言《こごと》をいう気力《きりょく》もなかった。

サバンナの大地《だいち》や夕焼《ゆうや》けの写真《しゃしん》を見《み》せるクイーン。

「やっぱり、大自然《だいしぜん》は、どこをうつしてもすばらしいね。RD《アールディー》も、遠慮《えんりょ》せず、わたしのツイッターをフォローしてもいいんだよ。」

[ぜったいに、おことわりします。]

これ以上《いじょう》はないというぐらい、きっぱりとRD《アールディー》がいった。

この間《かん》も、迫撃砲《はくげきほう》の攻撃《こうげき》はとまらない。

「いくら、直接《ちょくせつ》撃《う》ってこないとわかっていても、鬱陶《うっとう》しいことにかわりないね。」

クイーンが、RD《アールディー》にきく。

「迫撃砲《はくげきほう》を発射《はっしゃ》してる位置《いち》は？」

[南西《なんせい》の方向《ほうこう》、約《やく》——]

RD《アールディー》の解析《かいせき》よりはやく、

「二キログらいはなれたアカシアの木《き》の根元《ねもと》に、二人《ふたり》います。体《からだ》の大《おお》きさから見《み》て、ゴンリー・ディンリーの兄弟《きょうだい》だと思《おも》われます。」

眼鏡《めがね》をずらして、マライカがいった。

「すごいね……。これだけ暗《くら》いのに、二キロ先《さき》の人影《ひとかげ》が見《み》えるんだ。」

感心《かんしん》するクイーン。

ジョーカーがきく。

「マライカさん、目《め》はいいんですか？　眼鏡《めがね》かけてますよね？」

「これ、見《み》えすぎる視力《しりょく》をおさえる眼鏡《めがね》なんです。」

マライカが立《た》ちあがる。

「わたしがいってきます。食事《しょくじ》してる人《ひと》のそばに迫撃砲《はくげきほう》を撃《う》ちこむなんて、マナーが悪《わる》いと教《おし》えてきます。」

——マナー以前《いぜん》に〝犯罪《はんざい》〟とか〝戦闘行為《せんとうこうい》〟と表現《ひょうげん》するほうがいいと思《おも》います。

RD《アールディー》は、思《おも》ったが口《くち》にはしなかった。

ゆっくり歩《ある》きはじめるマライカ。獲物《えもの》を見《み》つけた肉食獣《にくしょくじゅう》の動《うご》きを思《おも》わせる。

「マライカさん……だいじょうぶでしょうか?」

文太《ぶんた》がいった。

「心配《しんぱい》することないよ。彼女《かのじょ》は、ゴンリーとディンリーを、一度見《いちどみ》ている。そのうえで、自分《じぶん》一人《ひとり》でいくといった。たおせる自信《じしん》があるってことだよ。」

「………」

そのとき、いままでいちばん近《ちか》くに迫撃砲《はくげきほう》が着弾《ちゃくだん》した。

舞《ま》いあがった小石《こいし》や砂《すな》が、パラパラと落《お》ちてくる。

[どうします? トルバドゥールの中《なか》にはいりますか?]

「いや、せっかくだし、もうすこしサバンナの夜《よる》を楽《たの》しみたいね。——というわけで、ワインのおかわり。」


夕闇《ゆうやみ》がせまるすこしまえ——。

一台《だい》のジープが、サバンナにむかって猛《もう》スピードで走《はし》っていた。

右《みぎ》ハンドルの、日本製《にほんせい》ジープ。ハンドルをにぎってるのは、ヴォルフだ。

左《ひだり》うでを骨折《こっせつ》してるヴォルフは、ギアチェンジするためのシフトレバーを操作《そうさ》することができない。

そこで、助手席《じょしゅせき》の仙太郎《せんたろう》にシフトレバーを持《も》たせているのだが——。

「おそいんだよ、おまえは！　五速《そく》っていっただろ！　すぐに、シフトレバーを『5』の位置《いち》に動《うご》かすんだよ！」

「無茶《むちゃ》いうなよ、旦那《だんな》！　おれは、免許《めんきょ》を持《も》ってないんだぜ。車《くるま》の操作《そうさ》のしかたも、さっき初《はじ》めて知《し》ったんだから。」

いい返《かえ》す仙太郎《せんたろう》。緊張《きんちょう》で、汗《あせ》びっしょりになっている。

「おまえ、いい歳《とし》して免許《めんきょ》も持《も》ってないのか？」

「必要《ひつよう》ないんだよ。日本《にっぽん》の都会《とかい》は、公共交通機関《こうきょうこうつうきかん》が発達《はったつ》し——。」

「四速《そく》！」

仙太郎《せんたろう》がいってる間《あいだ》も、ヴォルフはギアチェンジの指示《しじ》を出《だ》す。

「ほんとうなら、おまえが運転《うんてん》して『怪我《けが》してるヴォルフさんは、ゆっくりしてください。』っていうのが、年長者《ねんちょうしゃ》を大事《だいじ》にする日本文化《にほんぶんか》ってやつなんじゃねぇか？」

「だから、おれは免許《めんきょ》を持《も》ってないの！　それに、足首《あしくび》を怪我《けが》してるから、アクセルもブレーキも、踏《ふ》めないんだよ。」

反論《はんろん》する仙太郎《せんたろう》を、ヴォルフは「使《つか》えないやつめ。」という目《め》で見《み》る。

大《おお》きくジープがはねたとき、ボソッという。

「ベンツに比《くら》べると、乗《の》り心地《ごこち》が悪《わる》いな。」

「あたりまえだろ！　おまけに、アクセル踏《ふ》みっぱなしじゃねぇか。もっとおとなしく走《はし》ったら、乗《の》り心地《ごこち》も――。」

仙太郎《せんたろう》がだまる。舌《した》をかんだのだ。

「おれも、ゆっくり走《はし》りたいんだけどな。早《はや》くしないと、クイーンがにげちまうかもしれないだろ。」

「……でもさ、ほんとうにクイーンがいるのかな？　フェイクとか罠《わな》とかの可能性《かのうせい》も、考《かんが》えたほうがいいんじゃないかな？」

仙太郎《せんたろう》のことばに、ヴォルフがハンドルから手《て》を離《はな》し、指《ゆび》をチッチッチとふった。

車《くるま》が大《おお》きく蛇行《だこう》し、仙太郎《せんたろう》が悲鳴《ひめい》をあげる。

「あのクイーンが、そんなセコイ手《て》を使《つか》うと思《おも》うか？　『サバンナなう』ってツイッターに書《か》きこんであったから、あいつは、ほんとうに、サバンナにいるんだよ。」

「………………」

無言《むごん》の仙太郎《せんたろう》。でも、心《こころ》の中《なか》では「探偵卿《たんていきょう》なら、もっと根拠《こんきょ》のある思考《しこう》をしてもいいんじゃない？」と思《おも》っている。

「それに、早《はや》くしないと、タイヤの跡《あと》が見《み》えなくなるだろ。」

「タイヤの跡《あと》？」

「あいつらが乗《の》った幌《ほろ》付《つ》きトラックのタイヤだよ。ずっとつづいてるのが見《み》えないのか？」

ヴォルフにいわれ、赤茶色《あかちゃいろ》の地面《じめん》を見《み》る仙太郎《せんたろう》。

「旦那《だんな》……。タイヤの跡《あと》が見《み》えるんだ……。」

仙太郎《せんたろう》はおどろく。

「おまえ……見《み》えないんだ。」

ヴォルフもおどろく。

しばらくの沈黙《ちんもく》のあと、ヴォルフがいった。

「なんにせよ、クイーンがいる場所《ばしょ》には、ニニがいる。そして、ニニをねらうやつらも集《あつ》まってくる。ということは、あの兄弟《きょうだい》もくるってことだ。」

犬歯《けんし》をむきだし、ヴォルフが笑《わら》う。サバンナの肉食獣《にくしょくじゅう》もにげだすような、ほほえみだ。

「この左《ひだり》うでの借《か》りは、きっちり返《かえ》させてもらうぜ。」

ジープの荷台部分《にだいぶぶん》には、自動車工場《じどうしゃこうじょう》でつくった、(雰囲気《ふんいき》が)日本刀《にほんとう》と松葉杖《まつばづえ》(のようなもの)がおいてある。車《くるま》がはねるたび、日本刀《にほんとう》(かな?)と松葉杖《まつばづえ》(に見《み》えなくもない)もはねる。

「だいたい、あの刀《かたな》、斬《き》れるのか?」

仙太郎《せんたろう》がきいた。

「斬《き》れる——と思《おも》う。たぶん。」

力強《ちからづよ》くこたえるが、ことばの中身《なかみ》は、たよりない。

「だいたい、旦那《だんな》は日本刀《にほんとう》のつくり方《かた》、知《し》らねぇだろ。」

「なめたこというなよ。おれは、日本人《にほんじん》のおまえより、詳《くわ》しく知《し》ってる。ただ、このケニアでつくるには、材料《ざいりょう》も設備《せつび》も時間《じかん》もない。」

「だからといって……あの(たぶん)刀《かたな》は、自動車《じどうしゃ》の板《いた》バネをグラインダーで研《と》いだだけだぜ。実戦《じっせん》で使《つか》えるのか?」

「心配《しんぱい》ねぇ。ちゃんと、刀匠《とうしょう》の魂《たましい》はたたきこんである。」

「そうかなぁ……。」

首《くび》をひねる仙太郎《せんたろう》。

「だいじょうぶ。だいたい、おれが本調子《ほんちょうし》なら、あんなドーピング野郎《やろう》なんか素手《すで》で退治《たいじ》できるんだ。それがこんなに苦労《くろう》したのには、理由《りゆう》がある。」

しばらくの沈黙《ちんもく》。理由《りゆう》を質問《しつもん》するまではぜったいに口《くち》をひらかないというヴォルフの決意《けつい》を感《かん》じて、仙太郎《せんたろう》は、しかたなく質問《しつもん》する。

「よかったら、その理由《りゆう》を教《おし》えてくれないか？」

「一つは、有給期間《ゆうきゅうきかん》中《ちゅう》ってことだな。休暇中《きゅうかちゅう》だと思《おも》うと、どうも真剣《しんけん》になれねぇ。」

「なるほど。」

「ほかには、この衣装《いしょう》だ。」

「背広《せびろ》……っていうか、元背広《せびろ》が悪《わる》いのか？」

ヴォルフが着《き》ているものは、ディンリーと戦《たたか》ったり車《くるま》からほうりだされたりする中《なか》で、すでに背広《せびろ》とはいえないような服《ふく》になっている。

「動《うご》きにくいんだよ、背広《せびろ》ってやつは――。」

文句《もんく》をいうけど、背広《せびろ》は戦闘用《せんとうよう》につくられていないのでしかたない。

「三つめは……。」

そこまでいって、ヴォルフはことばに詰《つ》まる。

「彼女《かのじょ》のことか？」

仙太郎《せんたろう》にいわれ、おどろくヴォルフ。

「チャラい上《うえ》に職業意識《しょくぎょういしき》も持《も》ってねぇやつだと思《おも》っていたが、その推理力《すいりりょく》は、さすが探偵卿《たんていきょう》だな。」

――いや、探偵卿《たんていきょう》じゃなくても頭《あたま》のまわりにハートを飛《と》ばしてる旦那《だんな》を見《み》たら、小学生《しょうがくせい》でもわかるぞ。

生暖《なまあたた》かい目《め》の仙太郎《せんたろう》に気《き》づかず、ヴォルフはつづける。

「じつはな、博物館《はくぶつかん》で彼女《かのじょ》に会《あ》ったんだ。まさか、ケニアの博物館《はくぶつかん》で会《あ》うなんて思《おも》ってもなかったからな……。おれと彼女《かのじょ》は赤《あか》い糸《いと》で結《むす》ばれてる、なんて舞《ま》いあがっちまったんだろうな。心《こころ》に隙《すき》ができた。」

「……………」

「しかし、こんな奇跡《きせき》のような出会《であ》いを経験《けいけん》すると、もう結婚《けっこん》するしかねぇって思《おも》えてくるな。結婚式《けっこんしき》の招待状《しょうたいじょう》は、どこのコンビニに出《だ》せば、おまえにとどくんだ？」

夢《ゆめ》を語《かた》ってるヴォルフに、

「それ、本物《ほんもの》の彼女《かのじょ》だったのか？」

仙太郎《せんたろう》が、ボソッといった。

「旦那《だんな》、旅行《りょこう》の行《い》き先《さき》を、彼女《かのじょ》にいってこなかったんだろ。なのに、どうして彼女《かのじょ》がケニアにいるんだ？」

「だから、赤《あか》い糸《いと》で——。」

「それよりは、彼女《かのじょ》に会《あ》いたい気持《きも》ちが生《う》みだした幻《まぼろし》って考《かんが》えたほうが、自然《しぜん》じゃないか？」

ヴォルフは、仙太郎《せんたろう》のことばを考《かんが》える。

——あのローテが、幻《まぼろし》……？　あんなにリアルな幻《まぼろし》があるのか……？　しかし、ドイツにいるはずの彼女《かのじょ》が、ケニアにいるのは、どう考《かんが》えてもおかしい。じゃあ、やっぱり、仙太郎《せんたろう》のいうように、幻《まぼろし》だったのか……。

「戦《たたか》いのまえに彼女《かのじょ》のことを考《かんが》えて、ほんわかした気持《きも》ちになってたら、勝《か》てるわけないよな。」

ズバッと仙太郎《せんたろう》がいった。

——そのとおりだ。これから命《いのち》のやりとりをしようってときに、余計《よけい》なことを考《かんが》えてたら勝《か》てねえ。

ヴォルフは、仙太郎《せんたろう》のことばを信《しん》じ、博物館《はくぶつかん》で会《あ》ったローテは幻《まぼろし》だったんだと結論《けつろん》を出《だ》した。

このとき、仙太郎《せんたろう》の目《め》の色《いろ》を確認《かくにん》するのを、ヴォルフは忘《わす》れていた。

「まぁ、気《き》をひきしめ――。」

「五速《そく》！」

話《はな》してる途中《とちゅう》、とつぜんギアチェンジをいわれ、仙太郎《せんたろう》があわててシフトレバーを操作《そうさ》する。

車体《しゃたい》が盛大《せいだい》にはねる。


――これが、サバンナか……。

サバンナの上空《じょうくう》を、気球《ききゅう》で移動《いどう》するゲルブ。ゴンドラには、ローテも乗《の》っている。

――ドイツの森《もり》は、悪魔《あくま》がすんでるような不気味《ぶきみ》さがあるが、サバンナは、またちがったこわさがあるな。

故郷《こきょう》の森《もり》が懐《なつ》かしくなったゲルブは、この任務《にんむ》がおわったらひさしぶりに帰《かえ》ってみたくなった。

ゴンドラの縁《ふち》から身《み》をのりだし、下《した》を見《み》る。

動物《どうぶつ》の群《む》れが、のんびり歩《ある》いてる。

飛《と》んでいる鳥《とり》を、上《うえ》から見《み》おろすのは、不思議《ふしぎ》な体験《たいけん》だ。

はるかむこうには、地平線《ちへいせん》が見《み》える。太陽《たいよう》が、もうすぐかくれる時間《じかん》だ。

よく見《み》ると、サバンナの地面《じめん》には、たくさんの動物《どうぶつ》が踏《ふ》みかためた跡《あと》があって、獣道《けものみち》になっている。

獣道《けものみち》は木《き》や蟻塚《ありづか》を結《むす》ぶようにひろがっているが、それらとはちがうタイヤの跡《あと》を、ゲルブは目《め》で追《お》う。

――ツイッターで、クイーンのやつらがサバンナにいることはわかった。このタイヤの跡《あと》を追《お》えば、ニニをつれたクイーンがいる。ってことは、あの兄弟《きょうだい》もやってくるってことだ。

ゲルブは、長距離狙撃銃《ちょうきょりそげきじゅう》――バレットM《エム》99改《かい》を、しずみゆく夕日《ゆうひ》にむける。

――できるだけはやく、ゴンリー・ディンリーの兄弟《きょうだい》を始末《しまつ》する。そして時間《じかん》ができたら、エレオノーレお嬢様《じょうさま》と気球《ききゅう》に乗《の》って、遠足《えんそく》するんだ！

「ゲルブ……。世界《せかい》は広《ひろ》いわね。」

とつぜん、ローテにいわれ、ゲルブはビクッとする。

焦点《しょうてん》の定《さだ》まってないローテの目《め》が、ゲルブを見《み》ている。

――ローテの様子《ようす》が、おかしい。いや、ケニアにくるまえからおかしかったんだけど、博物館《はくぶつかん》で別《わか》れてからは、さらにおかしさが増《ま》している。

「世界《せかい》の広《ひろ》さに比《くら》べたら、人間《にんげん》なんてちっぽけなものね。なのに、ちょっとしたことで傷《きず》ついて、大騒《おおさわ》ぎしてしまう。おかしいわ。」

——いや、おかしいのは、ローテだ。こいつ、本物《ほんもの》のローテか……？　新種《しんしゅ》の猫《ねこ》ってやつが、化《ば》けてるんじゃねぇか？

この考《かんが》えに、ゾワリとする。

——最後《さいご》の通信《つうしん》で、シュヴァルツも、ローテには気《き》をつけるようにいっていたっけ……。

こわくなったゲルブは、話題《わだい》をかえる。

「そういや、シュヴァルツはだいじょうぶかな？」

「さっき、シュテラ様《さま》から連絡《れんらく》があったわ。いろいろ怪我《けが》してるけど、骨《ほね》に異常《いじょう》はないから三日《みっか》で治《なお》るって。」

——つまり、シュテラ様《さま》は、七十二時間《じかん》で治《なお》せと命令《めいれい》したわけか……。

きいていたゲルブの頰《ほお》を、冷《つめ》たい汗《あせ》が流《なが》れる。

「そのシュテラ様《さま》は？」

「おくれて合流《ごうりゅう》するって——。それまでに、わたしたちでゴンリー・ディンリーの兄弟《きょうだい》を始末《しまつ》しましょう。」

かるい調子《ちょうし》で、ローテがいった。

ゲルブは、一つせきばらいしてきく。

「あーっと……エレオノーレお嬢様《じょうさま》は、どうしてるのかな？」

目《め》一杯《いっぱい》さりげなくきいたつもりのゲルブ。

「ウェストゲート・ショッピング・モールやビレッジマーケットでショッピング。もうすこししたら、ホテルに帰《かえ》ってディナーの時間《じかん》じゃないかしら。」

ゲルブは、おどろく。

「護衛《ごえい》がついてなくて、だいじょうぶなのか？」

「心配《しんぱい》ないわ。地元《じもと》のグラースがエスコートしてるから。」

「えっ？」

「年齢《ねんれい》は、エレオノーレお嬢様《じょうさま》より二つ上《うえ》。ゲルブより背《せ》が高《たか》くて知性的《ちせいてき》で顔《かお》がととのってる少年《しょうねん》よ。」

「…………」

「どうかしたの？」

「……いや。」

できるだけ自然《しぜん》な感《かん》じで、背伸《せの》びするゲルブ。それが、ものすごく不自然《ふしぜん》な動作《どうさ》なことに、ゲルブは気《き》づいてない。

「まぁ、なんだな……。世界《せかい》は広《ひろ》いよな。」

うんうんと、うなずくゲルブ。彼《かれ》は、自分《じぶん》がローテとおなじような目《め》になってることに、気《き》づいてない。

日《ひ》が暮《く》れたとき、ゴンリーとディンリーの兄弟《きょうだい》は、トルバドゥールを見《み》つけた。

「まずは、これを使《つか》ってみるか。」

ゴンリーは、用意《ようい》してきた『L《エル》16　81ミリ迫撃砲《はくげきほう》』をディンリーにわたす。照準《しょうじゅん》システムを操作《そうさ》するディンリー。

準備《じゅんび》ができたとき、ゴンリーが、楽《たの》しそうにいった。

「発射《はっしゃ》！」

砲口《ほうこう》には、ゴンリーが改良《かいりょう》したアタッチメントがつけてあり、砲煙《ほうえん》と発射音《はっしゃおん》を限《かぎ》りなくすくなくしている。

ひょん！

ひょん！

ニニに当《あ》てないよう、すこしはなれたところに着弾《ちゃくだん》させる。

ゴンリーは、かけている眼鏡《めがね》を調整《ちょうせい》し、望遠暗視《ぼうえんあんし》モードにした。

レンズに、風景《ふうけい》が昼間《ひるま》のように明《あか》るくうつる。すみには、トルバドゥールまでの距離《きょり》が赤《あか》い文《も》字《じ》で表示《ひょうじ》される。

「……おかしいな。どうしてにげない？」

平然《へいぜん》としているクイーンたちを見《み》て、ゴンリーが首《くび》をひねる。

「もうすこし、近《ちか》づけてみるか？」

着弾位置《ちゃくだんいち》を調整《ちょうせい》していると、やかましいエンジン音《おん》が近《ちか》づいてくる。

――なんだ？

音《おと》のほうを見《み》ると、闇夜《やみよ》を切《き》り裂《さ》き、二つのヘッドライトが近《ちか》づいてくる。ヴォルフと仙太郎《せんたろう》の乗《の》るジープだ。

減速《げんそく》することなく近《ちか》づいてきて、迫撃砲《はくげきほう》を派手《はで》にはね飛《と》ばし、ひっくり返《かえ》るジープ。

「花火大会《はなびたいかい》にしちゃあ、美《うつく》しくねぇな。」

ジープから降《お》り立《た》ち、ヴォルフがいった。

「旦那《だんな》、なに考《かんが》えてんだよ。車《くるま》をぶつけたときに砲弾《ほうだん》が爆発《ばくはつ》したら、おれたち死《し》ん……。」

迫撃砲《はくげきほう》をはねたとき、助手席《じょしゅせき》からふりおとされた仙太郎《せんたろう》のことばが、途中《とちゅう》でとまる。車酔《くるまよ》いで、話《はな》せなくなったのだ。

ジープからこぼれたガソリンが、ヴォルフの捨《す》てたタバコに引火《いんか》して爆発《ばくはつ》する。黒煙《こくえん》をあげるジープ。あたりにガソリン臭《しゅう》が漂《ただよ》う。

炎《ほのお》に照《て》らされるヴォルフたち。

ゴンリーが、歓迎《かんげい》するように手《て》をひろげる。

「ヴォルヴォルくんじゃないか。ニニを盗《ぬす》んだ怪盗《かいとう》なら、ここから二キロぐらいはなれたところにいるぞ。」

「ものごとには、順番《じゅんばん》ってやつがあるんだ。まずは、てめぇら兄弟《きょうだい》を退治《たいじ》する。」

「おいおい、頭《あたま》はだいじょうぶかい？　仮《かり》にも探偵卿《たんていきょう》が、怪盗《かいとう》の逮捕《たいほ》より、我々科学者《われわれかがくしゃ》を痛《いた》めつけることを優先《ゆうせん》するとはね――。」

肩《かた》をすくめるゴンリー。

「おまえこそ、頭《あたま》はだいじょうぶか？　脱走犯《だっそうはん》ってことを忘《わす》れてんじゃねぇだろうな。妙《みょう》な実験《じっけん》ばっかりやって、脳細胞《のうさいぼう》が死《し》んでるんだろ。」

ヴォルフに馬鹿《ばか》にされ、ゴンリーのこめかみに青筋《あおすじ》がうかぶ。

「バカに馬鹿《ばか》にされるのが、こんなにも腹《はら》が立《た》つとはな……。この感情《かんじょう》、時間《じかん》があったら、研究《けんきゅう》してみよう。」

「刑務所《けいむしょ》の中《なか》は暇《ひま》だろうからな。ゆっくり時間《じかん》をかけてくれ。」

ヴォルフが、荷台《にだい》から刀《かたな》を持《も》つ。

それを見《み》て、ゴンリーが鼻《はな》で笑《わら》う。

ゴンリーが指《ゆび》を鳴《な》らし、ディンリーが立《た》ちあがる。

「木《き》の棒《ぼう》では勝《か》てないとみて、こんどは刀《かたな》のようなものを用意《ようい》したか。どうして機関銃《きかんじゅう》にしないのか……。頭《あたま》の悪《わる》いやつの考《かんが》えてることは、わからんな。」

「おまえこそ、頭《あたま》が悪《わる》いな。これは、〝刀《かたな》のようなもの〟ではなく、日本刀《にほんとう》という接近戦最強《せっきんせんさいきょう》の武器《ぶき》だ。おぼえておけ。」

それをきいた仙太郎《せんたろう》が、日本刀《にほんとう》じゃねぇよ！　というように、手《て》をふる。車酔《くるまよ》いで、まだ声《こえ》がでないのだ。

ゴンリーから、表情《ひょうじょう》が消《き》える。指《ゆび》を鳴《な》らすと、ディンリーがヴォルフの前《まえ》に立《た》ちはだかる。

ヴォルフが、右手《みぎて》に持《も》った刀《かたな》を上段《じょうだん》にかまえる。

「いくぜ、ドーピング野郎《やろう》！」

力《ちから》まかせに刀《かたな》をふりまわし、ディンリーに襲《おそ》いかかる。

ディンリーが、うでと足《あし》で刀《かたな》の腹《はら》をたたき、軌道《きどう》をかえる。

左《ひだり》うでが使《つか》えないヴォルフは、体全体《からだぜんたい》を回転《かいてん》させることで、刀《かたな》をふるスピードをあげる。しかし、ディンリーは、それらの攻撃《こうげき》をすべてさばいてしまう。

ふらふらになったヴォルフの動《うご》きがとまる。板《いた》バネでつくった刀《かたな》は、無残《むざん》にも折《お》れ曲《ま》がってしまった。

見《み》ていたゴンリーが、肩《かた》をすくめた。

「ほんとうに頭《あたま》が悪《わる》いんだね、きみは……。その程度《ていど》のスピードでは、ディンリーに通用《つうよう》しないのが、まだわからないのかい？」

「おなじことばを返《かえ》してやるぜ。」

肩《かた》で息《いき》をしながら、ヴォルフがいう。

「博物館《はくぶつかん》で、攻撃《こうげき》しながらライターオイルをふりかけてたのを忘《わす》れたのか？」

ぎょっとするゴンリーとディンリー。

「こんどは、ガソリンをたっぷりふりかけさせてもらったぜ。もっとも、ジープからもれたガソリンの臭《にお》いで気《き》づかなかったかな。」

ディンリーが、自分《じぶん》の体《からだ》にさわる。その手《て》に、べったりガソリンがつく。

「サバンナに、スプリンクラーはついてないぜ。」

ヴォルフが、火《ひ》のついたライターを投《な》げた。

燃《も》えあがるディンリー。

「おおおおおおおお！」

ディンリーの咆吼《ほうこう》が、サバンナにひびく。ギクシャクした動《うご》きで走《はし》り、炎《ほのお》で燃《も》えるうでをふりあげ、ヴォルフにむかって打《う》ち下《お》ろす。

それを避《よ》ける体力《たいりょく》が、ヴォルフにはない。

ガスッ！

ディンリーのうでをとめたのは、マライカだった。

交差《こうさ》させたうでが、しっかりうけとめている。

思《おも》わず解説《かいせつ》してしまうゴンリー。

「なぜ、彼女《かのじょ》のような細《ほそ》いうでうけとめることができたか？　それは、ディンリーから受《う》ける衝撃《しょうげき》を、体《からだ》をとおして地面《じめん》に吸《す》いこませるよう、うでと体《からだ》の角度《かくど》を完璧《かんぺき》にきめているから。それに、うでが当《あ》たる瞬間《しゅんかん》、体《からだ》をまわして力《ちから》を殺《ころ》している。エクセレントだ！」

マライカは、ディンリーのうでをはねあげ、右足《みぎあし》を踏《ふ》みこむと同時《どうじ》に、両手《りょうて》でディンリーの胸《むね》をついた。

吹《ふ》き飛《と》ぶ衝撃《しょうげき》で、ディンリーをつつんでいた炎《ほのお》が消《き》え去《さ》る。そして、そのまま、ゴンリーを直《ちょく》撃《げき》する。

「……おまえ、暴力《ぼうりょく》はきらいだっていってなかったか？」

ヴォルフが、マライカにいった。

「きらいです。だから、暴力《ぼうりょく》を使《つか》う人《ひと》を見《み》ると、殲滅《せんめつ》したくなるっていいましたよね。」

平然《へいぜん》とこたえるマライカ。

「すこしはなれたところに、クイーンがいます。逮捕《たいほ》するのに、手《て》を貸《か》してください……といっても、動《うご》けますか？」

戦闘《せんとう》でボロボロのヴォルフと、車酔《くるまよ》いでフラフラの仙太郎《せんたろう》を見《み》て、マライカがいった。

そのとき――。

「なんか、すごい女《おんな》がいるぜ……。一瞬《いっしゅん》で、ゴンリーとディンリーの兄弟《きょうだい》をたおしちまった……。」

百メートルほどはなれた場所《ばしょ》で、草《くさ》むらに寝《ね》そべってるゲルブ。照準器《しょうじゅんき》でマライカの戦《たたか》いを見《み》て、つぶやいた。

「わたしにも見《み》せて。」

横《よこ》で、ローテがいった。

照準器《しょうじゅんき》をわたそうとしたゲルブの手《て》がとまる。

「いや、ちょっと待《ま》った。ゴンリーのやつ、なにか機械《きかい》を出《だ》したぞ。」

そのとき――。

「なにがおきてるんでしょう……？」

文太《ぶんた》が、マライカの歩《ある》いていったほうを見《み》ていった。

ジープのエンジン音《おん》の後《あと》、迫撃砲《はくげきほう》の攻撃《こうげき》がおわった。つづいて、ジープの爆発音《ばくはつおん》と火柱《ひばしら》が見《み》えた。

「わたしの予想《よそう》では、探偵卿《たんていきょう》チームと狂科学者《マッドサイエンティスト》兄弟《きょうだい》が戦《たたか》ってるところだね。」

新《あたら》しいワインボトルを持《も》ったクイーンがいう。

「どちらが勝《か》ちますか？」

ジョーカーがきいた。

「探偵卿《たんていきょう》チームだよ。世間《せけん》からは、奇人変人集団《きじんへんじんしゅうだん》のように思《おも》われてるけど、彼《かれ》らは優秀《ゆうしゅう》だ。真剣《しんけん》にやれば、あんな狂科学者《マッドサイエンティスト》をつかまえるのはかんたんだよ。」

「わたしたちを高《たか》く評価《ひょうか》してくれていることに、すこしおどろくよ。」

とつぜん、ジョーカーの背後《はいご》で、ウァドエバーの声《こえ》がした。

ふりかえると同時《どうじ》に、ジョーカーは後《うし》ろまわし蹴《げ》りをはなつ。しかし、その蹴《け》りは、闇《やみ》を切《き》り裂《さ》くだけで、なにも捉《とら》えることはできなかった。

「きみのパートナーは、礼儀《れいぎ》を知《し》らないね。あいさつもなしに、蹴《け》りを出《だ》すとは……。」

闇《やみ》の中《なか》を移動《いどう》するウァドエバーの声《こえ》。

つぎにあらわれたとき、それまでの背広姿《せびろすがた》ではなく、黒髪《くろかみ》のブラッククイーンの姿《すがた》になっていた。

ウァドエバー——いや、ブラッククイーンは、椅子《いす》にすわると長《なが》い足《あし》を組《く》む。そして、指《ゆび》を鳴《な》らす。

「RD《アールディー》。わたしにもワインを——。スクリーミング・イーグルはあるかな。」

[用意《ようい》してあります。]

恭《うやうや》しく、RD《アールディー》がこたえる。

「こんなやつに、出《だ》す必要《ひつよう》ないからね！」

クイーンのことばは、無視《むし》される。

スクリーミング・イーグルを味《あじ》わうブラッククイーンに対《たい》し、クイーンはものすごくふきげんな声《こえ》でいう。

「一つ訂正《ていせい》しておこう。ジョーカーくんは、パートナーではなく、たいせつな友人《ゆうじん》だ。」

「訂正《ていせい》の必要《ひつよう》はありません。ぼくは、友人《ゆうじん》ではなく、仕事上《しごとじょう》のパートナーです。」

冷静《れいせい》な声《こえ》で、ジョーカーが口《くち》をはさんだ。

哀《かな》しそうにワイングラスを持《も》つクイーン。気《き》を取《と》り直《なお》して質問《しつもん》する。

「そういえば、いつもつれている助手《じょしゅ》くんは、どうしたんだい？」

「おいてきたよ。足手《あしで》まといだからね。」

「それで、なんのようかな？　わたしを逮捕《たいほ》するというのなら、そういう寝言《ねごと》は、ホテルに帰《かえ》って、ベッドの中《なか》でいってほしいね。」

「フッ……。」

クイーンのことばを、鼻《はな》で笑《わら》うブラッククイーン。

「クイーン逮捕《たいほ》の命令《めいれい》はでていない。わたしの任務《にんむ》は、ニニの確保《かくほ》だ。」

「その寝言《ねごと》も、ホテルのベッドでいいたまえ。以前《いぜん》、わたしにボロ雑巾《ぞうきん》にされたのを忘《わす》れたのかい？」

こまったもんだというように、クイーンがいう。

「だいたい、きみは、わたしとお師匠様《ししょうさま》の能力《のうりょく》をコピーしただけで、勝《か》てると思《おも》っている。それが、大《おお》きなまちがいだ。」

「………。」

「何度《なんど》やっても、結果《けっか》はかわらない。というわけで、スクリーミング・イーグルをおいて、帰《かえ》りたまえ。」

「わたしは、感謝《かんしゃ》してるんだよ。」

ブラッククイーンが、スクリーミング・イーグルをワイングラスにそそぐ。

「きみにたおされることで、わたしは気《き》づいた。コピーした能力《のうりょく》を磨《みが》かなければ、自分《じぶん》のものにならないとね――。だから、わたしは磨《みが》きをかけた。」

自信《じしん》にあふれたブラッククイーンのことば。

スクリーミング・イーグルのボトルを、テーブルにおく。

「ジョーカーくん。ここにきて、ボトルを持《も》ってくれないか。」

「…………」

すこし警戒《けいかい》しながら近《ちか》づくと、ジョーカーは、ボトルの首《くび》の部分《ぶぶん》を持《も》った。

ボトルの上《うえ》の部分《ぶぶん》だけが、すっと持《も》ちあがった。水平《すいへい》に切断《せつだん》されたところから、スクリーミング・イーグルがテーブルにこぼれる。

ブラッククイーンは、中身《なかみ》のはいったワインボトルを、真《ま》っ二《ぷた》つに切断《せつだん》したのだ。しかも、あまりに切《き》れ味《あじ》がするどかったため、中身《なかみ》がこぼれなかった。

「……いつの間《ま》に。」

呆然《ぼうぜん》とボトルを見《み》るジョーカー。

「まったく、こまったやつだな。スクリーミング・イーグルが、もったいないじゃないか。」

ボトルの切断《せつだん》より、こぼれたワインのことを気《き》にするクイーン。

ブラッククイーンが、立《た》ちあがる。

「皇帝《アンプルール》とクイーンの能力《のうりょく》を磨《みが》きあげた、わたしの能力《のうりょく》。——味《あじ》わってみるかい？」

クイーンも立《た》ちあがる。

「東洋《とうよう》には、『人《ひと》の仕事《しごと》を邪魔《じゃま》するやつは、馬《うま》に蹴《け》られて死《し》んでしまう』ということわざがある。」

「……どういう意味《いみ》だ？」

平静《へいせい》を装《よそお》ってブラッククイーンがきくが、その頬《ほお》を、一筋《ひとすじ》の汗《あせ》が流《なが》れる。

「ことばどおりだよ。だれかがいっしょうけんめいやってる仕事《しごと》を邪魔《じゃま》するようなやつは、どこからともなくやってくる馬《うま》に蹴《け》られて死《し》んでしまうんだ。」

「……そんな馬《うま》が、いるもんか！」

馬鹿《ばか》にしたようにいうが、その声《こえ》は、かすかにふるえている。

「東洋《とうよう》の神秘《しんぴ》を馬鹿《ばか》にしてはいけない。——ほら、きこえないか？」

耳《みみ》を澄《す》ますブラッククイーン。大量《たいりょう》の獣《けもの》の足音《あしおと》がきこえる。

ディンリーの体《からだ》の下敷《したじ》きになりながら、ゴンリーは考《かんが》える。

——このままでは、確実《かくじつ》につかまってしまう。つかまったら、十四万年《まんねん》の懲役刑《ちょうえきけい》……。自由《じゆう》に研究《けんきゅう》もできない環境《かんきょう》なら、死《し》んだほうがマシだ。

動《うご》きにくい手《て》を動《うご》かし、MOM《マム》を出《だ》す。

——それなら、生《い》きるか死《し》ぬか、この方法に賭《か》けてみよう。

ゴンリーがねらうのは、サバンナの動物《どうぶつ》たちの大暴走《スタンピード》。

MOM《マム》を使《つか》い、動物《どうぶつ》たちの脳《のう》にストレスと恐怖《きょうふ》を与《あた》え、パニック状態《じょうたい》にする。そして、命《いのち》がつきるまで、ひたすら走《はし》らせる。

ライオンもヒョウもキリンも——サバンナにすむ動物《どうぶつ》の群《む》れを、ひたすら走《はし》らせる。走《はし》ってるうちにストレスと恐怖《きょうふ》は増《ま》し、走《はし》る以外《いがい》のことは考《かんが》えられなくなる。そして、大暴走《スタンピード》のあとは、なにものこらない……。

ゴンリーの頬《ほお》に、笑《え》みがうかぶ。

大暴走《スタンピード》に巻《ま》きこまれ、死《し》ぬか……？　それとも、運《うん》よく生《い》きのこるか……。

神《かみ》が、わたしたち兄弟《きょうだい》を生《い》かすか殺《ころ》すか——。

「実験《じっけん》だ。」

MOM《マム》のスイッチを入《い》れる。

最初《さいしょ》――。

それは、かすかな音《おと》と震動《しんどう》だった。

ゴゴゴゴゴゴゴ……。

「なんだ、この音《おと》は？」

ヴォルフが、顔《かお》をあげる。

仙太郎《せんたろう》も吐《は》き気《け》を我慢《がまん》して、音《おと》のほうを見《み》る。

マライカの顔《かお》が、青《あお》ざめる。

「これは、ひょっとして……。」


「きこえるだろ？」

楽《たの》しそうに、クイーンがいう。

「きみが、人《ひと》の仕事《しごと》を邪魔《じゃま》するから、馬《うま》が蹴《け》り殺《ころ》しにやってきたよ。」

そのことばどおり、その音《おと》は無数《むすう》の獣《けもの》の足音《あしおと》のようにきこえる。

「そんなバカな……。」

信《しん》じられないという感《かん》じの、ブラッククイーン。

クイーン自身《じしん》、どうしてたくさんの足音《あしおと》がきこえるのかわかってない。

――まぁ、東洋《とうよう》の神秘《しんぴ》だから不思議《ふしぎ》でもないな。

すべてを〝東洋《とうよう》の神秘《しんぴ》〟で納得《なっとく》するクイーンだった。

「いったい、なんの音《おと》です？」

ジョーカーの質問《しつもん》にこたえたのは、RD《アールディー》だ。

[レーダーで捕捉《ほそく》しました。すごい数《かず》の動物《どうぶつ》が暴走《ぼうそう》して、こちらにむかってきます。大暴走《スタンピード》――。まるで、巨大《きょだい》な津波《つなみ》です。ここへ到達《とうたつ》するまで、二分《ふん》十五秒《びょう》――。]

「マズイな……。」

照準器《しょうじゅんき》を地平線《ちへいせん》のほうへむけたゲルブがつぶやく。

「すごい群《む》れだ。あんなのに飲《の》まれたら、死《し》ぬぞ……。」

ローテが、立《た》ちあがる。

両手《りょうて》を胸《むね》の高《たか》さまで持《も》ちあげると、てのひらに青《あお》い炎《ほのお》があらわれる。

「だいじょうぶよ、ゲルブ。わたしが、この炎《ほのお》でとめるわ。」

走《はし》りながら、手《て》をふる。

炎《ほのお》が、サバンナの草原《そうげん》に燃《も》えうつる。

闇夜《やみよ》に、炎《ほのお》の帯《おび》が走《はし》る。

火《ひ》と煙《けむり》が、巨大《きょだい》な防壁《ぼうへき》をつくりはじめる。


「動物《どうぶつ》の集団暴走《しゅうだんぼうそう》?」

マライカの説明《せつめい》に、仙太郎《せんたろう》はおどろきの声《こえ》をあげる。

「そうです。飲《の》みこまれたら、おわりです。」

冷静《れいせい》な声《こえ》で、マライカがいった。

「おい、獣《けもの》だけじゃねえぞ!」

ヴォルフが指《ゆび》さすほうでは、炎《ほのお》の帯《おび》が地面《じめん》を走《はし》っている。大量《たいりょう》の煙《けむり》が、視界《しかい》をうばう。

「そうか、動物《どうぶつ》は炎《ほのお》をこわがる。だれが火《ひ》をつけたか知《し》らねえが、炎《ほのお》の壁《かべ》で大暴走《だいぼうそう》をとめる気《き》なんだ!」

仙太郎《せんたろう》のことばに、マライカが首《くび》を横《よこ》にふる。

「それでとまるようなら、大暴走《だいぼうそう》ではありません。大暴走《だいぼうそう》がとまるのは――。」

期待《きたい》してきくヴォルフと仙太郎《せんたろう》。しかし、

「走《はし》り疲《つか》れた動物《どうぶつ》が、死《し》にたえるときだけです。」

期待《きたい》は裏切《うらぎ》られた。


ゲルブは、本能《ほんのう》で感《かん》じていた。

――ダメだ、ローテ。暴走《ぼうそう》する獣《けもの》は、火《ひ》ではとめらない。

バレットM《エム》99改《かい》を、ゴンリーが持《も》っているM《マ》O M《ム》にむける。

――あれだ。大暴走《スタンピード》をおこしたのは、あの機械《きかい》。だったら、あの機械《きかい》をとめれば……。

照準器《しょうじゅんき》の中《なか》に、M《マ》O M《ム》を捉《とら》える。

――でも……。

ゲルブは、狙撃《そげき》を教《おし》えてくれた老人《ろうじん》のことばを思《おも》いだす。

――山火事《やまかじ》の近《ちか》くで、銃爪《ひきがね》を引《ひ》くな。

暖《あたた》められた空気《くうき》は、弾丸《だんがん》の軌道《きどう》をゆがめる。その空気《くうき》を読《よ》むのは、わしでもむりだ。

――お師匠様《ししょうさま》でもできないことが、おれにできるかな……。

そう思《おも》いながらも、ワクワクしている自分《じぶん》に、ゲルブはとまどう。
――やってやろうじゃないか。

炎《ほのお》の壁《かべ》のむこうから、地響《じひび》きがせまってくる。
ヴォルフは、目《め》をこする。夜《よる》の闇《やみ》と煙《けむり》が、視界《しかい》をうばっている。
――大暴走《スタンピード》で、動物《どうぶつ》に踏《ふ》み殺《ころ》されるまえに、煙《けむり》に巻《ま》かれて死《し》ぬんじゃないか？
仙太郎《せんたろう》やマライカが、どこにいるのかもわからない。
「お～い、どこだ！」
よびかけに、反応《はんのう》はない。
煙《けむり》が肺《はい》にはいり、咳《せ》きこむ。
そのとき、煙《けむり》のむこうから、同時《どうじ》に二人《ふたり》の声《こえ》がした。
「ヴォルフ！」
一人《ひとり》は、マライカの声《こえ》だ。そして、もう一人《ひとり》は――。
――ローテ？
目《め》をこらす。

視界《しかい》の左側《ひだりがわ》にマライカ。そして、右側《みぎがわ》にはローテ。

――いや、待《ま》て。仙太郎《せんたろう》がいってたじゃないか。こんなところにローテがいるはずがないって。つまり、あのローテは幻《まぼろし》。会《あ》いたいと願《ねが》うおれの気持《きも》ちが生《う》みだした幻想《げんそう》。

フッとほほえむヴォルフ。

「アウフヴィーダーゼーン。」

ローテにむかって手《て》をふった。

そして、

「マライカ、だいじょうぶか！」

左側《ひだりがわ》にいるマライカにむかって走《はし》りだす。

呆然《ぼうぜん》と立《た》ちすくむローテ。彼女《かのじょ》を中心《ちゅうしん》に、炎《ほのお》の渦《うず》が激《はげ》しくなる。

「ジョーカーくん、文太《ぶんた》をつれてトルバドゥールのかげにかくれるんだ！」

「あなたは、どうするんです？」

腰《こし》をぬかした文太《ぶんた》を引《ひ》きずりながら、ジョーカーがクイーンにきいた。

「デートの相手《あいて》が熱烈《ねつれつ》でね。離《はな》してくれそうにないんだ。」

やれやれという感《かん》じのクイーン。

クイーンとブラッククイーンは、むかい合《あ》って立《た》っている。下手《へた》に動《うご》けば、その隙《すき》をつかれるのがわかってるため、動《うご》くことができない。

「でも――。」

ジョーカーのことばは、RD《アールディー》によってさえぎられる。

[間《ま》に合《あ》いません。大暴走到着《スタンピードとうちゃく》まで、あと三秒《びょう》!]

炎《ほのお》と煙《けむり》、大暴走《スタンピード》による大地《だいち》の震動《しんどう》。

しかし、ゲルブには自信《じしん》があった。

――この弾丸《だんがん》は、当《あ》たる。

銃爪《ひきがね》を引《ひ》く。

大暴走《スタンピード》の足音《あしおと》で、銃声《じゅうせい》をきいた者《もの》はいない。だが、ゲルブのはなった弾丸《だんがん》が、ゴンリーの持《も》っているMOM《マム》を撃《う》ちぬいたのは事実《じじつ》。

「やった!」

全身《ぜんしん》の力《ちから》がぬけ、ゲルブは地面《じめん》に寝《ね》ころがる。

——これで、動物《どうぶつ》たちもとまり、大暴走《スタンピード》は収《おさ》まる……あれ？

たとえば、自動車《じどうしゃ》が急《きゅう》ブレーキをかけたとする。そのとき、自動車《じどうしゃ》は、その場《ば》でとまることはできない。勢《いきお》いがついているためだ。

それとおなじで、MOM《マム》がこわれ、動物《どうぶつ》たちが暴走《ぼうそう》する理由《りゆう》をなくしても、すぐにはとまれない。それまで走《はし》ってきた勢《いきお》いがあるからだ。

だんだん速度《そくど》はおそくなったものの、動物《どうぶつ》たちの群《む》れが、ゲルブを飲《の》みこむ。

「あんぎゃぁ～！」


ドドドドドドドドドドド！

大地《だいち》がこわれそうな震動《しんどう》が、トルバドゥールを襲《おそ》う。

トルバドゥールの下部《かぶ》についたゴンドラ。ジョーカーと文太《ぶんた》は、大暴走《スタンピード》に飲《の》みこまれるまえに、ゴンドラのかげに飛《と》びこむことができた。

無数《むすう》の獣《けもの》が、ゴンドラの脇《わき》を駆《か》けぬける。

「ニニが——。」

文太《ぶんた》が手《て》をのばすが、もうおそい。

ニニの檻《おり》が、獣《けもの》たちの群《む》れに体当《たいあ》たりされ、バラバラになる。

「クイーン！」

ジョーカーが、さけぶ。大暴走《スタンピード》がクイーンとブラッククイーンを飲《の》みこむ寸前《すんぜん》、クイーンがほほえんだように見《み》えた。

二人《ふたり》は、動物《どうぶつ》の群《む》れを縫《ぬ》うように移動《いどう》する。突進《とっしん》してきた動物《どうぶつ》たちは、二人《ふたり》の残像《ざんぞう》を掻《か》き消《け》す。それは、『蜃気楼《ミラージュ》』という異名《いみょう》にふさわしい動《うご》き。

動物《どうぶつ》たちを避《よ》けながら、二人《ふたり》はたがいに突《つ》きや蹴《け》りをはなつ。すこしでもミスをすれば、相手《あいて》の攻撃《こうげき》を受《う》けるか、大暴走《スタンピード》に飲《の》みこまれる。そしてそれは、死《し》を意味《いみ》する。

なのに、二人《ふたり》は、ほほえんでいる。


大暴走《スタンピード》がおわった……。

獣《けもの》たちは、夢《ゆめ》から覚《さ》めたように、それぞれのねぐらに帰《かえ》っていく。

ローテがはなった炎《ほのお》の帯《おび》も大暴走《スタンピード》で消《け》され、すこし焦《こ》げ臭《くさ》い臭《にお》いがのこるだけ。

ジョーカーと文太《ぶんた》は、トルバドゥールのゴンドラのかげから顔《かお》を出《だ》した。

テーブルや椅子《いす》、ニニのはいっていた檻《おり》が、バラバラになってころがっている。

そして、その中《なか》に、朝日《あさひ》を浴《あ》びて立《た》つクイーン。片手《かたて》に、ワインのボトルを持《も》っている。

「おはよう――。さんざんな夜《よる》だったね。」

無傷《むきず》のクイーンを見《み》て、ジョーカーはおどろく。

「よく無事《ぶじ》でしたね。」

肩《かた》をすくめるクイーン。

「動物《どうぶつ》やブラッククイーンの攻撃《こうげき》を避《よ》けるだけならかんたんなんだけどね。ワインを守《まも》りながらだから、すこし苦労《くろう》したよ。」

そして、ワインボトルの首《くび》を切断《せつだん》する。

斬《ざん》!

地面《じめん》に落《お》ちる、ボトルの首《くび》。ていねいにひろいあげると、ポケットにしまった。

「あの……ニニは?」

この質問《しつもん》にも、肩《かた》をすくめる。

「檻《おり》がこわれ、獣《けもの》の群《む》れに飲《の》みこまれるようにして走《はし》りだしたよ。つかまえようとしたんだけど、さすがにむりだった。」

「そうですか……。」

肩《かた》を落《お》とす文太《ぶんた》。

ジョーカーが、クイーンにきく。

「どうしますか？　サバンナを捜索《そうさく》して、ニニをつかまえますか？」

「いや、やめておこう。」

クイーンが手《て》をふる。

「わたしは怪盗《かいとう》であって、ペット探偵《たんてい》じゃない。それに、ブラッククイーンがニニを追《お》いかけてくるからね。あんなやつと獲物《えもの》を取《と》りあうなんて、わたしのプライドがゆるさない。」

「では、今回《こんかい》の仕事《しごと》は、ここでおわりですね。仕事《しごと》といっても、最終的《さいしゅうてき》に、なにも得《え》るものはありませんでしたが――。」

RD《アールディー》の皮肉《ひにく》に、クイーンは耳《みみ》を後《うし》ろにする。

「ぼくは、日本《にっぽん》に帰《かえ》ります。」

ボソッと文太《ぶんた》がいった。

「ニニのことは、いいのかい？」

「それは残念《ざんねん》ですが……。ニニにとっては、人間《にんげん》にさわがれるより、サバンナで静《しず》かに暮《く》らすほうが平和《へいわ》でしょうから。」

文太《ぶんた》のことばに、クイーンとジョーカーはうなずく。

「トルバドゥールに乗《の》りたまえ。空港《くうこう》の近《ちか》くまで、送《おく》ろう。」

クイーンが、文太《ぶんた》の肩《かた》を抱《かか》える。


「なんとか、生《い》きてるか……。」

アカシアの木《き》から下《お》りた仙太郎《せんたろう》が、地面《じめん》にへたりこむ。

「これも、マライカさんのおかげだな。」

仙太郎《せんたろう》が、マライカにむかって手《て》を合《あ》わせる。

大暴走《スタンピード》がせまる中《なか》、マライカはゴンリーとディンリーの兄弟《きょうだい》、仙太郎《せんたろう》、ヴォルフの四人《にん》を、アカシアの木《き》の上《うえ》に避難《ひなん》させた。

正確《せいかく》には、地面《じめん》からほうりあげて、枝《えだ》に引《ひ》っかけたのだが――。

「仙太郎《せんたろう》、兄弟《きょうだい》を下《お》ろすのを手伝《てつだ》ってください。」

マライカにいわれ、仙太郎《せんたろう》はことわる。

「おれ、こう見《み》えても怪我人《けがにん》だよ。それに、車酔《くるまよ》いで消耗《しょうもう》してるんだ。旦那《だんな》にたのんでよ。」

マライカは、首《くび》を横《よこ》にふる。

アカシアの根元《ねもと》にすわりこみ、死《し》んだ目《め》をしてるヴォルフ。

「どうしたんだよ、旦那《だんな》？」

ヴォルフは、だまってスマホを仙太郎《せんたろう》に見《み》せる。画面《がめん》には『HASSE《ハッセ》』の文字《もじ》。

HASSE《ハッセ》――ドイツ語《ご》で、大《だい》きらいという意味《いみ》だ。

「ひょっとして、彼女《かのじょ》から？」

ヴォルフが、うなずく。

「心当《こころあ》たりは？」

こんどは、首《くび》を横《よこ》にふる。

仙太郎《せんたろう》が、マライカにいう。

「かなり重症《じゅうしょう》だ。しばらくは、使《つか》いものにならないな。」

ヴォルフをあきらめ、マライカと仙太郎《せんたろう》は、ゴンリー・ディンリー兄弟《きょうだい》を木《き》から下《お》ろそうとする。

「あれ？」

仙太郎《せんたろう》は、首《くび》をひねる。兄弟《きょうだい》とアカシアの木《き》に細《ほそ》い糸《いと》が巻《ま》き付《つ》き、身動《みうご》きをとれなくしている。

「ゴンリーとディンリーがにげないように、縛《しば》ったのか。すごいね、マライカさん。いつの間《ま》に、やったんだい？」

「いえ……わたしは、木《き》の枝《えだ》にほうり投《な》げただけで、ほかにはなにも……。」

マライカは、考《かんが》える。

大暴走《スタンピード》の中《なか》、アカシアの木《き》に近《ちか》づき、兄弟《きょうだい》を縛《しば》りあげる。とても、人間業《にんげんわざ》ではない。

——でも、いつか、戦《たたか》わないといけないような気《き》がする。

サバンナにきてから、直感《ちょっかん》がするどくなってるのを、マライカは感《かん》じていた。

仙太郎《せんたろう》が、マライカにきく。

「そういや、ニニやクイーンは、どうなったのかな？」

マライカが、空《そら》を見上《みあ》げる。

朝焼《あさや》けの空《そら》を、トルバドゥールがゆっくり飛行《ひこう》していく。

「ニニは、にげましたね。クイーンは、けっきょく、なにも盗《ぬす》めませんでした。」

「どうしてわかるんだい？」

質問《しつもん》する仙太郎《せんたろう》に、ニニの首輪《くびわ》に気圧《きあつ》センサーがつけてあり、トルバドゥールに乗《の》せられないことを話《はな》して、思《おも》い出《だ》させる。

「すると、ニニはにげたか死《し》んだか……。」

ため息《いき》をつく仙太郎《せんたろう》。

「どっちにせよ、ニニの警備《けいび》というマライカさんの任務《にんむ》はおわったわけだ。」

マライカが、うなずく。


地面《じめん》から上半身《じょうはんしん》を起《お》こすゲルブ。

——生《い》きてる……？

体《からだ》をさわる。奇跡的《きせきてき》に、どこも怪我《けが》してない。

——いや、ほんとうに生《い》きてるのか？　ほんとうは、死《し》んでしまってるんじゃねぇか？

ゲルブは、あたりを見《み》まわす。地平線《ちへいせん》から、オレンジ色《いろ》の太陽《たいよう》が顔《かお》を出《だ》している。

——死《し》んでるとしたら、ここは天国《てんごく》？　……いや、おれのことだから地獄《じごく》か？

どっちでもいいやというように、ゲルブは伸《の》びをした。そのとき、視界《しかい》に人影《ひとかげ》がはいる。

——なんだ、ここは天国《てんごく》だったのか。天使《てんし》がいる。

天使《てんし》だと思《おも》った人影《ひとかげ》は、だんだん近《ちか》づいてくる。そして、それは——。

「エレオノーレお嬢様《じょうさま》……。どうして、ここに？」

ゲルブは、首《くび》をひねる。

――おれより背《せ》が高《たか》くて知性的《ちせいてき》で顔《かお》がととのってるグラースと、いっしょにいるんじゃなかったのか？

エレオノーレは、ゲルブのかたわらにしゃがむとほほえんだ。

「シュヴァルツも怪我《けが》してるでしょ。ローテは、調子悪《ちょうしわる》そうだし。ゲルブ、だいじょうぶかなって心配《しんぱい》で……。シュテラにむりいって、ランドクルーザーに乗《の》せてもらったの。」

このとき、ゲルブが感動《かんどう》した部分《ぶぶん》を十六文字《もじ》でぬきだしなさい（句読点《くとうてん》をふくむ）という問題《もんだい》がでたら、テストを受《う》けた全員《ぜんいん》が正解《せいかい》しただろう。

ゲルブは、深呼吸《しんこきゅう》する。生《う》まれかわったような気分《きぶん》だ。

「ありがとうございます、エレオノーレお嬢様《じょうさま》。」

その声《こえ》は、男《おとこ》の子《こ》ではなく、男《おとこ》の自信《じしん》にあふれている。

「そういえば、ローテは？」

「シュテラといっしょに、ランドクルーザーのほうへいってるわ。彼女《かのじょ》も怪我《けが》はないんだけど、精神的《せいしんてき》にまいってるみたい。」

「ローテ、なにがあったんです？」

「男《おとこ》の子《こ》には、内緒《ないしょ》。」

そういって、ゲルブの唇《くちびる》に、エレオノーレが人差《ひとさ》し指《ゆび》を当《あ》てた。かたまるゲルブ。一瞬《いっしゅん》で、男《おとこ》の子《こ》にもどってしまった。

エレオノーレが立《た》ちあがる。

「ゴンリーとディンリーの兄弟《きょうだい》も、探偵卿《たんていきょう》が確《かく》保《ほ》したわ。つまり、これで任務《にんむ》は終了《しゅうりょう》。ご苦労《くろう》様《さま》、ゲルブ。そうだ、これをわたさないと！」

エレオノーレが、ポシェットをガサゴソする。

「えーっと……ゲルブのは、これ。」

出《だ》したのは、ビーズでつくったミサンガだ。

黒《くろ》と白《しろ》、緑《みどり》のビーズで『ＧＥＬＢ《ゲルブ》』と入《い》れてある。

「すごいでしょ。お願《ねが》いしたら、三分《ぷん》で名前《なまえ》を入《い》れてくれるのよ。」

「おれのために……。」

いまのゲルブは、エレオノーレから「空《そら》を飛《と》べ。」といわれたら、飛《と》べるんじゃないかという気分《きぶん》になっていた。

しかし——。

エレオノーレのことばを一言《ひとこと》もききもらさないようにしてるゲルブは、引《ひ》っかかるものがあった。〝ゲルブのは、これ〟……。

——おれのは、これ……ということは、ほかにも買《か》ったミサンガがあるということだ……。

ゲルブは、一つせきばらいしてきく。

「あの、ほかにもミサンガは買《か》ったんですか？」

「ええ。ヤウズ様《さま》のも——。ゲルブと、色《いろ》ちがいよ。」

ポシェットから出《だ》したミサンガは、たくさんの色《いろ》のビーズを使《つか》ったもの。しっかり『YAVUZ《ヤウズ》』とはいっている。

——気《き》のせいか、おれのより、かっこうよくないか？

どれだけセンスの悪《わる》いミサンガがでてきても、自分《じぶん》のよりかっこうよく思《おも》えるということに、ゲルブは気《き》づいてない。

文太《ぶんた》の話《はなし》　その五

「きみは、わたしを見《み》てどう思《おも》う？」

ニニが、ぼくにきいた。

「信《しん》じられない存在《そんざい》だ。とてもじゃないけど、現実《げんじつ》とは思《おも》えない。ヴァーチャルリアリティやファンタジー映画《えいが》を見《み》てるような気分《きぶん》だな。」

「さっき撮影《さつえい》した、わたしがすこしだけ擬態《ぎたい》する映像《えいぞう》は？」

「あれもすごいと思《おも》うよ。ただ、特撮映像《とくさつえいぞう》と疑《うたが》われて、信《しん》じてもらえない可能性《かのうせい》があると思《おも》うよ。」

そうだろうというように、ニニがうなずいた。

「そのほうが、好都合《こうつごう》だ。『本物《ほんもの》の映像《えいぞう》か？　偽物《にせもの》か？』——さわがれたほうが、話題《わだい》になる。」

また、ニニが嫌《いや》な感《かん》じで笑《わら》った。

「文太《ぶんた》が、檻《おり》に入《い》れた猫《ねこ》と擬態《ぎたい》する映像《えいぞう》を見《み》せたとき、世界中《せかいじゅう》で論争《ろんそう》がおこるだろう。あの映像《えいぞう》は、本物《ほんもの》かどうか？　——そして、みんな、猫《ねこ》を擬態《ぎたい》させようと必死《ひっし》になるだろう。」

ぼくは、うなずく。

「ここで、質問《しつもん》。みんなの目《め》は、文太《ぶんた》と猫《ねこ》のどちらにむくかな？」

「とうぜん、猫《ねこ》だよ。」

「つまり、わたしが文太に擬態していても、気《き》づかれにくいというわけだ。」

ぼくは、ニニのことばにおどろいた。

「きみは……ぼくに擬態《ぎたい》したまま、みんなの前《まえ》にあらわれる気《き》なのかい？」

ニニが、ほほえんで返事《へんじ》にかえた。いままでで、いちばん、嫌《いや》な感《かん》じの笑《わら》いだ。

「そうだよ。そして、有名人《ゆうめいじん》になって日本《にっぽん》に帰《かえ》る。しばらくは、わたしと擬態《ぎたい》する猫《ねこ》の話題《わだい》で、大騒《おおさわ》ぎだろうね。」

とうぜん、そうなるだろう。

あれ？

「日本《にっぽん》に帰《かえ》るのは、ぼくに擬態《ぎたい》したニニだよね？」

「そうだよ。」

「じゃあ、ぼくはどうなるんだ？」

「とうぜん、ケニアにのこる。おなじ人間《にんげん》が二人《ふたり》もいたら、わたしが文太《ぶんた》に擬態《ぎたい》してることがばれるだろ。」

「ケニアにのこるのか……。」

「そんなに気《き》にすることはないだろ。きみは、日本《にっぽん》に帰《かえ》ってもしかたないんだし、だいたい、もうすぐ世界《せかい》はこわれるんだよ。」

……そうだった。

「でも……日本《にっぽん》にいきたいのなら、そんなにややこしいことをしなくても、その姿《すがた》のまま飛行機《ひこうき》に乗《の》ったらいいいんじゃないか？　なにも、『新種《しんしゅ》の猫《ねこ》を発見《はっけん》した。』なんて、大々的《だいだいてき》に発表《はっぴょう》する必《ひつ》要《よう》はないと思《おも》うけど。」

ぼくの提案《ていあん》に、ニニは、首《くび》を横《よこ》にふる。

「それでは、ダメだ。このまま文太《ぶんた》が日本《にっぽん》にもどっても、ふつうの人《ひと》あつかい――いや、なんの成果《せいか》もあげずに帰《かえ》ったら、ふつう以下《いか》のあつかいしかされない。とてもじゃないけど、文太《ぶんた》のことをマスコミが取《と》りあげたりしないだろ。」

「そりゃそうだ。」

ぼくは、どこに出《だ》しても恥《は》ずかしくない一般人《いっぱんじん》。いや、ニニにいわせれば、かなり低《ひく》いあつかいをされる一般人《いっぱんじん》。

まちがっても、マスコミをさわがせたりしない。

「わたしは、マスコミに取《と》りあげられ、世間《せけん》に注目《ちゅうもく》されないといけないんだ。」

「どうして？」

「文太《ぶんた》の願《ねが》いをかなえるためにきまってるじゃないか。」

ぼくは、つぎのことばを待《ま》つ。でも、それ以上《いじょう》、ニニは話《はな》そうとしない。

自分《じぶん》なりに理由《りゆう》を考《かんが》えようとしたんだけど、なにも思《おも》いつかない。

しばらくして、ニニが口《くち》をひらく。

「もっとも、その注目《ちゅうもく》も、一か月《げつ》もあれば収《おさ》まるよ。」

「どうして？」

「猫《ねこ》をどれだけ調《しら》べても、擬態《ぎたい》の秘密《ひみつ》がわからない。ふつうの動物《どうぶつ》だということがバレるからさ。」

「……そうなったら、ぼくは詐欺師《さぎし》としてたたかれるだろうね。」

「安心《あんしん》しろ。たたかれるのは、文太《ぶんた》じゃない。わたしだ。それに、一か月《げつ》もあれば、文太《ぶんた》の願《ねが》いをかなえるには十分《じゅうぶん》だ。」

一か月《げつ》もあれば、十分《じゅうぶん》？

ぼくは、そのことばの意味《いみ》を話《はな》してくれるのを待《ま》った。

でも、やっぱりニニはなにもいわなかった。

「じゃあ、さっそく、ナイロビ国立博物館《こくりつはくぶつかん》へ連絡《れんらく》しておこうかな。」

ぼくのとおなじスマホを出《だ》し、なれた動作《どうさ》で操作《そうさ》するニニ。下手《へた》なスワヒリ語《ご》と英語《えいご》を混《ま》ぜながら、いっしょうけんめい、新種《しんしゅ》の猫《ねこ》を発見《はっけん》したことを話《はな》してる。

——ぼくが話《はな》したら、あんなふうにしどろもどろになるんだろうな。

ぼんやり見《み》てたら、ニニが気《き》づいた。

「スマホを充電《じゅうでん》したいのかい？　それなら、充電器《じゅうでんき》を貸《か》すけど。」

さっきまでの世界《せかい》をこわすという話《はなし》と、スマホを充電《じゅうでん》する話《はなし》の落差《らくさ》が、ものすごく大《おお》きくておもしろかった。

Scene《シーン》10　最終目的地《さいしゅうもくてきち》、日本《にっぽん》へ

「報告書《ほうこくしょ》は、こちらにもあがってきた。あれだけの騒《さわ》ぎで、死者《ししゃ》がでなかったのは幸運《こううん》だ。」

電話《でんわ》のむこうから、あまりきげんのよくないM《エム》の声《こえ》がする。

「それは、どうも――。」

こたえるルイーゼの声《こえ》も、きげんが悪《わる》い。

しばらく無言《むごん》の時間《じかん》がつづいたあと、ルイーゼがいった。

「あなたがふきげんなのは、ニニをうばうことに失敗《しっぱい》したからかしら?」

「きみがなにをいいたいのかわからないが、もし失敗《しっぱい》したのなら、それは、どこかのだれかが妙《みょう》な手《て》を打《う》ったからじゃないかな?」

ルイーゼは返事《へんじ》しない。

「そういうきみも、きげんが悪《わる》いのはなぜだい? 報告書《ほうこくしょ》にも、死者《ししゃ》はでなかったと書《か》いてある

のに。」

「……………」

「まさか、部下《ぶか》に怪我人《けがにん》でもでたとか？」

「今回《こんかい》、わたしが動《うご》かしたのは、マライカだけ。彼女《かのじょ》は、一週間休暇《しゅうかんきゅうか》を取《と》ってから、小学校教師《しょうがっこうきょうし》にもどるわ。」

「そうなのか。——ときに、ヴォルフくんは元気《げんき》かな？」

「彼《かれ》には、有給休暇《ゆうきゅうきゅうか》を取《と》ってもらってるわ。どこかでバカンスを楽《たの》しんでるでしょ。」

「ふ〜ん。で、花菱《はなびし》くんは？」

「仙太郎《せんたろう》ちゃんは、コンビニの土地《とち》さがしにいってるって話《はなし》よ。」

また、会話《かいわ》がとぎれる。

先《さき》に口《くち》をひらいたのは、M《エム》だ。

「ねぇ、ルイーゼ。わたしたちは、もっと信頼関係《しんらいかんけい》を築《きず》くべきだと思《おも》うんだ。」

「同感《どうかん》ね。」

「そこで提案《ていあん》なんだが、食事《しょくじ》とワインを楽《たの》しみながら、おたがいのことを話《はな》し合《あ》うのはどうだろう？　ダビド・トゥタンに予約《よやく》を入《い》れてあるんだが——。」

「とてもすてきな提案《ていあん》ね。で、そこのレストランは、たのんだらワインに自白剤《じはくざい》を入《い》れてくれるのかしら？」

「………」

「そうでもしないと、あなたは本心《ほんしん》を話《はな》さないでしょ？」

「………」

「ねぇ、あなたは——国際刑事警察機構《ICPO》の上層部《じょうそうぶ》は、いったいなにを考《かんが》えてるの？」

「上層部《じょうそうぶ》は、人類《じんるい》の進歩《しんぽ》と調和《ちょうわ》を考《かんが》えている。そしてわたしは、いつもきみのことを思《おも》ってるよ。」

「……あなたとの食事《しょくじ》は、ずいぶん先《さき》になりそうね。」

ルイーゼがスマホの電源《でんげん》を切《き》り、狸《たぬき》と狐《きつね》の化《ば》かし合《あ》いのような会話《かいわ》がおわった。


仙太郎《せんたろう》は考《かんが》えていた。

——コンビニ王《おう》になれなかったら、介護事業《かいごじぎょう》に参入《さんにゅう》しようかな。

彼《かれ》のとなりでは、左《ひだり》うでを吊《つ》ったヴォルフが、真《ま》っ白《しろ》い灰《はい》になっている。

すでに、服《ふく》とはいえなくなった背広《せびろ》を着《き》たヴォルフ。服《ふく》を着《き》ているというより、ボロ布《ぬの》をまとっていると書《か》いたほうが正確《せいかく》だ。

「旦那《だんな》、元気出《げんきだ》せよ。医者《いしゃ》も、左《ひだり》うではすぐに治《なお》るっていってただろ。」

そういう仙太郎《せんたろう》も、松葉杖《まつばづえ》をついている。

二人《ふたり》とも病院《びょういん》にいったので、松葉杖《まつばづえ》やギプスは白《しろ》く清潔《せいけつ》な物《もの》になってるだけに、服《ふく》の汚《きたな》さが目《め》立《だ》つ。

ここは、ナイロビの国際空港《こくさいくうこう》。ニニの事件《じけん》もかたづき、二人《ふたり》はそれぞれの国《くに》に帰《かえ》るところだ。

「どうして、ヴォルフは元気《げんき》がないんですか？」

見送《みおく》りにきていたマライカが、きいた。

「マライカさんは、失恋《しつれん》ってしたことある？」

仙太郎《せんたろう》の質問《しつもん》に、首《くび》を横《よこ》にふる。

「わたしは、恋愛自体《れんあいじたい》、したことありません。」

そうだろうなと思《おも》ったが、下手《へた》にうなずくこともできず、仙太郎《せんたろう》は神妙《しんみょう》な面持《おもも》ちになる。

マライカが、二人《ふたり》に紙袋《かみぶくろ》をわたした。

「また、なにかの事件《じけん》でいっしょになったときは、よろしくお願《ねが》いします。これ、ケニアのお土産《みやげ》です。特産品《とくさんひん》のコーヒーと紅茶《こうちゃ》、香辛料《こうしんりょう》です。」

「ああ、ありがとう！」

うれしそうに紙袋《かみぶくろ》を手《て》にする仙太郎《せんたろう》。

ヴォルフは、持《も》とうとしない。

「……帰《かえ》りたくねぇ。」

ボソッといった。

「帰《かえ》りたくねぇって……なにいってんだよ。」

仙太郎《せんたろう》がいうと、

「おれは、ケニアの大地《だいち》になるんだ。」

うつろな目《め》のヴォルフ。

「こまりましたね。」

あまりこまってないような口調《くちょう》で、マライカがいう。

「しかたありません。わたしのほうで、しばらくめんどうを見《み》ます。」

「めんどうって？」

「ここまで生気《せいき》がぬけてると、ふつうに暮《く》らすことはむりです。まずは、活力《かつりょく》がもどるように、環境《かんきょう》をかえます。」

マライカの目《め》が、小学校《しょうがっこう》の先生《せんせい》にもどっている。

「祖父《そふ》の村《むら》に、ヴォルフを預《あず》けます。」

「……そういえば、マライカさんのおじいさんって、マサイ族《ぞく》の戦士《せんし》だっけ？」

「はい。あの村《むら》で暮《く》らせば、嫌《いや》でも活力《かつりょく》がもどります。」

仙太郎《せんたろう》は、しばらく考《かんが》えてからきいた。

「活力《かつりょく》がもどらなかったら？」

「希望《きぼう》どおり、ケニアの大地《だいち》になれます。」

「………。」

仙太郎《せんたろう》は、飛行機《ひこうき》の案内掲示板《あんないけいじばん》を見《み》る。日本《にっぽん》へ帰《かえ》るための飛行機《ひこうき》は、あと三時間後《じかんご》に離陸《りりく》する。

決断《けつだん》ははやかった。

「マライカさん、ちょっと待《ま》ってて。おれ、航空券《こうくうけん》をキャンセルしてくるから――。」

マライカは、自分《じぶん》の四駆《よんく》にヴォルフと仙太郎《せんたろう》を乗《の》せ、祖父《そふ》の村《むら》にむかった。

「マサイ族《ぞく》の暮《く》らしも、ずいぶんかわりました。」

ハンドルをにぎりながら、マライカがいう。

「彼《かれ》らの生活《せいかつ》をかえたのは、都会《とかい》からはいってくる文明《ぶんめい》です。いまは、スマホを持《も》ってるマサイ族《ぞく》も、たくさんいます。」

「ふうん、そうなんだ。なんか、ガッカリだな。」

助手席《じょしゅせき》の仙太郎《せんたろう》がいった。ちなみにヴォルフは、後部座席《こうぶざせき》にころがっている。

マライカがきく。

「仙太郎《せんたろう》は、コンビニが好《す》きですよね。」

「そうだよ。おれは、コンビニ王《おう》になる男《おとこ》なんだ。」

「どうして好《す》きなんです。」

「だって、コンビニって便利《べんり》じゃん。コンビニさえあれば、ほかになにもいらない。おれは、そんな究極《きゅうきょく》のコンビニをめざしてるんだ。」

それをきいて、マライカはうなずく。

「マサイの人《ひと》もおなじです。便利《べんり》なものが好《す》きなだけなんです。もちろん、便利《べんり》なものよりむかしながらの生活《せいかつ》が好《す》きな人《ひと》もいます。いろいろです。」

「…………」

「祖父《そふ》の村《むら》は、あまり文明《ぶんめい》がはいってきていません。それでも、むかしのマサイ族《ぞく》の暮《く》らしとはちがいます。仙太郎《せんたろう》は、ガッカリしないでくださいね。」

「…………」

仙太郎《せんたろう》は、神妙《しんみょう》な面持《おもも》ちでうなずいた。

とげの生《は》えた木《き》でつくった囲《かこ》い。マサイ族《ぞく》の村《むら》は、その中《なか》にあった。

村《むら》の前《まえ》で四駆《よんく》を降《お》り、中《なか》へはいる。

木《き》の柱《はしら》に牛《うし》の糞《ふん》を塗《ぬ》ってつくった家《いえ》が円形《えんけい》にならび、中央《ちゅうおう》が広場《ひろば》になっている。

村《むら》の人《ひと》たちはマライカのことをよく知《し》ってるのか、派手《はで》な歓迎《かんげい》のダンスもない。ただ、仙太郎《せんたろう》とヴォルフには、好奇《こうき》の目《め》がむけられる。

「……なんか、すごく見《み》られてるけど。おれたち、歓迎《かんげい》されてないのかな？」

「仙太郎《せんたろう》もヴォルフも、自分《じぶん》のかっこうを見《み》たことがありますか？　ライオンの群《む》れからにげてきたような、ボロボロの服装《ふくそう》です。マサイの村人《むらびと》でなくても、じろじろ見《み》ますよ。」

「………」

村《むら》の様子《ようす》を見《み》ると、女性《じょせい》はいそがしく動《うご》いてるが、男《おとこ》は遊《あそ》んでる者《もの》が多《おお》い。

マライカが案内《あんない》した家《いえ》から、背《せ》の高《たか》い老人《ろうじん》がでてくる。

「わたしの祖父《そふ》——名前《なまえ》は、ルディシャ。」

マライカとルディシャが話《はな》しはじめる。マー語《ご》とよばれるマサイ族《ぞく》のことばを使《つか》ってるので、仙太郎《せんたろう》もヴォルフも、なにをいってるのかわからない。

「ルディシャさん、いくつなんですか?」

仙太郎《せんたろう》が、マライカにきいた。

「八十五歳《さい》まではかぞえたそうですが……。」

おどろく仙太郎《せんたろう》に、マライカがいう。

「マサイ族《ぞく》は長寿《ちょうじゅ》なんです。九十歳《さい》を超《こ》える人《ひと》も、そうめずらしくないですよ。」

そして、ヴォルフをルディシャの前《まえ》に押《お》しだす。

マライカのことばにうなずいたルディシャが、ヴォルフを見る《み》。それは、医者《いしゃ》が患者《かんじゃ》の容体《ようだい》を診《み》ているようだった。

「ヴォルフを預《あず》かってくれるといってます。戦士《せんし》としてきたえてみるそうです。三日後《みっかご》、また様《よう》子《す》を見《み》にこいといってます。」

「よかったな、旦那《だんな》。」

仙太郎《せんたろう》が、ヴォルフの背中《せなか》をポンとたたいた。

ふらついて、地面《じめん》に膝《ひざ》をつくヴォルフ。

——こんな調子《ちょうし》でだいじょうぶかな……？

二日間《ふつかかん》、マライカに案内《あんない》してもらい、コンビニの土地《とち》をさがす仙太郎《せんたろう》。しかし、なかなか思《おも》ったような場所《ばしょ》がない。

——ケニアには、コンビニはむいてないのかな？

同時《どうじ》に、マライカがいってたことが、妙《みょう》に引《ひ》っかかる。

——おれが求《もと》める、究極《きゅうきょく》のコンビニ……。日本《にっぽん》に帰《かえ》って、もう一度《いちど》、考《かんが》えてみようかな。

そして、マサイの村《むら》へ、ヴォルフの様子《ようす》を見《み》にいくときがきた。

ルディシャが最初《さいしょ》にいったのは、

「あいつは、戦士《せんし》にはむいてない。」

ということだった。

「殺気《さっき》をかくせない。だから、やつがいると獣《けもの》がにげる。気配《けはい》を殺《ころ》して獣《けもの》に近《ちか》づかないといけない戦士《せんし》にとって、致命傷《ちめいしょう》だ。」

マライカからマー語《ご》の訳《やく》をきいた仙太郎《せんたろう》が、頭《あたま》の後《うし》ろで手《て》を組《く》む。

「『能《のう》ある鷹《たか》は爪《つめ》をかくす』ってことば、日本《にっぽん》にいるとき教《おし》えてもらったって、旦那《だんな》はいってたのにな……。」

仙太郎《せんたろう》は、『能《のう》ある鷹《たか》は爪《つめ》をかくす』の部分《ぶぶん》を日本語《にほんご》でいった。それをきいて、ルディシャがあらためて仙太郎《せんたろう》を見《み》る。

「おまえは、どこの国《くに》の人間《にんげん》だ？」

それは、マー語《ご》ではなくスワヒリ語《ご》だった。

「JAPAN《ジャパン》だ。わかる？　こっから、一万《まん》キロ以上《いじょう》はなれた小《ちい》さな国《くに》だよ。」

ルディシャは、首《くび》を横《よこ》にふる。

「その国《くに》のことは知《し》らない。だが、さっきと似《に》た響《ひび》きのことばを使《つか》う男《おとこ》をつかまえてある。若《わか》い男《おとこ》だ。村《むら》にきたころはおとなしかったんだが、最近《さいきん》になって暴《あば》れるようになった。あぶないので、牢《ろう》にほうりこんである。」

仙太郎《せんたろう》は、おどろいた。

「日本人《にほんじん》？　こんなところに？」

「よかったら、話《はなし》をきいてやってくれ。さかんにわめいてるんだが、なにをいってるのかわからない。」

「いや、そのまえに、旦那《だんな》の様子《ようす》を見《み》ないと——。」

仙太郎《せんたろう》とマライカは、ヴォルフのところにいく。

ヴォルフは、広場《ひろば》のすみに生《は》えてるアカシアの木《き》の下《した》にいた。そばでは牛《うし》がモーモーいってるのだが、目《め》をとじて座禅《ざぜん》を組《く》んでるヴォルフは、なにも気《き》にしてない。

「旦那《だんな》、元気《げんき》になったか？」

三日《みっか》ぶりに会《あ》ったヴォルフは、すこし太《ふと》っていた。そして、生気《せいき》のなかった目《め》に輝《かがや》きがもどっている。

日本人《にほんじん》の男《おとこ》に会《あ》いにいこうというと、

「そんなやつに会《あ》うより、座禅《ざぜん》を組《く》んでいたいんだけどな。」

渋《しぶ》い表情《ひょうじょう》をするヴォルフ。

「仙太郎《せんたろう》。おまえも、ここで修行《しゅぎょう》しろ。チャラいおまえも、ちょっとは強《つよ》くなれるぞ。」

あいまいな笑顔《えがお》をうかべる仙太郎《せんたろう》。

それにはかまわず、ヴォルフはつづける。

「サバンナは、いい！　人《ひと》が人《ひと》として、生《い》きられる！　おれは、ここにきて、本来《ほんらい》の自分《じぶん》を取《と》りもどした。」

ヴォルフは、ボロボロになった背広《せびろ》をすて、マサイ族《ぞく》が着《き》る赤《あか》い布《ぬの》をまとっている。

マライカは哀《かな》しそうに、でも、きっぱりという。

「あなたは、マサイじゃありません。あなたはドイツ人《じん》。サバンナで生《い》きることはむりです。」

その横《よこ》で、ルディシャも、大《おお》きくうなずく。

ヴォルフは、駄々《だだ》っ子《こ》のように反論《はんろん》する。

「いや、おれには、この文明《ぶんめい》に毒《どく》されていない大地《だいち》がふさわしい。」

「旦那《だんな》と文明《ぶんめい》が似合《にあ》わないってのには納得《なっとく》するけど、やっぱりドイツに帰《かえ》ったほうがいいと思《おも》うよ。」

仙太郎《せんたろう》がいった。

マライカは、ヴォルフがまとっている布《ぬの》を指《ゆび》さす。

「その縫《ぬ》い目《め》を見《み》てください。きれいに縫《ぬ》えてるでしょ。」

「ああ。うまいもんだな。」

「それ、ミシンで縫《ぬ》ってあるんです。」

「…………」

「この村《むら》にも、文明《ぶんめい》ははいってきてます。そして、それは悪《わる》いことじゃありません。都会《とかい》にすむあなたが、マサイにむかしのままの生活《せいかつ》を望《のぞ》むのもわかりますが、マサイの人《ひと》にも文明《ぶんめい》を求《もと》める気持《きも》ちがあるのです。」

「…………」

「ヴォルフ。一度《いちど》、ドイツに帰《かえ》りなさい。そして、ちゃんと彼女《かのじょ》と話《はな》しをして――それでも、サバンナの大地《だいち》に帰《かえ》ってきたいのなら、そうしなさい。この村《むら》は、いつでもヴォルフをむかえてくれます。……たぶん。」

〝たぶん〟のところを、小声《こごえ》でいうマライカ。

「…………」

しばらくだまっていたヴォルフは、小《ちい》さくうなずいた。まるで、先生《せんせい》におこられたイタズラ小《こ》憎《ぞう》のように――。

仙太郎《せんたろう》とヴォルフ、マライカは、ルディシャに案内《あんない》されて、男《おとこ》が入《い》れられている牢《ろう》にむかう。

牢《ろう》は、村《むら》から二キロほどはなれたところにつくられていた。小《ちい》さな掘《ほ》っ立《た》て小屋《ごや》だが、頑丈《がんじょう》な木《き》の枝《えだ》でつくられた格子《こうし》は、素手《すで》ではやぶることができない。

ルディシャが、スワヒリ語《ご》で注意《ちゅうい》する。

「きゅうに暴《あば》れるから、気《き》をつけてくれ。」

仙太郎《せんたろう》は、うなずく。

男《おとこ》は、牢《ろう》のすみで、膝《ひざ》に顔《かお》を埋《うず》めるようにしてすわりこんでいた。ルディシャたちの足音《あしおと》をきいて、顔《かお》をあげる。

男《おとこ》の顔《かお》を見《み》て、仙太郎《せんたろう》はおどろいた。

「文太《ぶんた》！　――なんで、こんなとこにいるんだよ！」

男《おとこ》――文太《ぶんた》もおどろいた。

「あなた、日本人《にほんじん》ですか！　よかった、話《はなし》をきいてください！」

格子《こうし》をにぎりしめ、文太《ぶんた》がさけんだ。

文太《ぶんた》は話《はな》した。

ブロウでニニと会《あ》ったこと。ニニは、フィルムを貼《は》った者《もの》に擬態《ぎたい》したとき、その者《もの》の願《ねが》いをかなえること。

ニニは、遺伝子《いでんし》レベルで情報《じょうほう》をぬきだし、擬態《ぎたい》する。そのときには、過去《かこ》の記憶《きおく》もぬきだすこと。

そして現在《げんざい》、ニニは文太《ぶんた》に擬態《ぎたい》してること。

「つまり、ナイロビ国立博物館《こくりつはくぶつかん》で会《あ》った文太《ぶんた》は、擬態《ぎたい》したニニってことか。」

そうはいったものの、仙太郎《せんたろう》には信《しん》じられなかった。

――あれが、ニニ？　どこから見《み》ても、人間《にんげん》だった。

ゾワリと首筋《くびすじ》の毛《け》が逆立《さかだ》つ。

――もう、擬態《ぎたい》なんてレベルじゃない。クローン……。いや、それを数百倍進化《すうひゃくばいしんか》させたものだ。

真《ま》っ暗《くら》な海《うみ》にほうりこまれたような恐怖《きょうふ》を感《かん》じる。

――いったい、ニニってなんなんだ……？

一方《いっぽう》、ヴォルフは、なにも感《かん》じていない。

やれやれという感《かん》じで、仙太郎《せんたろう》にいう。

「きいた話《はなし》を、そのまま信《しん》じるとは、探偵卿《たんていきょう》として失格《しっかく》だな。この文太《ぶんた》のほうがニニっていう可《か》能性《のうせい》もあるんじゃねぇか？」

マライカが、その肩《かた》をポンとたたく。

「じつにひさしぶりに頭《あたま》を使《つか》ったのに悪《わる》いんですが、それはありません。文太《ぶんた》の話《はなし》では、ニニは、いままで擬態《ぎたい》した者《もの》のデータを持《も》っているということです。つまり、スワヒリ語《ご》を話《はな》せる者《もの》のデータもあるんです。なのに、目《め》の前《まえ》の文太《ぶんた》は日本語《にほんご》しか話《はな》せないから、牢《ろう》に入《い》れられている。おかしいでしょ？」

「…………」

だまりこむヴォルフ。

仙太郎《せんたろう》が、文太《ぶんた》にきく。

「それで、ニニがかなえようとしてる、文太《ぶんた》の願《ねが》いってなんなんだ？」

ぼそりとこたえる文太《ぶんた》。

それをきいた仙太郎《せんたろう》、ヴォルフ、マライカは、おどろきのさけび声《ごえ》をあげた。

マー語《ご》に訳《やく》してもらったのをきいたルディシャが、ワンテンポおくれてさけび声《ごえ》をあげた。

文太《ぶんた》の願《ねが》いと、その理由《りゆう》をきいて、ルディシャは村《むら》に知《し》らせにいった。

「いままで、どんな猛獣《もうじゅう》に襲《おそ》われても、戦士《せんし》たちが村《むら》と住人《じゅうにん》を守《まも》った。これから、戦士《せんし》は戦《たたか》いの準備《じゅんび》。女《おんな》と子《こ》どもは、戦士《せんし》たちが戦《たたか》いやすいように補助《ほじょ》をする。」

ルディシャの頬《ほお》は、戦《たたか》いのまえの緊張《きんちょう》で、赤《あか》く染《そ》まっていた。どんなふうに世界《せかい》がこわれるのかわからないが、自分《じぶん》たちは負《ま》けないと信《しん》じてる者《もの》の顔《かお》だ。

のこされた仙太郎《せんたろう》たちの前《まえ》で、文太《ぶんた》は、肩《かた》を落《お》としてうつむいている。

「たしかに、人《ひと》がなにを望《のぞ》むかなんて自由《じゆう》だけどさ……。」

仙太郎《せんたろう》が、頭《あたま》を搔《か》く。

「世界《せかい》をこわしたいって願《ねが》いを持《も》つには、もっと重大《じゅうだい》な覚悟《かくご》のようなものがいるんじゃない？なんか、文太《ぶんた》の話《はなし》をきいてると、かるいっていうか……。もっと、こう……胸《むね》にせまるような理《り》由《ゆう》がほしいってのは、まちがってるか？」

「…………」

だまって話《はなし》をきいている文太《ぶんた》。

マライカが、哀《かな》しそうにいう。

「文太《ぶんた》の気持《きも》ちはわかります。でも、あなたは大人《おとな》。歯《は》を食《く》いしばって、『世界《せかい》は、こんなにすばらしい。こんなに楽《たの》しい。そして、もっと楽《たの》しい世界《せかい》になるよう、大人《おとな》はがんばってるんだ。』といってくれませんか。」

「………」

「それが、大人《おとな》の責任《せきにん》だと思《おも》います。」

文太《ぶんた》は、なにもいわない。

仙太郎《せんたろう》が、口《くち》をはさむ。

「そこまでにしてあげてよ、マライカさん。マライカさんのいうこともわかるけど、なかなか、そこまで腹《はら》くくれないよ。」

「そうなんですか？」

不思議《ふしぎ》そうなマライカに、仙太郎《せんたろう》はうなずく。

「〝世界《せかい》〟っていうと、なんだかものすごくスケールがでかくてわかりにくいけど、しょせんは、その個人《こじん》のまわりのことだからね。」

「どういうことです？」

「だから——〝世界《せかい》〟っていっても、あくまでも、その人《ひと》にとっての〝世界《せかい》〟なんだ。この地球《ちきゅう》から戦争《せんそう》や貧困《ひんこん》がなくなっても、その人《ひと》が不幸《ふこう》だったら、〝世界《せかい》〟は幸福《こうふく》じゃない。そして、どうしようもないほど不幸《ふこう》だったら、〝世界《せかい》〟なんかこわれてしまえって思《おも》うのさ。」

「わかる……おれには、わかるぜ。」

ヴォルフが、うるんだ目《め》でいう。

「おれだって、彼女《かのじょ》から『大《だい》きらい。』といわれたときは、世界《せかい》のおわりだと思《おも》ったからな。」

「意外《いがい》ですね。ヴォルフは、女性《じょせい》にフラれても、『人類《じんるい》の半分《はんぶん》は女《おんな》だ！　ガッハッハ！』と笑《わら》うというイメージがありました。」

「おれは、デリケートなんだよ。」

マライカに反論《はんろん》するヴォルフ。

仙太郎《せんたろう》は、デリケートなヴォルフをイメージしようとしたが、やたら頑丈《がんじょう》なバリケードしかイメージできなかった。

「まぁ、旦那《だんな》やマライカさんには想像《そうぞう》できないかもしれないけど、日本《にっぽん》には、文太《ぶんた》みたいなやつは多《おお》いぜ。なにしていいかわからず、毎日《まいにち》なんとなく生《い》きてるってやつら——。若者《わかもの》の意識調査《いしきちょうさ》しても、ほかの国《くに》に比《くら》べて、未来《みらい》を絶望視《ぜつぼうし》してるやつが多《おお》いな。将来《しょうらい》の夢《ゆめ》や目標《もくひょう》を持《も》とうにも、なかなかむずかしい国《くに》だから、しかたねぇのかもしれないけどね。」

するとヴォルフが、ものすごくおどろいた顔《かお》をした。

「なんだよ、旦那《だんな》？」

「いや……全日本《ぜんにほん》チャラい男代表《おとこだいひょう》のようなおまえが、まともなことをいうので、おどろいたんだ。おまえ、本物《ほんもの》の仙太郎《せんたろう》か？　ひょっとして、ニニが化《ば》けてるんじゃねぇか？」

仙太郎《せんたろう》の頬《ほお》をひっぱろうと、手《て》をのばすヴォルフ。

その手《て》をはらいのけ、仙太郎《せんたろう》が胸《むね》を張《は》る。

「見《み》くびるなよ。おれは、コンビニ王《おう》になる男《おとこ》だぜ。」

そのとき、仙太郎《せんたろう》は、あることに気《き》づいた。

――待《ま》てよ……。ニニが日本《にっぽん》にいったのは、文太《ぶんた》とおなじように「世界《せかい》なんかこわれてしまえばいい。」って思《おも》ってるやつが多《おお》いからなのか？

彼《かれ》の目《め》が、銀色《ぎんいろ》にかわりはじめる。

――もっと不思議《ふしぎ》なことがある。どうして、大々的《だいだいてき》に、新種《しんしゅ》の猫《ねこ》を見《み》つけたなんて発表《はっぴょう》をしたんだ？　擬態《ぎたい》するニニにしてみれば、密《ひそ》かに日本《にっぽん》へいくほうが、なにかと便利《べんり》なんじゃないか……。なのに……。

仙太郎《せんたろう》は、文太《ぶんた》にきく。

「ニニは、どうやって世界《せかい》をこわすっていった？」

「説明《せつめい》されたけど、よくわかりませんでした。なんだか、精神《せいしん》エネルギーを変換《へんかん》するとかなんとか……。」

──精神《せいしん》エネルギー……。世界《せかい》をこわすのに、どれだけの量《りょう》がいるかわからないが、一人《ひとり》や二人《ふたり》の精神《せいしん》エネルギーでこわれるとは思《おも》えない。大量《たいりょう》に集《あつ》めるには……。

仙太郎《せんたろう》は、スマホを出《だ》し、日本《にっぽん》のテレビ番組《ばんぐみ》をうつす。ちょうど、ゴールデンの時間帯《じかんたい》だ。

文太《ぶんた》──いや、擬態《ぎたい》したニニが日本《にっぽん》にいってから一週間《しゅうかん》。まだ、ニニを発見《はっけん》した文太《ぶんた》は、世間《せけん》の注目《ちゅうもく》を集《あつ》めていた。

スマホの画面《がめん》には、外国《がいこく》から見《み》た日本《にっぽん》の特集番組《とくしゅうばんぐみ》がうつる。

映像《えいぞう》が切《き》りかわり、出演者《しゅつえんしゃ》をうつしていく。その中《なか》に、ニニがいた。

「なんだ、こんなときにテレビか？　いまどきの若者《わかもの》は、テレビよりネットやスマホっていうけど、おまえはテレビっ子《こ》なんだな。」

肩《かた》をすくめるヴォルフ。

画面《がめん》を見《み》た文太《ぶんた》は、首《くび》をひねる。

「なんだか、不思議《ふしぎ》な気分《きぶん》ですね。自分《じぶん》がテレビにうつってるのに、まったくおぼえがないというか……。まぁ、自分《じぶん》じゃないんだからとうぜんなんですけど。」

一方《いっぽう》、マライカは、仙太郎《せんたろう》がテレビをうつした意味《いみ》を、すぐに理解《りかい》した。

「ニニは、テレビにでて、文太《ぶんた》とおなじような願《ねが》いを持《も》つ者《もの》から精神《せいしん》エネルギーを集《あつ》めようと考《かんが》えている？」

仙太郎《せんたろう》が、無言《むごん》でうなずく。

番組《ばんぐみ》は、まだ始《はじ》まったばかり。司会役《しかいやく》のお笑《わら》いコンビがさまざまなテーマを出《だ》し、それについて、出演者《しゅつえんしゃ》が話《はなし》をするという、トークバラエティだ。

いろんな国《くに》の人《ひと》たちがテーブルに着《つ》いている中《なか》、ニニは日本代表《にっぽんだいひょう》として出演《しゅつえん》している。出演者《しゅつえんしゃ》の意見《いけん》に対《たい》して、視聴者《しちょうしゃ》もメールやＦＡＸ《ファックス》で参加《さんか》できる形式《けいしき》になっている。

いま、司会者《しかいしゃ》が出《だ》したテーマは、『世界《せかい》を平和《へいわ》にするには？』。

画面《がめん》の下《した》には、送《おく》られてきたメッセージがテロップで流《なが》れる。

いろんな意見《いけん》が流《なが》れる中《なか》、「むりむり。」「もうおわってる。」「なにしてもかわらないよ。」というメッセージがふえてくる。

――ヤバイな……。

仙太郎《せんたろう》の頭《あたま》の中《なか》で、ニニがどんどん巨大化《きょだいか》していくイメージ。

「お願《ねが》いします、ニニをとめてください。」

文太《ぶんた》のことばに、仙太郎《せんたろう》はうなずいた。

しかし、マライカは確認《かくにん》する。

「とめてもいいんですね？」

きいていて、仙太郎《せんたろう》は不思議《ふしぎ》だった。彼女《かのじょ》なら、文太《ぶんた》の気持《きも》ちに関係《かんけい》なく、ニニをとめると思《おも》っていたからだ。

「ぼくは……自分《じぶん》のスタートラインが見《み》えました。」

文太《ぶんた》が、つぶやく。

「ぼくは、男《おとこ》に生《う》まれました。無茶苦茶力持《むちゃくちゃちからも》ちでもなく、背《せ》も高《たか》くなく、顔《かお》もふつうです。でも、これが、ぼくのスタートライン。スタートラインがちがうやつと比《くら》べたり、ちがうことを世《せ》界《かい》のせいにするのは、おかしいですよね。」

マライカが、やさしい笑顔《えがお》でうなずく。

「文太《ぶんた》の気持《きも》ちは、わかりました。わたしからの意見《いけん》は、一つです。なんでもかんでも、自分《じぶん》のスタートラインのせいにしないでくださいね。時《とき》には、世《よ》の中《なか》や社会《しゃかい》やまわりのせいにして、にげるのも大事《だいじ》ですよ。」

いまのマライカは、探偵卿《たんていきょう》ではなく小学校《しょうがっこう》の先生《せんせい》だった。

文太《ぶんた》もうなずく。

「わかりました——といっても、そりゃ、こんな世界《せかい》なんかこわれてしまえって、また思《おも》うかもしれません。でも、そのときは、自分《じぶん》の力《ちから》でこわしますよ。」

「なかなか、かっこいいことをいうじゃねぇか。」

そういうヴォルフには、以前《いぜん》の力強《ちからづよ》さがもどっている。

「おれたちは、一足先《ひとあしさき》に日本《にっぽん》にむかう。おまえは、どうする?」

「ぼくは、もうすこしケニアにいます。地熱発電所《ちねつはつでんしょ》の場所《ばしょ》は見《み》つけられませんでしたが、ほかに仕事《しごと》になりそうなものをさがします。」

「見《み》つかるといいな。」

仙太郎《せんたろう》が、口《くち》をはさんだ。

ヴォルフが、文太《ぶんた》の肩《かた》をポンとたたいた。

「日本《にっぽん》にもどるまえ、ドイツによれよ。ビールを奢《おご》ってやる。」

「楽《たの》しみです。」

ほほえむ文太《ぶんた》。

「ルディシャにいって、檻《おり》からでられるようにしておくからな。あとは——おれたちの幸運《こううん》を祈《いの》っててくれ。」

立《た》ち去《さ》ろうとするヴォルフたちを、文太《ぶんた》がとめる。

「これを持《も》っていってください。」

文太《ぶんた》が、手《て》の甲《こう》に貼《は》っていたフィルムをはがす。そしてだれにわたそうかと、仙太郎《せんたろう》、ヴォルフ、マライカを見《み》まわす。

「お願《ねが》いします。」

文太《ぶんた》が、マライカにフィルムをわたす。

マライカは、一つうなずいて、自分《じぶん》の手《て》の甲《こう》にフィルムを貼《は》った。

Scene《シーン》11 列《れつ》は乱《みだ》さず、しっかり前《まえ》を見《み》て　その二

深《ふか》い森林《しんりん》がひろがっている。

ヤウズのよびかけに、サファリルックの皇帝《アンプルール》はふりむかない。

太陽《たいよう》の光《ひかり》も差《さ》してこないような、深《ふか》い森林《しんりん》がひろがっている。皇帝《アンプルール》は、ヒノキやミズナラの木《き》の間《あいだ》を縫《ぬ》い、溶岩《ようがん》を踏《ふ》み越《こ》え、前《まえ》に進《すす》む。

ヤウズは、その後《あと》をかるい足取《あしど》りでついていく。

「そろそろ認《みと》めたらどうだ？」

「なんのことかな？」

ふりかえらず、皇帝《アンプルール》がいった。

「ここは、ケニアじゃねぇだろ！」

「…………」

「フッ、馬鹿《ばか》なことを——。」

「なにが馬鹿《ばか》なことだ！　この画面《がめん》を見《み》てみろ！」

取《と》りだしたスマホの画面《がめん》を、皇帝《アンプルール》にむける。起動《きどう》してるのは、位置情報《いちじょうほう》サービスのアプリ。しっかり、青木ヶ原樹海《あおきがはらじゅかい》の地図《ちず》がうつってる。

「ここは、ケニアじゃなく、日本《にっぽん》じゃねぇか！　おまけに、いまいるのは富士《ふじ》の樹海《じゅかい》！」

「…………」

「調《しら》べたら、磁石《じしゃく》も携帯《けいたい》も使《つか》えない、迷《まよ》いこんだらでられない自殺《じさつ》の名所《めいしょ》ってでたぞ！」

「それは、デマだ。」

皇帝《アンプルール》が、ふりむく。

「べつに青木ヶ原樹海《あおきがはらじゅかい》に限《かぎ》らず、下手《へた》に山《やま》や森《もり》にはいりこんだら迷《まよ》うんだよ。それに、磁石《じしゃく》も携《けい》帯《たい》も利《き》かないってのは、うそだ。だいたい、いま、おまえはスマホを使《つか》ってるじゃねぇか。」

「そういや、そうだな。」

ヤウズは、スマホをしまった。再《ふたた》び歩《ある》きはじめた皇帝《アンプルール》の後《あと》を追《お》う。

「でも、ジジイも耄碌《もうろく》したよな。ケニアと日本《にっぽん》をまちがえるなんてさ——。」

返事《へんじ》をしない皇帝《アンプルール》にかまわず、ヤウズは話《はな》しつづける。

「よく、『怪盗《かいとう》には、するどい感性《かんせい》が必要《ひつよう》だ。』っていうけどさ、途中《とちゅう》で気《き》づかなかったのか？」

「…………」

「伝説《でんせつ》の大怪盗《だいかいとう》も、年齢《ねんれい》には勝《か》てないってことだな。これからは、縁側《えんがわ》で猫《ねこ》でも抱《だ》いて、おとなしくしてるんだぜ。」

そういわれて、皇帝《アンプルール》がふりかえる。殴《なぐ》りかかってくると思《おも》ったヤウズが、かまえる。

でも、皇帝《アンプルール》は戦《たたか》うことをせず、不思議《ふしぎ》そうに首《くび》をひねるだけだった。

「たしかに、おかしいんだよな……。おれは、ずばぬけて勘《かん》がいいんだ。そのおれが、目的地《もくてきち》をまちがっただけじゃなく、こうして樹海《じゅかい》で迷《まよ》ってるんだからな……。」

「スマホで、位置情報《いちじょうほう》を確認《かくにん》したら、すぐに脱出《だっしゅつ》できるだろ。」

皇帝《アンプルール》が、バッテリーの切《き》れたスマホを、ヤウズに見《み》せる。

「なんで、充電《じゅうでん》しねぇんだ！」

「まぁ、そう吠《ほ》えるな。しばらくは、樹海《じゅかい》の散歩《さんぽ》を楽《たの》しもう！」

皇帝《アンプルール》は、再《ふたた》び歩《ある》きはじめる。

その後《あと》を歩《ある》きながら、ヤウズは考《かんが》える。

――ジジイも、耄碌《もうろく》してきたんだ。ここは、すこしやさしくしてやるかな。

皇帝《アンプルール》にかけより、ヤウズはいう。

「ジジイ、荷物《にもつ》、重《おも》くねぇか？　貸《か》せよ、持《も》ってやるぜ。」

Scene《シーン》12　帰《かえ》り支度《じたく》　その一

ニニは、満《み》たされていた。

テレビ出演《しゅつえん》や、講演会活動《こうえんかいかつどう》、雑誌《ざっし》や新聞《しんぶん》の取材《しゅざい》――。さまざまな場所《ばしょ》で、自分《じぶん》の感《かん》じてる不満《ふまん》を口《くち》にした。

それは、だれもが感《かん》じてるちょっとした苛立《いらだ》ち。

どうでもいいことばかりさわがれるニュースの煩《わずら》わしさ、何気《なにげ》ない書《か》きこみで弾《はじ》かれる人間関《にんげんかん》係《けい》、楽《たの》しくないのに笑顔《えがお》でいないといけないいうそっぽさ。

なにかしなければというあせりと、なにができるんだという不安《ふあん》、なにをすればいいんだという疑問《ぎもん》、なにもできない無力感《むりょくかん》……。

いまは、いい。だいじょうぶ、笑《わら》っていられる。

でも、一年先《ねんさき》、五年先《ねんさき》、十年先《ねんさき》は――？

目《め》をとじるしかない現実《げんじつ》。

生《い》きてることに実感《じっかん》も楽《たの》しさもないのは、なぜだろう?

ろくでもない世界《せかい》。どうせなら、こわれてしまえばいい。

ニニのことばは、SNS《エスエヌエス》や口《くち》コミで拡散《かくさん》した。

多《おお》くの若者《わかもの》が、自分《じぶん》もおなじだという共感《きょうかん》を持《も》ってくれた。

ことばや文章《ぶんしょう》にならない〝世界《せかい》がこわれればいい〟という気持《きも》ちを、精神《せいしん》エネルギーとして、ニニは吸《す》い取《と》った。

そしていま、ニニはフル充電《じゅうでん》のような状態《じょうたい》になっている。

今日《きょう》のテレビ出演《しゅつえん》でも、多《おお》くの若者《わかもの》が、共感《きょうかん》するメッセージをテレビ局《きょく》に送《おく》ってきた。

「いやぁ、すごい反響《はんきょう》ですよ。」

楽屋《がくや》にもどったニニに、ディレクターがいう。

「番組《ばんぐみ》をつくってる側《がわ》としては、こんなにも『世界《せかい》がこわれたらいいんだ。』と思《おも》ってる人《ひと》が多《おお》いのに、すこしおどろいてはいるんですが……。これも、笠間《かさま》さんの話《はな》し方《かた》に説得力《せっとくりょく》があるからでしょうかね。」

「ぼくは、思《おも》ってることをいっただけです。」

ニニは頭《あたま》を掻《か》く。

「ご謙遜《けんそん》を。──どうです、いっそつぎの選挙《せんきょ》にでてみませんか？」

ディレクターの提案《ていあん》に、ニニは苦笑《くしょう》する。

──つぎの選挙《せんきょ》？　そんなのは、もうないんですよ。なぜなら、世界《せかい》はもうすぐこわれるんですから。

ニニは、集《あつ》めた精神《せいしん》エネルギーにどれだけのパワーがあるか、試《ため》してみることにした。指先《ゆびさき》に、全体《ぜんたい》の百億分《おくぶん》の一のエネルギーを電磁《でんじ》パルスにかえたボールを出現《しゅつげん》させる。そして、それを楽屋《がくや》の天井《てんじょう》にむかって弾《はじ》いた。

ジジッ！

つぎの瞬間《しゅんかん》、楽屋《がくや》の電気《でんき》が消《き》えた。そして、スマホを使《つか》っていた連中《れんちゅう》が、首《くび》をひねる。

「なんだよ、きゅうに電源《でんげん》が落《お》ちたぞ。」

「故障《こしょう》？　──って、おれだけじゃないよね。」

「こっちは、タブレットもダメ。」

そんな様子《ようす》を、ニニは静《しず》かに観察《かんさつ》する。

──百億分《おくぶん》の一のエネルギーで、この部屋《へや》にあるほとんどの電子機器《でんしきき》がこわれた。もし、フルパワーで電磁《でんじ》パルスを発生《はっせい》させたら……。

真《ま》っ暗《くら》になった楽屋《がくや》で、ニニが笑《わら》う。

もしそれを文太《ぶんた》が見《み》たら、嫌《いや》な笑《わら》いだといっただろう。

——問題《もんだい》は、どこで発生《はっせい》させるかだな。

ニニは考《かんが》える。

——都会《とかい》は、やめたほうがいいな。どんな邪魔《じゃま》がはいるかわからない。だれにも邪魔《じゃま》されないような場所《ばしょ》となると……。

ニニは、文太《ぶんた》の記憶《きおく》をチェックし、どこかいい場所《ばしょ》はないかさがす。

——あった！　ここがいい。……しかし、こんなところを調《しら》べて、文太《ぶんた》はなにをする気《き》だったんだろうな。

ニニがえらんだ場所《ばしょ》、それは富士《ふじ》の樹海《じゅかい》だった。


——いったい、いつまで歩《ある》いてるつもりなんだよ。

まるまる二日《ふつか》、皇帝《アンブルール》とヤウズは青木《あおき》ヶ《が》原樹海《はらじゅかい》を歩《ある》いていた。

「まぁ、いいや。——腹《はら》がへった。飯《めし》にしようぜ。」

リュックを下《お》ろし、中《なか》から調理道具《ちょうりどうぐ》を取《と》りだすヤウズ。

「おい、ちょっと待《ま》て。」

皇帝《アンプルール》が、石《いし》を積《つ》んで竈《かまど》をつくりはじめたヤウズをとめる。

「なんだよ、ジジイ。メニューの注文《ちゅうもん》なら、きかないぜ。持《も》ってきた食材《しょくざい》は、とっくに食《く》っちまったんだ。現地調達《げんちちょうたつ》でつくる料理《りょうり》に、文句《もんく》をいうんじゃねぇ！」

「そうじゃない、あれを見《み》ろ。」

皇帝《アンプルール》の指《ゆび》さす先《さき》では、ワイシャツにスラックスの若者《わかもの》がいた。

軽装《けいそう》だ。足下《あしもと》も革靴《かわぐつ》で、とても樹海《じゅかい》を歩《ある》くかっこうではない。背景《はいけい》が木《き》と岩《いわ》ではなく、オフィス街《がい》だったらピッタリくる服装《ふくそう》。

「なんだよ、あいつ。道《みち》に迷《まよ》ったのか？」

ヤウズがいった。

「どんなふうに道《みち》に迷《まよ》ったら、あのかっこうで樹海《じゅかい》にくるんだよ。」

皇帝《アンプルール》が、馬鹿《ばか》にしたようにいう。

しかしヤウズは、ケニアにいくつもりで樹海《じゅかい》で迷子《まいご》になってるやつを目《め》の前《まえ》にしている。

「人生経験豊富《じんせいけいけんほうふ》なおれから見《み》たら、あいつは自殺《じさつ》しにきたな。まちがいない。」

一人《ひとり》、うんうんとうなずく皇帝《アンブルール》。

「そうか、おれが樹海《じゅかい》へきたのは、このためだったんだ。」

「え？」

話《はなし》の見《み》えないヤウズが、首《くび》をひねる。

「鈍《にぶ》いやつだな。自殺《じさつ》しようとしてる日本《にっぽん》の若者《わかもの》をたすけるためにきまってるじゃねぇか。」

「なんで、自殺《じさつ》しようとしてるってわかるんだよ？」

「ほんとうに、鈍《にぶ》いやつだな。あいつは、なんの装備《そうび》も持《も》たずに樹海《じゅかい》にはいった。つまり、生《い》きようってことを考《かんが》えてない——自殺《じさつ》を考《かんが》えてるってことだ。」

「なるほど。」

うなずくヤウズ。

皇帝《アンブルール》が、若者《わかもの》にむかって手《て》をふる。

「お〜い、きみ！　こっちにこないか！　いっしょに飯《めし》でも食《く》おうよ！」

はるか高《たか》みの空《そら》を漂《ただよ》う超弩級巨大飛行船《ちょうどきゅうきょだいひこうせん》、トルバドゥール。その船室《キャビン》で、ソファーに寝転《ねころ》んだクイーンがつぶやく。

「なにか、おかしいんだ……。」

「おかしいから、仕事《しごと》に失敗《しっぱい》したとでもいうんですか？」

[準備段階《じゅんびだんかい》から、こうなることは見《み》えてました。とうぜんの結果《けっか》で、なにもおかしなことはありません。]

ジョーカーとＲＤ《アールディー》から、するどいことばが飛《と》んでくる。

クイーンは、ソファーに手《て》で触《ふ》れる。それが〝針《はり》のむしろ〟ではなく、お気《き》に入《い》りのソファーであることに安心《あんしん》する。

ソファーに身《み》を起《お》こし、頬杖《ほおづえ》をつくクイーン。

「こんなかんたんな仕事《しごと》、わたしが失敗《しっぱい》するはずない。どこか、体調《たいちょう》が悪《わる》いとしか考《かんが》えられない。はたらきすぎかな……。」

「それはありません！」

[はたらきすぎの意味《いみ》を知《し》ってるんですか？]

クイーンは、耳《みみ》を後《うし》ろにすると同時《どうじ》に、折《お》れそうな心《こころ》のスペアを用意《ようい》する。

そして、どうして、このようなおかしな状況《じょうきょう》になったかを考《かんが》える。

——まず、擬態《ぎたい》できる猫《ねこ》——ニニの情報《じょうほう》をつかんだ。そのとき、つぎの獲物《えもの》をニニにきめた。

いくら新種《しんしゅ》だからといって、このわたしが、なぜ獲物《えもの》にえらんだのか……？

目《め》をとじる。

——そうか……。お師匠様《ししょうさま》の元《もと》での、あの忌《い》まわしい修行《しゅぎょう》（もしくは虐待《ぎゃくたい》とか、いじめ）を受《う》けてるときに、きいたんだ。ほんとうの悪魔《あくま》は、自分《じぶん》の姿《すがた》に変身《へんしん》し、自分《じぶん》の願《ねが》いをかなえてくれるって。ニニの話《はなし》をきいて、その話《はなし》を思《おも》いだした。まるで、ニニのことをいってるようだって……。ニニをうばえば、自分《じぶん》の願《ねが》いをかなえられるって思《おも》ったんだ。

うんうんとうなずくクイーン。

——わたしの願《ねが》いは、いうことはできないけどね。

フフフとほほえむ。

それを不気味《ぶきみ》そうに見《み》るジョーカーと、RD《アールディー》の人工眼《じんこうアイ》。

——だから、お師匠様《ししょうさま》がでしゃばってくるのをきいたとき、不思議《ふしぎ》じゃなかったんだ。お師匠《ししょう》様《さま》も、ニニをうばう気《き》だって……。

クイーンは知《し》っている。

——どれだけ年《とし》を取《と》った変態耄碌《へんたいもうろく》ジジイになっても、お師匠様《ししょうさま》は、すべての怪盗《かいとう》の頂点《ちょうてん》に立《た》つ者《もの》。あれ……？

ジョーカーに、きく。

「そういえば、お師匠様《ししょうさま》はどうしたのかな？　わたしのツイッターを見《み》て、遠足《えんそく》にいくってはりきってなかったっけ？」

「たしかにそうでしたね。でも、ぼくらの近《ちか》くにくると、騒《さわ》ぎに巻《ま》きこまれるから、はなれたところで楽《たの》しんでたのではないでしょうか。」

「………」

納得《なっとく》できないクイーン。

「おかしいと思《おも》わないかい？　お師匠様《ししょうさま》は、わたしへの嫌《いや》がらせを生《い》き甲斐《がい》にしているところがある、じつに嫌《いや》な生物《せいぶつ》なんだ。」

それをきいて、ジョーカーとRD《アールディー》は、クイーンと皇帝《アンプルール》が師弟関係《していかんけい》にあることに納得《なっとく》する。

「そのお師匠様《ししょうさま》が、わたしへの嫌《いや》がらせ以上《いじょう》の楽《たの》しみを見《み》つけた……？　そんなものが、存在《そんざい》するのか？」

答《こた》えは、すぐにでる。

「ない！」

断言《だんげん》すると、クイーンは、ジョーカーに指示《しじ》を出《だ》す。

「ジョーカーくん。きみは、お師匠様《ししょうさま》やヤウズくんとLINE《ライン》友《とも》だちだったね。いま、どこにいるか連絡《れんらく》を取《と》ってみてくれないか。」

「わかりました。」

理由《りゆう》はきかずに、ジョーカーはすぐにスマホを出《だ》す。皇帝《アンプルール》と関《かか》わることをなによりもきらうクイーンが、連絡《れんらく》を取《と》ろうとする——それだけで、なにかたいへんなことがおきてるのがわかる。

「……ダメですね。電源《でんげん》がはいってないのかバッテリーが切《き》れてるのか……。なにかあったのでしょうか？」

しばらくして、ジョーカーがいった。

クイーンがきく。

「スマホを近《ちか》くにおいてないとか、いそがしくて返信《へんしん》できないという可能性《かのうせい》は？」

「ありません。ぼくがLINE《ライン》メッセージを入《い》れたら、いつも二分以内《ふんいない》にメッセージが返《かえ》ってきます。なのに、もう五分《ふん》たっても既読《きどく》になりません。」

ジョーカーの返事《へんじ》をきいて、嫌《いや》な予感《よかん》がするクイーン。

「RD《アールディー》。お師匠様《ししょうさま》のスマホの位置《いち》を特定《とくてい》できないかな？」

［やってみますが……皇帝《アンプルール》のいそうなところとなると、範囲《はんい》は地球全体《ちきゅうぜんたい》になります。マガにも協《きょう》

力《りょく》してもらいますが、どれだけ時間《じかん》がかかるか……。」

「すこしまえまでは、日本《にっぽん》の富士《ふじ》サファリパークにいたことは、はっきりしてます。」

おどろくクイーンとRD《アールディー》に、ジョーカーがスマホを見《み》せる。

皇帝《アンプルール》のツイッターだ。


ケニア到着《とうちゃく》！

サファリなう！


ジャングルバスの前《まえ》で自撮《じど》りした写真《しゃしん》。満面《まんめん》の笑《え》みでうつってる皇帝《アンプルール》と、すみっこで青《あお》い顔《かお》をしてるヤウズ。

「『ケニア到着《とうちゃく》』って書《か》いてますが、これって、日本《にっぽん》の富士《ふじ》サファリパークですよね？」

ジョーカーがいった。

クイーンは、うなずく。

「ジャングルバスに、しっかり『富士《ふじ》サファリパーク』って書《か》いてあるね。」

返信《へんしん》ツイートにも、

「日本《にっぽん》じゃね？」

「皇帝様《アンプルールさま》、まちがってます！」

「どうやったら、ケニアにいこうとして日本《にっぽん》にいくんだ？」

などの書《か》きこみがあふれている。

クイーンは、不思議《ふしぎ》でしかたがない。

「ここまで書《か》かれてて、どうして、お師匠様《ししょうさま》は気《き》づかないんだろう？」

「基本的《きほんてき》に、皇帝《アンプルール》は書《か》きこむだけで、返信《へんしん》をよんでませんね。」

ジョーカーのことばに、クイーンは、放射能《ほうしゃのう》をまき散《ち》らす大怪獣《だいかいじゅう》をイメージした。

RD《アールディー》が、口《くち》をはさむ。

[いまどき、まだ〝なう〟を使《つか》う人《ひと》がいることにおどろきました。]

クイーンとジョーカーは、世界最高《せかいさいこう》の人工知能《じんこうちのう》は、おどろく視点《してん》がちがうことにおどろく。

[皇帝《アンプルール》のことは、お二人《ふたり》におまかせします。わたしはわたしで、別件《べっけん》でいそがしいんです。]

「別件《べっけん》？」

首《くび》をひねるクイーン。

[じつは、ごく小規模《しょうきぼ》ですが、電磁《でんじ》パルスを観測《かんそく》したんです。被害《ひがい》はすくなかったのですが、ど

このだれがやったのか気《き》になって――。いま、マガと調査中《ちょうさちゅう》です。」
「気《き》にしないといけないことなのかい？」
ジョーカーがきいた。
［ええ。電磁《でんじ》パルス兵器《へいき》は、ある意味《いみ》、核兵器《かくへいき》よりもおそろしい兵器《へいき》です。電磁《でんじ》パルスを都市部《としぶ》の上空《じょうくう》で発生《はっせい》させれば、電子機器《でんしきき》や重要《じゅうよう》インフラをすべてダメにすることができます。また、そのとき飛《と》んでいる飛行機《ひこうき》も墜落《ついらく》します。それらをすべて復旧《ふっきゅう》しようにも、電気《でんき》や水道《すいどう》が使《つか》えないため、思《おも》うように復旧《ふっきゅう》できません。］
「そんなことになったら、いったい何人《なんにん》の人《ひと》が死《し》ぬか……。」
［その答《こた》えは、かんたんです。すべての人《ひと》が、死《し》ぬでしょう。］
あっさり、ＲＤ《アールディー》がこたえる。
マガが、口《くち》をはさむ。
［電磁《でんじ》パルスによる攻撃《こうげき》があった場合《ばあい》、コンピュータやスマホなどの電子機器《でんしきき》はすべて破壊《はかい》されるわ。そうしたら、部屋《へや》に引《ひ》きこもって二十四時間電脳《じかんでんのう》ライフを楽《たの》しんでるアンゲルスは、どうなるか？］
クイーンとジョーカーは、首《くび》をひねる。

［〝生《い》ける屍《しかばね》〟が、ただの〝屍《しかばね》〟にかわるわね。］

――けっきょく、屍《しかばね》であることにかわりはないんだ。

マガがアンゲルスのことをどう思《おも》ってるか、クイーンとジョーカーにはよくわかった。

［ようやく、日本《にっぽん》のテレビ局《きょく》で発生《はっせい》したところまではつきとめたわ。RD《アールディー》、モニタを出《だ》してちょうだい。］

いわれるまま、RD《アールディー》が壁《かべ》にモニタを出現《しゅつげん》させる。

マガが、RD《アールディー》のことをどんなふうにあつかってるか、クイーンとジョーカーにはよくわかった。

［これが、そのときテレビ局《きょく》にいた人間《にんげん》のリストよ。この中《なか》に、電磁《でんじ》パルスを発生《はっせい》させた人間《にんげん》がいるわ。］

すごいスピードで、モニタ上《じょう》を人名《じんめい》が流《なが》れる。その中《なか》の一人《ひとり》の名前《なまえ》を見《み》つけたとき、クイーンがさけんだ。

「笠間文太《かさまぶんた》！」

――どうして、文太《ぶんた》がテレビ局《きょく》に……？

［あら、笠間文太《かさまぶんた》を知《し》ってるの？］

マガが、のんきな声《こえ》でいう。

「偶然《ぐうぜん》ね。わたしもアンゲルスからいわれて、笠間文太《かさまぶんた》って人《ひと》の居場所《いばしょ》をさがしてるところなの。アンゲルスは、ケニアの探偵卿《たんていきょう》のマライカ・ワ・キバキからたのまれたっていってるわ。」

――どうして、マライカが文太《ぶんた》の居場所《いばしょ》をさがしてるのか……？

クイーンは考《かんが》える。そして、とてもバカげた、しかしおそろしい答《こた》えを見《み》つける。

「もし、わたしたちが話《はなし》をしていた文太《ぶんた》が、ニニが擬態《ぎたい》したものだったら……。」

クイーンのつぶやきを、ジョーカーは笑《わら》う。

「そんなバカな。あの文太《ぶんた》がニニだなんて……信《しん》じられません。」

ことばとは裏腹《うらはら》に、ジョーカーの顔《かお》は真剣《しんけん》だ。

――もし、文太《ぶんた》がニニだったら、どうして電磁《でんじ》パルスを……？

悪魔《あくま》は、自分《じぶん》の姿《すがた》に変身《へんしん》し、自分《じぶん》の願《ねが》いをかなえにくる――皇帝《アンプルール》からいわれたことばが、頭《あたま》の中《なか》をグルグルまわる。

マガがいう。

「マライカ、ヴォルフ・ミブ、花菱仙太郎《はなびしせんたろう》の三人《にん》は、すでに日本《にっぽん》に入国《にゅうこく》してるわ。笠間文太《かさまぶんた》の居《い》場所《ばしょ》を特定《とくてい》して、はやく教《おし》えてあげないと――。」

――ニニは、文太《ぶんた》に擬態《ぎたい》している。そして、文太《ぶんた》の願《ねが》いをかなえようとしている。三人《にん》の探偵《たんてい》卿《きょう》の目的《もくてき》は、ニニをとめること。いったい、文太《ぶんた》の願《ねが》いとは……。

そのとき、クイーンは、サバンナの夜《よる》に文太《ぶんた》が話《はな》していたことを思《おも》いだす。

こんな世界《せかい》、こわれてしまえばいい……。そして、ニニが発生《はっせい》させた電磁《でんじ》パルス。いま、すべてがつながり、答《こた》えがでた。

――ニニは、世界《せかい》をこわす気《き》だ！

[各地《かくち》の監視《かんし》カメラの映像解析終了《えいぞうかいせきしゅうりょう》。最後《さいご》にうつってるのは、氷穴《ひょうけつ》のバス停《てい》。笠間文太《かさまぶんた》は、富士《ふじ》の樹海《じゅかい》にいるわ。]

マガの報告《ほうこく》。

クイーンが、指示《しじ》を出《だ》す。

「RD《アールディー》！　トルバドゥールを出力最大《しゅつりょくさいだい》で、日本《にっぽん》へ――。」

[すでに、全速前進《ぜんそくぜんしん》でむかってます！]

超弩級巨大飛行船《ちょうどきゅうきょだいひこうせん》トルバドゥールは、船首《せんしゅ》を日本《にっぽん》へむけると、飛行船《ひこうせん》とは思《おも》えないスピードで大空《おおぞら》を飛《と》ぶ。

一方《いっぽう》、青木《あおき》ヶ《が》原樹海《はらじゅかい》。

「ほら、これも食《た》べなさい。遠慮《えんりょ》はいらないよ。」

やさしい口調《くちょう》で皇帝《アンプルール》はいい、焼《や》けたばかりのアカゲラやウグイスを若者《わかもの》に勧《すす》める。

ヤウズは大《おお》いそがしだ。鳥《とり》をつかまえる、羽《はね》をむしって内臓《ないぞう》をぬく、火《ひ》で焼《や》くの三つの仕事《しごと》をすさまじいスピードでこなしている。

「そういえば、きみの名前《なまえ》は?」

「はぁ、笠間文太《かさまぶんた》といいます。」

若者《わかもの》——文太《ぶんた》は、焼《や》き鳥《とり》を見《み》つめながらこたえる。

「あの……この鳥《とり》って、食《た》べてもいいんですか? それ以前《いぜん》に、つかまえたらいけないんじゃないんですか?」

心配《しんぱい》そうにいう文太《ぶんた》。

「妙《みょう》なことを気《き》にするね。これから死《し》のうって人《ひと》は、そんなことを考《かんが》えないんじゃないのかな。」

皇帝《アンプルール》が、鳥《とり》を丸《まる》かじりする。

「死《し》ぬのは、よくないな。死《し》んでしまえば、こんなおいしい鳥《とり》も食《た》べられない。ほかにも、うまいものはいっぱいある。それが、食《た》べられなくなるんだよ。」

「死《し》ぬ……？　だれがです？」

皇帝《アンプルール》が、串《くし》に刺《さ》さった鳥《とり》で、文太《ぶんた》を指《さ》す。

「バカなことをいわないでください。ぼくは、やることがあるんです。死《し》ぬわけにはいきませんよ。」

「いやいや、装備《そうび》も持《も》たずに樹海《じゅかい》にはいるなんて、自殺以外考《じさついがいかんが》えられないだろう。」

そういって、皇帝《アンプルール》は文太《ぶんた》を見《み》る。

にやにや笑《わら》う文太《ぶんた》。じつに、嫌《いや》な笑《わら》いだ。

「ふむ……。」

焼《や》き鳥《とり》をかじりながら、皇帝《アンプルール》は考《かんが》える。そして、ヤウズにいう。

「おい、小僧《こぞう》。」

「なんだよ、ジジイ！　塩味《しおあじ》をおさえぎみなのは、高血圧対策《こうけつあつたいさく》だからな。もっと塩《しお》をふれとかいうんじゃねぇぞ。」

火《ひ》を扇《あお》ぎながら、ヤウズがこたえた。

「いや、味付《あじつ》けの話《はなし》じゃない。さっき、こんな樹海《じゅかい》に装備《そうび》もなしではいってくるのは自殺《じさつ》しか考《かんが》えられないって話《はな》したのをおぼえてるか？」

「ああ。」

「追加訂正《ついかていせい》だ。自殺者以外《じさつしゃいがい》に、装備《そうび》もなしにはいってくるやつがいる。」

「そんなのいるのか？」

火《ひ》を扇《あお》ぐ手《て》をとめて、ヤウズがきいた。

「ああ。――妖《あやかし》だ。こいつ、人間《にんげん》じゃねぇ。」

すると、文太《ぶんた》は肩《かた》をすくめる。

「そういうあなたも、こんな樹海《じゅかい》でうろうろしてるところを見《み》ると、ふつうの人間《にんげん》じゃありませんね。」

いいながら、文太《ぶんた》の姿《すがた》が変化《へんか》する。人間《にんげん》から、猫《ねこ》のような姿《すがた》――ニニに。

「ニニとおよびください。」

文太《ぶんた》の服《ふく》を着《き》たままのニニを見《み》て、ヤウズがいう。

「なんだ、この獣《けもの》は……。ジジイ、おまえとおなじ星《ほし》の生物《せいぶつ》か？」

「小僧《こぞう》！　おまえは、わしを宇宙人《うちゅうじん》だとでも思《おも》ってるのか！」

そのやりとりを、にやにやしながら見《み》ているニニ。

「わたしの邪魔《じゃま》をしないのなら、あなたたちに危害《きがい》を加《くわ》えません。でも、最終的《さいしゅうてき》に死《し》ぬことにかわりはありませんけどね。」

「……ずいぶん、上《うえ》から目線《めせん》のことばだな。」

皇帝《アンプルール》が、ニニを見《み》る。

そのとき、苔《こけ》むした岩《いわ》を乗《の》り越《こ》え、三人《にん》の人間《にんげん》がやってきた。

先頭《せんとう》を歩《ある》いてきたヴォルフが、うれしそうに牙《きば》をむく。

「やっと、おまえの本来《ほんらい》の姿《すがた》を見《み》ることができたぜ。」

腰《こし》にさげていた日本刀《にほんとう》を持《も》つ。

「舞台《ぶたい》を日本《にっぽん》にしてくれたことにも感謝《かんしゃ》するぜ。安物《やすもの》だが、日本刀《にほんとう》も手《て》に入《い》れられた。」

その後《うし》ろで、マライカもいう。

「笠間文太《かさまぶんた》からいわれました。あなたをとめるようにと——。おとなしくするのなら、殺《ころ》しはしません。しかし、あくまでも文太《ぶんた》の願《ねが》いをかなえようとするのなら、抹殺《まっさつ》します。」

ライオンもにげだしそうな、殺気《さっき》のこもったことばだ。

最後《さいご》に、岩《いわ》の上《うえ》にへたりこんだ仙太郎《せんたろう》がいう。

「勘弁《かんべん》してくれよ……。おれは、こんな人《ひと》もコンビニもないようなところには興味《きょうみ》ないんだ。せっかくの新《あたら》しい服《ふく》が、よごれちゃった。」

仙太郎《せんたろう》とヴォルフは、マライカに金《かね》を借《か》りて服《ふく》を着替《きが》えている。仙太郎《せんたろう》はハンカチを出《だ》して服《ふく》をはたきながら、ヴォルフとマライカを見《み》る。

「悪《わる》いけど、あとは二人《ふたり》にお願《ねが》いするよ。」

ニニは、肩《かた》をすくめる。

「ここは、富士《ふじ》の樹海《じゅかい》――。大勢《おおぜい》の人間《にんげん》が、にぎやかに話《はな》すには似合《にあ》わない場所《ばしょ》です。あなたたちは、わたしの邪魔《じゃま》をせず、おとなしくしていてください。」

「いや、まだやってくる者《もの》がいるぞ。」

そういって、皇帝《アンプルール》が空《そら》を指《ゆび》さす。

木々《きぎ》の間《あいだ》からのぞく空《そら》に、白《しろ》い雲《くも》が一つうかんでいる。そこからきこえる風切《かざき》り音《おん》。地上降下用《ちじょうこうかよう》のワイヤーを使《つか》い、自由落下《じゆうらっか》のスピードで降《お》りてくるクイーンとジョーカー。

「やぁ、ニニくん。その姿《すがた》のきみに会《あ》うのは、初《はじ》めてだね。」

クイーンがいった。

全員《ぜんいん》が揃《そろ》ったところで、皇帝《アンプルール》が口《くち》をひらく。

「教《おし》えてくれ。この妙《みょう》な生物《せいぶつ》はなんだ？」

「ジジイとおなじ星《ほし》の生物《せいぶつ》だろ。」

口《くち》をはさんだヤウズが、皇帝《アンプルール》に殴《なぐ》られる。

Scene《シーン》13 帰《かえ》り支度《じたく》 その二

探偵卿《たんていきょう》を代表《だいひょう》して、マライカが説明《せつめい》を始《はじ》める。

文太《ぶんた》が、洞窟《どうくつ》でニニと会《あ》ったこと。ニニは遺伝子《いでんし》レベルでデータを吸《す》い取《と》るため、本物《ほんもの》と見分《みわ》けられない擬態《ぎたい》ができること。

そして、ニニは擬態《ぎたい》した相手《あいて》の願《ねが》いをかなえることを目的《もくてき》としてること。ただ、その相手《あいて》は、フィルムを貼《は》ってる者《もの》の願《ねが》いに限《かぎ》られること。

「……やっぱり、ジジイとおなじ星《ほし》の生物《せいぶつ》だ。」

つぶやいたヤウズが、皇帝《アンプルール》に殴《なぐ》られる。

ヴォルフがいう。

「文太《ぶんた》からの伝言《でんごん》だ。もう、世界《せかい》がこわれたらいいなんて思《おも》ってないから、願《ねが》い事《ごと》はキャンセルだってよ。」

「それは、現在《げんざい》の文太《ぶんた》がいってることですね。わたしが擬態《ぎたい》したときの文太《ぶんた》は、たしかに世界《せかい》がこわれることを願《ねが》ってました。」

「融通《ゆうずう》が利《き》かねぇやつは、長生《ながい》きできないぜ。」

ヴォルフが、日本刀《にほんとう》をぬく。

客観的《きゃっかんてき》に見《み》たら、いうことをきかなかったら斬《き》るぞと脅《おど》している——とても探偵卿《たんていきょう》とは思《おも》えない行為《こうい》だ。

「どういわれても、こういう生物《せいぶつ》なんです。」

苦笑《くしょう》するニニ。

「ってことは、問答無用《もんどうむよう》だな。」

ヴォルフが、いうと同時《どうじ》に動《うご》いた。

岩《いわ》から岩《いわ》へ走《はし》り、ニニの手前《てまえ》の岩《いわ》を踏《ふ》み台《だい》にとんだ。空中《くうちゅう》から、ニニにむかって日本刀《にほんとう》をふりおろす。

ガギン！

刀《かたな》が当《あ》たったのは、ニニが立《た》っていた岩《いわ》。

「そのスピードで、わたしを斬《き》るつもりですか？　象《ぞう》が空《そら》を飛《と》ぶより、むずかしいですね。」

ニニが、岩《いわ》から木《き》、木《き》の枝《えだ》から枝《えだ》へ、ピョンピョン飛《と》びうつる。猫《ねこ》の姿《すがた》にもどったニニは、目《め》で捉《とら》えるのがむずかしいくらい、速《はや》い。

「お手伝《てつだ》いしましょう。」

マライカが、ヴォルフの横《よこ》にくる。

「暴力《ぼうりょく》はきらいだといってなかったか?」

ヴォルフがきいた。

「学校《がっこう》には、ときどき野犬《やけん》や猫《ねこ》が侵入《しんにゅう》してきます。すると、子《こ》どもたちがはしゃいで授業《じゅぎょう》になりません。教師《きょうし》は、すみやかに、野犬《やけん》や猫《ねこ》を排除《はいじょ》しないといけません。そのときの行為《こうい》を暴力《ぼうりょく》とはいいません。」

マライカが、腰《こし》を落《お》としかまえる。

しかし——。

いくらヴォルフとマライカの身体能力《しんたいのうりょく》が優《すぐ》れていても、足場《あしば》の悪《わる》い樹海《じゅかい》の中《なか》。おまけに、ニニは猫《ねこ》の姿《すがた》にもどっている。捉《とら》えることは、不可能《ふかのう》だ。

人間二人《にんげんふたり》とニニの追《お》いかけっこを見《み》ていたジョーカーは、ことばがでない。

——ぼくなら、ニニをつかまえられるだろうか……?

答《こた》えは、すぐにでた。

——むりだ。

もともと、猫《ねこ》の戦闘能力《せんとうのうりょく》は高《たか》い。格闘技経験《かくとうぎけいけん》のない人間《にんげん》では、とても相手《あいて》をすることができない。ニニは、体《からだ》も大《おお》きい上《うえ》に知能《ちのう》も発達《はったつ》している。大人数《おおにんずう》でかかっても、ニニを捉《とら》えることはできないだろう。

ヴォルフとマライカの動《うご》きがとまる。

「体力《たいりょく》の限界《げんかい》ですか？」

ニニは、息《いき》も切《き》れていない。

「では、ゲームオーバーです。わたしの邪魔《じゃま》をしないよう、死《し》んでもらいます。」

ニニの指先《ゆびさき》から、するどい爪《つめ》がのびる。

「クイーン。」

皇帝《アンプルール》が、クイーンにいう。

「おまえ、あの動《うご》きが見《み》えるか。」

「ニニの服《ふく》のタグまで、はっきり見《み》えます。」

「じゃあ、ここはおまえにまかせよう。」

岩《いわ》にすわり、焼《や》き鳥《とり》の続《つづ》きを食《た》べはじめる皇帝《アンプルール》。

「あいかわらず、人使《ひとづか》いが荒《あら》いですね……。」

ため息《いき》をつくクイーン。

「なにいってる。友人《ゆうじん》として、おまえに見《み》せ場《ば》をつくってやったんだ。感謝《かんしゃ》しろ。」

「わたしは、あなたの友人《ゆうじん》ではなく、一介《いっかい》の弟子《でし》です。そこのところをかんちがいしないでください。」

そういって、クイーンが動《うご》く。ヴォルフにむかって爪《つめ》をふりおろそうとするニニの前《まえ》に立《た》った。

つぎの瞬間《しゅんかん》、ニニが吹《ふ》き飛《と》んだ。

「なんだ?」

さけんだのは、ヤウズだ。

「見《み》えなかったのか、小僧《こぞう》? クイーンが、右《みぎ》の突《つ》きを二つ、最後《さいご》に左《ひだり》のまわし蹴《げ》りを出《だ》したんじゃないか。」

解説《かいせつ》する皇帝《アンプルール》。

「しかし、鍛錬《たんれん》をサボってるんじゃないか? おれなら、突《つ》きを三発《ぱつ》入《い》れられるぞ。」

ジョーカーは、つぶやく。

「すごい……。」

［たしかにすごいですね。猫《ねこ》の姿《すがた》をした動物《どうぶつ》を、あんなふうに虐待《ぎゃくたい》できるなんて……。動画《どうが》に撮《と》ってサイトに投稿《とうこう》したら、大炎上《だいえんじょう》ですよ。］

RD《アールディー》が、口《くち》をはさんだ。

木《き》にたたきつけられたニニが、苦《くる》しそうに咳《せ》きこむ。

「すまないね。手加減《てかげん》してあげようと思《おも》ったんだが、つい力《ちから》がはいってしまった。これも、きみが文太《ぶんた》に擬態《ぎたい》して、わたしをだましたからいけないんだよ。」

ニニを見《み》おろし、クイーンがいう。

「わたしは、人《ひと》をだましたりイタズラをしかけたりするのは好《す》きだけど、だまされたりするのはきらいなんだ。」

——じつにクイーンらしい、勝手《かって》ないいぐさだ。

ジョーカーとRD《アールディー》が同時《どうじ》に思《おも》った。

［わたしには、世界《せかい》を守《まも》ろうというより、だまされて腹《はら》が立《た》ったからニニを攻撃《こうげき》してるように見《み》えます。］

通信機《つうしんき》をとおしてきこえるRD《アールディー》の声《こえ》に、ジョーカーもうなずく。

「奇遇《きぐう》だね。ぼくにも、そう見《み》えるよ。」

クイーンがつづける。

「世界《せかい》をこわすのをやめるんだね。でないと、きみは死《し》ぬことになる。」

「くっ……。」

たおれていたニニが、はねるようににげる。そして、皇帝《アンプルール》の背後《はいご》に立《た》った。

「この老人《ろうじん》は、きみのお師匠様《ししょうさま》なんだね。話《はなし》をきいてると、きみより強《つよ》いみたいだ。悪《わる》いけど、擬態《ぎたい》させてもらうよ。」

ニニが、皇帝《アンプルール》に触《ふ》れる。見《み》る間《ま》に、姿《すがた》がかわる。

クイーンは、弱《よわ》ったなという感《かん》じで、こめかみをおさえる。

「絶望《ぜつぼう》を感《かん》じてるのかい？　しかし、おそいよ。」

ニニが、勝《か》ち誇《ほこ》ったようにほほえむ。

クイーンが、口《くち》をひらく。

「いいことを教《おし》えてあげよう。以前《いぜん》、お師匠様《ししょうさま》の能力《のうりょく》をコピーして、わたしと戦《たたか》ったやつがいる。そいつは、どうなったと思《おも》う？」

「……………」

「銀河《ぎんが》の果《は》てまでぶっ飛《と》ばされたよ。」

きいていたニニの頰《ほお》を、一筋《ひとすじ》の汗《あせ》が流《なが》れた。

「正直《しょうじき》、猫《ねこ》に似《に》てるきみを攻撃《こうげき》するのにためらいがあった。でも、お師匠様《ししょうさま》の姿《すがた》をえらんだきみには、なんのためらいも感《かん》じない。むしろ、当社比《とうしゃひ》百八十パーセント増《ま》しの力《ちから》が出《だ》せる。」

ぞっとするような笑《え》みをうかべるクイーン。

ニニが、あわてていう。

「ちょっ、ちょっと待《ま》った！　やり直《なお》します！」

皇帝《アンプルール》の背後《はいご》から、疲《つか》れてすわりこんでいるマライカの後《うし》ろに移動《いどう》する。

「この姿《すがた》なら、どうです？」

マライカに触《ふ》れるニニ。

「いくらあなたでも、女性相手《じょせいあいて》に攻撃《こうげき》することはできないでしょう。」

「……………」

「わたしの勝《か》ちです。そこで、世界《せかい》がこわれるのを静《しず》かに見《み》ていてください。」

ほほえむニニ。それは、いままでとちがい、天使《てんし》のような笑顔《えがお》だった。

クイーンが、肩《かた》をすくめる。

そして、通信機《つうしんき》を使《つか》ってRD《アールディー》にいう。

「トルバドゥールにもどるよ。ワイヤーを下《お》ろしてくれないか。」

「おい、いいのかよ！」

あわてるのは、ヤウズだ。

「このまま、ニニの好《す》き勝手《かって》にやらせていいのか！　世界《せかい》がこわされるんだぞ！」

「さわぐな小僧《こぞう》！」

皇帝《アンプルール》が、ヤウズの頭《あたま》をペシッとたたく。

「もうおわったのが、わからねぇのか？」

「え？」

首《くび》をひねるヤウズ。

マライカが立《た》ちあがり、ニニのうでを取《と》る。

「これからいっしょにがんばりましょう。」

「はい。」

おちついた声《こえ》で返事《へんじ》をするニニ。

その様子《ようす》を、ホッとした感《かん》じで見《み》る探偵卿《たんていきょう》の三人《にん》。事態《じたい》が飲《の》みこめてないのは、ヤウズだけだった。

トルバドゥールにもどったクイーンは、RD《アールディー》に指示《しじ》を出《だ》し、針路《しんろ》をケニアにむけさせる。

[なにか、後始末《あとしまつ》をしないといけないことがのこってるんですか?]

RD《アールディー》の質問《しつもん》に、やれやれという感《かん》じでクイーンがこたえる。

「ドタバタ続《つづ》きで、ケニア観光《かんこう》ができてないんだよ。サファリ体験《たいけん》もちゃんとできてないし──。まだまだ遠足《えんそく》──じゃない、仕事《しごと》はおわってないんだ!」

きいていたジョーカーの顔《かお》に、縦線《たてせん》がはいる。

けっきょく、トルバドゥールがケニアをはなれたのは、二週間後《しゅうかんご》のことだった。

「ああ、やっぱりトルバドゥールが、いちばんおちつくね。」

夕食《ゆうしょく》のあと、ソファーでくつろぐクイーンとジョーカー。

二人《ふたり》の前《まえ》に、RD《アールディー》がコーヒーを出《だ》す。

[二二は、どうしてますかね?]

「マライカと、楽《たの》しく教師《きょうし》をやってるようだよ。生徒《せいと》たちには、マライカの双子《ふたご》の妹《いもうと》と紹介《しょうかい》したそうだ。」

子《こ》どもたちのツイッターを、RD《アールディー》の人工眼《じんこうアイ》にむけるクイーン。

「区別《くべつ》するために、生徒《せいと》たちは、マライカのことを『シェタニ』。ニニのことを『マライカ』とよんでるって。このことに、マライカは激怒《げきど》してるそうだ。」

「……………」

RD《アールディー》は、子《こ》どもたちの無事《ぶじ》を祈《いの》る。

「それにしても、あのとき、ニニがマライカさんに擬態《ぎたい》してくれてたすかりましたね。」

ジョーカーがいう。

「おかげで、文太《ぶんた》の願《ねが》いはリセットされましたから。」

ニニは、フィルムを貼《は》った者《もの》の願《ねが》いをかなえる。あのとき、そのフィルムを貼《は》っていたのは、マライカ。

「マライカの願《ねが》いは、なんだっけ？」

クイーンがきいた。

「子《こ》どもたちの幸《しあわ》せな未来《みらい》です。」

それをきいて、満足《まんぞく》そうにうなずくクイーン。

ジョーカーが、すこし不満《ふまん》そうにいう。

「でも、いま、ニニは先生《せんせい》をしてるだけですよね？　世界《せかい》をこわそうとしたときのように、手《て》っ取《と》りばやい方法《ほうほう》はないのでしょうか？」

「むりをいってはいけないよ。」

クイーンが、右手《みぎて》をひらひらふる。

「世界《せかい》をこわすのはかんたんだ。わたしだって、二日《ふつか》もあればできる。でも、子《こ》どもたちの幸《しあわ》せな未来《みらい》を築《きず》くのは、かんたんにできることじゃない。地道《じみち》で、時間《じかん》のかかることなんだ。」

「…………。」

「東洋《とうよう》には『老婆《ろうば》は一日《いちにち》にしてならず』ということわざがある。」

「どういう意味《いみ》です？」

「どんな女性《じょせい》も、一日《いちにち》で老婆《ろうば》になるわけではない。長《なが》い年月《ねんげつ》をかけないと、老婆《ろうば》にはなれない。それも、ただ時間《じかん》をかければいいというものではない。その間《あいだ》、ちゃんと健康管理《けんこうかんり》して長生《ながい》きしないと老婆《ろうば》にはなれないからね。」

「東洋《とうよう》の神秘《しんぴ》ですね。」

ジョーカーが、うなずく。

RD《アールディー》は訂正《ていせい》しようと思《おも》ったが、なんとなくいいたい意味《いみ》があってるような気《き》がしたので、だまっていた。

「さぁ、つぎはこれをかたづけようか。」

クイーンが、ジョーカーの前《まえ》に紙《かみ》と鉛筆《えんぴつ》をおいた。

「なんですか、これ？」

首《くび》をひねるジョーカーに説明《せつめい》する。

「作文用紙《さくぶんようし》にきまってるじゃないか。遠足《えんそく》にいったら作文《さくぶん》を書《か》く。これは、雨《あめ》がふったら傘《かさ》を差《さ》すのとおなじぐらいあたりまえのことなんだよ。」

「遠足《えんそく》の作文《さくぶん》って……ぼくが、書《か》くんですか？」

とうぜんという顔《かお》でうなずくクイーン。つぎに、RD《アールディー》の人工眼《じんこうアイ》にむかっていう。

「RD《アールディー》は、どうする？　手書《てが》きにするのなら、きみのぶんの作文用紙《さくぶんようし》を用意《ようい》するし――。ワープロソフトを使《つか》うのなら、提出用《ていしゅつよう》のUSB《ユーエスビー》メモリを貸《か》すけど。」

「わたしまで、書《か》かないといけないんですか？」

RD《アールディー》の質問《しつもん》に、やれやれという感《かん》じで肩《かた》をすくめるクイーン。

「さっきもいったけど、遠足《えんそく》にいって作文《さくぶん》を書《か》かなかったら、お好《この》み焼《や》きをつくったのに、ソースもマヨネーズもかけないのとおなじ。未完成《みかんせい》だ。作文《さくぶん》を書《か》くことで、ようやく遠足《えんそく》が完結《かんけつ》するんだよ。」

「…………」

「よく、『おうちに着《つ》くまでが遠足《えんそく》です。』というけど、わたしにいわせるとまちがってるね。『作文《さくぶん》を書《か》きおわるまでが遠足《えんそく》です。』——これだよ！」

ビシッと、クイーンがいった。

ため息《いき》をつくジョーカーとＲＤ《アールディー》。

さらに、クイーンがつづける。

「ちなみに、『昨日《きのう》、ぼくは遠足《えんそく》にいきました。楽《たの》しかったです。』という書《か》き出《だ》しは認《みと》めないからね。」

「…………」

まさに、そう書《か》きだしていたジョーカーが、だまって消《け》しゴムを使《つか》う。

「さぁ、楽《たの》しかった遠足《えんそく》を、作文《さくぶん》の形《かたち》でのこそうじゃないか！」

元気《げんき》よくいうクイーン。

ジョーカーとRD《アールディー》は、二度《にど》と遠足《えんそく》になんかいくもんかという気持《きも》ちを強《つよ》くする。そして願《ねが》うのは、クイーンが真剣《しんけん》に仕事《しごと》をしてくれること……。

しかし、怪盗《かいとう》の美学《びがく》を満足《まんぞく》させる獲物《えもの》は、この広《ひろ》い世界《せかい》でも、なかなか見《み》つからない。

ＥＮＤＩＮＧ《エンディング》

「……そうだったの。」

娘《むすめ》から、世界《せかい》がこわれたらいいと思《おも》った理由《りゆう》をきいたわたしは、ベッドサイドにいき、布団《ふとん》をぽんぽんとたたく。

「じつはね、ママもおなじことを考《かんが》えたことがあるの。そのとき、ママのパパ――あなたのおじいちゃんからいわれたわ。」

「なんて？」

「『世界《せかい》は、おまえが思《おも》ってるより広《ひろ》い。』って――。そして、地平線《ちへいせん》を指《ゆび》さして、ママをつれて歩《ある》きだしたの。」

「………。」

「どこまで歩《ある》いても、地平線《ちへいせん》には着《つ》かなかった。歩《ある》いても歩《ある》いても、夜《よる》になって疲《つか》れて歩《ある》けなくなるまで歩《ある》いても、地平線《ちへいせん》には着《つ》かなかった。ほんとうに、世界《せかい》は広《ひろ》いってわかったわ。」

「………」

「火《ひ》をおこしてから、おじいちゃんがいったわ。『世界《せかい》がこわれたら、もったいない。』って
──。」

「もったいない？」

「そう。歩《ある》いてる途中《とちゅう》、とてもきれいな水場《みずば》があったの。それに、死《し》んだばかりの動物《どうぶつ》の死骸《しがい》もころがっていた。新鮮《しんせん》な肉《にく》が手《て》にはいったわ。」

「………」

「そのときはよくわからなかったけど、おじいちゃんがいいたかったのは、世界《せかい》にはおもしろいものがいっぱいあるから、よく知《し》らないのにこわしてしまうのはもったいないってことだったような気《き》がするの。」

「………」

「世界《せかい》は、あなたが大《おお》きくなるのを待《ま》ってるのよ。」

「………」

わたしは、布団《ふとん》をたたいていた手《て》をとめる。

いつの間《ま》にか、娘《むすめ》はねむってしまったようだ。

その安《やす》らかな寝顔《ねがお》を見《み》てると、この子《こ》はどんな大人《おとな》になるのか、楽《たの》しみでしかたなくなる。

そういえば、娘《むすめ》は学校《がっこう》の先生《せんせい》になるのが夢《ゆめ》だっていってた。

先生《せんせい》になって、子《こ》どもたちから「世界《せかい》なんかこわれてしまえばいいのに。」っていわれたら、この子《こ》はなんていうのかしら？

わたしは立《た》ちあがり、部屋《へや》の電気《でんき》を消《け》す。

ドアを閉《し》めながら、わたしは娘《むすめ》に声《こえ》をかける。

「おやすみ、マライカ。――いい夢《ゆめ》を。」


〈Ｆｉｎ《フィン》〉

あとがき

どうも、はやみねかおるです。今回《こんかい》、クイーンが活躍《かつやく》する舞台《ぶたい》は、ケニアです！

ケニアの大地《だいち》に吹《ふ》く風《かぜ》や、広《ひろ》がる青《あお》い空《そら》を感《かん》じていただけたでしょうか？

☆

今回《こんかい》の舞台《ぶたい》のケニアに対《たい》して、ぼくと担当《たんとう》の山室《やまむろ》さんは、まったく違《ちが》った感想《かんそう》を持《も》っていました。

山室《やまむろ》さんは、

「いいじゃないですか、ケニア！ サバンナを駆《か》ける動物《どうぶつ》に、どこまでも広《ひろ》がる大自然《だいしぜん》！ 地平線《ちへいせん》に沈《しず》む夕日《ゆうひ》を眺《なが》めていたら、日本《にっぽん》のせせこましい日常《にちじょう》なんて、忘《わす》れてしまいますよ！」

少年《しょうねん》のように、目《め》を輝《かがや》かせました。

いっぽう、ぼくは、

「動物《どうぶつ》ですか……。先日《せんじつ》、さくらんぼと桜《さくら》の苗木《なえぎ》を、鹿《しか》にやられました。昨日《きのう》も、猿《さる》の群《む》れが窓《まど》の外《そと》で騒《さわ》いでました。庭《にわ》がデコボコになってるのは、イノシシが掘《ほ》り返《かえ》したからです。」

身近《みぢか》で〝野生《やせい》の王国《おうこく》〟を味《あじ》わってるので、ケニアの自然《しぜん》に興味《きょうみ》がわきません。それに、ぼくは忘《わす》れっぽいので、せせこましい日常《にちじょう》だけでなく、いろんなことを忘《わす》れてます。

でも、いろんな資料《しりょう》を調《しら》べているうちに、ケニアに興味《きょうみ》がわいてきました。

いちばんおもしろかったのが、先住民《せんじゅうみん》のある部族《ぶぞく》のエピソードです。彼《かれ》らは、スマホに観光客《かんこうきゃく》が来《く》るという情報《じょうほう》が入《はい》ると、今《いま》まで着《き》ていたT《ティー》シャツやサンダルを脱《ぬ》ぎ、伝統的《でんとうてき》な衣装《いしょう》に着替《きが》えます。そして、代々《だいだい》伝《つた》わる踊《おど》りで観光客《かんこうきゃく》を歓迎《かんげい》し、手作《てづく》りの民芸品《みんげいひん》をお土産《みやげ》として買《か》わせるそうです。

たくましい！

やっぱり、人間《にんげん》という動物《どうぶつ》が、いちばんおもしろいなと思《おも》いました。

☆

この原稿《げんこう》を書《か》いてるとき、二つの試練《しれん》がありました。

一つは、中古《ちゅうこ》で買《か》ったノートパソコンのモニタが壊《こわ》れたこと。電源《でんげん》を入《い》れても画面《がめん》は真《ま》っ白《しろ》で、何《なに》も映《うつ》りません。頭《あたま》の中《なか》も真《ま》っ白《しろ》になりました。

ハードディスクが動《うご》いてるのは、音《おと》でわかりました。他《ほか》のモニタにつなぎ、なんとか原《げん》稿《こう》を救《すく》い出《だ》すことができました。ギリギリ、セーフです。(じつは、このあと、また中《ちゅう》古《こ》でノートパソコンを買《か》ったのですが、それも三か月《げつ》で壊《こわ》れました。合掌《がっしょう》……。)

もう一つは、両方《りょうほう》の親指《おやゆび》と左《ひだり》の人差《ひとさ》し指《ゆび》が痛《いた》んで、原稿《げんこう》を打《う》つのがたいへんだったことです。長年《ながねん》、自己流《じこりゅう》のタイピングで負担《ふたん》がかかっていたことと、若《わか》いときからの怪我《けが》が原《げん》因《いん》だと思《おも》います。

治《なお》りそうにないので、なんとか、だましだまし使《つか》っていきます。

☆

子《こ》どもの特徴《とくちょう》は、むずかしい質問《しつもん》をしてくることだと思《おも》います。そして、大人《おとな》の条件《じょうけん》は、その質問《しつもん》を真剣《しんけん》に受《う》け止《と》めることじゃないでしょうか。

もし、ここを読《よ》んでるあなたが大人《おとな》なら、本書《ほんしょ》に出《で》てきた質問《しつもん》に、どのような答《こた》えを出《だ》しますか?

☆

最後《さいご》になりましたが、感謝《かんしゃ》の言葉《ことば》を――。

ゲラ原稿《げんこう》に感動《かんどう》の涙《なみだ》を落《お》としてくださった山室《やまむろ》さん。ありがとうございました。定年《ていねん》したら、いっしょにケニアに行《い》きますか？（その前《まえ》に、わが家《や》の〝野生《やせい》の王国《おうこく》〟へ遊《あそ》びにきてください。）

今回《こんかい》も、魅力的《みりょくてき》なキャラクターを描《か》いてくださったＫ２商会先生《ケーツーしょうかいせんせい》。ありがとうございました。最初《さいしょ》にマライカを描《か》いていただいたおかげで、彼女《かのじょ》のキャラが固《かた》まりました。すみませんが、これからもよろしくお願《ねが》いします。

奥《おく》さんと二人《ふたり》の息子《むすこ》――琢人《たくと》と彩人《さいと》へ。ぼくはいつも忙《いそが》しいと言《い》ってましたが、最近《さいきん》は、息子《むすこ》たちのほうが忙《いそが》しくなってきました。でも、余裕《よゆう》ができたときは、みんなでお菓子《かし》を食《た》べましょう。

☆

それでは、次《つぎ》の物語《ものがたり》で、お目《め》にかかりましょう。それまでお元気《げんき》で。

では！

Good Night, And Have A Nice Dream!《グッド ナイト アンド ハブ ア ナイス ドリーム》

＊著者紹介

はやみねかおる

1964年、三重県に生まれる。三重大学教育学部を卒業後、小学校の教師となり、クラスの本ぎらいの子どもたちを夢中にさせる本をさがすうちに、みずから書きはじめる。「怪盗道化師《ピエロ》」で第30回講談社児童文学新人賞に入選。〈名探偵夢水清志郎事件ノート〉〈怪盗クイーン〉〈大中小探偵クラブ〉〈YA! ENTERTAINMENT「都会《まち》のトム＆ソーヤ」〉〈少年名探偵虹北恭助の冒険〉などのシリーズのほか、『バイバイ　スクール』『ぼくと未来屋の夏』『復活!!　虹北学園文芸部』『帰天城《かえりそらじょう》の謎　TRICK　青春版』（以上すべて講談社）などの作品がある。

＊画家紹介

K２商会《ケーツーしょうかい》

Niki＆Nikkeの二人組イラストレーター。〈怪盗クイーン〉シリーズは、Nikiの担当。

TVゲームのキャラクターデザインやカードゲームのイラストのほか、ファンタジー小説のさし絵なども手がけている。さし絵に、「ファンム・アレース」（講談社 YA! ENTERTAINMENT）など。

公式サイトは、「PLEASURE」(http://k2shople.web.fc2.com)。

この作品は書き下ろしです。

講談社　青い鳥文庫

怪盗《かいとう》クイーン
ケニアの大地《だいち》に立《た》つ
はやみねかおる

2017年９月15日　第１刷発行
2024年７月19日　第４刷発行

（定価はカバーに表示してあります。）

発行者　森田浩章
発行所　株式会社講談社
東京都文京区音羽2-12-21　郵便番号112-8001
電話　編集（03）5395-3536
販売（03）5395-3625
業務（03）5395-3615

N.D.C.913　382p　18cm

装　丁　西野紗彩＋ベイブリッジ・スタジオ
久住和代
印　刷　TOPPANクロレ株式会社
製　本　TOPPANクロレ株式会社
本文データ制作　講談社デジタル製作

KODANSHA

© Kaoru Hayamine　2017
Printed in Japan

（落丁本・乱丁本は、購入書店名を明記のうえ、小社業務あてにお送りください。送料小社負担にておとりかえします。）

■この本についてのお問い合わせは、青い鳥文庫編集まで、ご連絡ください。

本書のコピー、スキャン、デジタル化等の無断複製は著作権法上での例外を除き禁じられています。本書を代行業者等の第三者に依頼してスキャンやデジタル化することはたとえ個人や家庭内の利用でも著作権法違反です。

ISBN978-4-06-285655-3

「講談社《こうだんしゃ》 青《あお》い鳥文庫《とりぶんこ》」刊行《かんこう》のことば

太陽《たいよう》と水《みず》と土《つち》のめぐみをうけて、葉《は》をしげらせ、花《はな》をさかせ、実《み》をむすんでいる森《もり》。小《こ》鳥《とり》や、けものや、こん虫《ちゅう》たちが、春《はる》・夏《なつ》・秋《あき》・冬《ふゆ》の生活《せいかつ》のリズムに合《あ》わせてくらしている森《もり》。森《もり》には、かぎりない自然《しぜん》の力《ちから》と、いのちのかがやきがあります。

本《ほん》の世界《せかい》も森《もり》と同《おな》じです。そこには、人間《にんげん》の理想《りそう》や知恵《ちえ》、夢《ゆめ》や楽《たの》しさがいっぱいつまっています。

本《ほん》の森《もり》をおとずれると、チルチルとミチルが「青《あお》い鳥《とり》」を追《お》い求《もと》めた旅《たび》で、さまざまな体験《たいけん》を得《え》たように、みなさんも思《おも》いがけないすばらしい世界《せかい》にめぐりあえて、心《こころ》をゆたかにするにちがいありません。

「講談社《こうだんしゃ》 青《あお》い鳥文庫《とりぶんこ》」は、七十年《ねん》の歴史《れきし》を持《も》つ講談社《こうだんしゃ》が、一人《ひとり》でも多《おお》くの人《ひと》のために、すぐれた作品《さくひん》をよりすぐり、安《やす》い定価《ていか》でおおくりする本《ほん》の森《もり》です。その一さつ一さつが、みなさんにとって、青《あお》い鳥《とり》であることをいのって出版《しゅっぱん》していきます。この森《もり》が美《うつく》しいみどりの葉《は》をしげらせ、あざやかな花《はな》を開《ひら》き、明日《あす》をになうみなさんの心《こころ》のふるさととして、大《おお》きく育《そだ》つよう、応援《おうえん》を願《ねが》っています。

昭和《しょうわ》五十五年《ねん》十一月《がつ》

講談社